# Diana in Love

JEN BESSER
SHANA FESTE

# Diana in Love

Michel Lafon

14, boulevard de la Madeleine – CS 62204
75373 Paris Cedex 08
www.michel-lafon.fr

*Pour Carin et Toni.*

« Pense au long chemin du retour.
Aurions-nous dû rester à la maison et rêver d'être ici ? »

Elizabeth Bishop, « Questions de voyage. »

# Prologue

Elle me plaît tout de suite. Grande, blonde, avec une voix douce. Elle me dit en souriant qu'elle s'appelle Brigitte. J'aime ce prénom d'emprunt et le répète à voix haute dès que possible : « Asseyez-vous, Brigitte. Que puis-je vous offrir à boire, Brigitte ? »

Elle s'installe dans le fauteuil en face du mien et j'appuie sur la touche « enregistrer ».

– Mon fantasme a lieu à Paris.

Je souris. Les fantasmes de beaucoup de femmes ont lieu à Paris.

– Je vous écoute.

Elle étend ses jambes devant elle et les croise au niveau des chevilles. Elle se met à parler tout en jouant avec les dizaines de bracelets en perles colorées à son poignet.

*– J'ai grandi dans un village minuscule. Si minuscule qu'on a fini par arrêter d'y recenser la population tellement celle-ci diminuait à vue d'œil. Quand vous le traversez en voiture, vous ne pouvez que vous demander : « Des gens vivent* vraiment *ici ? » Donc honnêtement, j'aurais pu tomber amoureuse de n'importe quel autre endroit. Mais Paris, évidemment. N'importe où en France, à vrai dire. Je rêvais de passer ma lune de miel dans la capitale française depuis mes douze ans. Parce que j'avais vu un film avec Audrey Hepburn qui s'y passait, un jour chez ma grand-mère. Celle-ci nous avait aspergées de parfum français pour qu'on ait un peu plus l'impression d'y être. Sur les murs de ma chambre universitaire, j'avais collé une affiche de Paris. Mes compagnes de chambre avaient des posters de groupes de musique ou de stars de cinéma qui leur souriaient mais moi, je rêvais des Champs-Élysées. J'étais fascinée par les lumières qui illuminaient les gouttes de pluie. J'avais l'impression que Paris était mon destin. En m'endormant le soir, je me demandais si la pluie française avait la même texture que celle du Texas.*

*Puis je me suis mariée et j'ai compris que j'étais fichue quand, pour notre lune de miel, mon époux m'a emmenée faire du toboggan au parc aquatique de Texas Typhoon. En toute honnêteté, je savais que j'étais fichue avant ça, à vrai dire. Je suis incapable d'expliquer pourquoi j'ai choisi un homme qui manquait autant de saveur. Même son nom me donnait la chair de poule. J'allais devenir Mme Smith, une parmi des millions. Mais nous étions jeunes, il jouait au football américain et il m'aimait bien. Je pensais que j'étais censée bien l'aimer en retour. Ce fut un joli mariage. Ma mère m'avait coiffée comme elle à l'époque où elle faisait partie des Rangerettes, les célèbres pom-pom girls de l'université de Kilgore. Mais mon mari avait convié tous les membres de sa famille et tous les amis des membres de sa famille. Je ne connaissais pas la moitié des gens présents. À la seconde où je suis arrivée à mon mariage, à mon propre mariage, je me suis sentie surveillée. Il n'y a pas d'autre mot. J'ai traversé l'église avec mon joli voile bleu-gris en guise de « quelque chose de bleu ». J'avais choisi un petit accessoire qui changeait des fanfreluches que les femmes portaient dans ce patelin, un minuscule hommage à l'élégance parisienne pour faire sourire ma grand-mère qui me regardait depuis le paradis.*

*J'ai rejoint mon fiancé devant l'autel. Son expression était aussi plate que si on lui avait écrasé le visage avec un rouleau à pâtisserie. Il s'est penché vers moi et j'ai cru qu'il allait me dire* « Tu es très belle » *mais au lieu de ça, il a ri devant tous les invités :* « Tu vas vraiment porter ça ? » *J'ai regardé cette marée d'inconnus qui me fixait et me suis sentie humiliée, comme si le sol s'ouvrait sous mes pieds. Même nos photos de mariage furent un fiasco. Mon mari m'a obligée à prendre des positions étranges et inconfortables. C'était la même chose au lit. Je devais toujours tout faire pour qu'il ne débande pas, ce qui signifiait en général rester couchée, sans bouger et sans parler. Ou bien dire des choses que je n'avais pas envie de dire et qui me faisaient me sentir moche et exploitée. Toute la ville a été choquée quand il m'a quittée pour un modèle plus jeune qu'il avait rencontré lors d'un week-end à Port Aransas.*

*Moi, j'étais soulagée. Vraiment. Je voulais voir, goûter et sentir le monde. Ne plus jamais être fade, ni manger quoi que ce soit de fade pour le reste de ma vie.*

*Bref, dans mon fantasme, je trouve un correspondant français. Un truc que j'avais vu dans les vieux films de ma grand-mère. Cet homme et moi, nous nous écrivons des pages et des pages pour parler de nos vies, de l'endroit où nous habitons, de nos rêves. Puis nous commençons à parler de ce qui nous excite, nous échangeons des photos, j'en colle même une de moi nue à l'intérieur de l'enveloppe. Cinq lettres plus tard, nous découvrons que nous avons un fétiche commun. Il m'explique que ce qui l'a attiré dans le BDSM, c'est la communication. Il venait de divorcer, justement à cause d'un manque de communication. Lui et sa femme n'arrivaient plus à se parler. « Quand on se lance dans le BDSM, on doit dire ce dont on a envie, quand, quelles sont nos limites, dresser une liste des "non" qu'on n'a pas le droit de transgresser sous peine d'être viré de la communauté. » Sa lettre suivante contient un billet d'avion aller-retour pour Paris et la seule chose qu'il demande en échange c'est d'être puni. Que moi je le punisse.*

*Je fonce à l'aéroport le lendemain en ayant l'impression de laisser enfin ma vie derrière moi. Le vol est long mais à la seconde où je monte à bord, je m'entraîne à être quelqu'un d'autre. À l'arrivée, l'agent qui contrôle les passeports me sourit comme s'il savait exactement où j'allais et ce que j'allais y faire. Il pleut. Parfait, vu que je mouille déjà.*

*Une fois dans ma chambre d'hôtel, je fixe avec impatience l'horloge Art Déco, la même que celle du film avec Audrey*

*Hebpurn – sauf qu'elle, elle n'était pas sur le point de retrouver un inconnu pour qu'il devienne son soumis.*

*La voiture passe me prendre à l'heure prévue, avec mon correspondant à bord. Il est encore plus beau en personne, un mélange parfait entre* James *Bond et un méchant dans* James Bond. *Je suis contente qu'il fasse froid. Mes tétons sont encore plus durs contre le satin vert du body qu'il a prévu pour moi. Les talons noirs sont plus hauts que tous ceux que j'ai portés dans ma vie. Quand nous descendons de la voiture pour rejoindre le club, je manque de trébucher sur les pavés parisiens. Dans mes cheveux, je porte un accessoire précieux, si précieux que je l'ai gardé sur mes genoux durant tout le vol.*

*– Voulez-vous que je vous porte, Maîtresse ?*

*– Tu peux.*

*Il me prend dans ses bras et je pose ma tête contre son épaule.*

*Une fois que nous avons passé le cordon de velours, il descend un escalier bleu qui n'en finit pas, toujours en me portant. Il me faut un moment pour m'habituer à la pénombre de la salle, mais je sens déjà ce mélange entêtant d'encens et de roses bulgares, et plus nous descendons, plus j'ai l'impression de planer.*

*Quand il me pose enfin, j'ai l'impression d'avoir atteint l'antre du club. Je suis allongée sur une méridienne, sur le dos, et vois mon reflet dans un plafond en miroir. Je suis belle, plus belle que je ne l'ai jamais été.*

*Il s'avance vers moi à quatre pattes, suppliant, admiratif et me tend une valise en cuir noir. Elle s'ouvre d'un clic. De tous les accessoires à ma disposition, je choisis un collier de chien en perles et l'attache autour de son cou épais. Il y a quelque chose de vraiment sexy dans le contraste entre la délicatesse de l'objet et ses traits si masculins*

*– Quelle jolie petite garce tu fais, lui dis-je.*

*– Merci, Maîtresse.*

*Il s'agenouille devant moi, sa tête à quelques centimètres de la mienne, pour que j'attache une longue laisse à son collier. Il halète déjà, les yeux levés vers moi, un homme de plus de quarante ans avec un regard de petit chiot plein d'espoir.*

*– Fais ce que je te dis, lui dis-je.*

*– Oui, répond-il. Tout ce que vous voudrez, Maîtresse.*

*Il avait pris les choses en main depuis le début, mais désormais, il me passe le contrôle, comme on passerait le témoin d'une course de relais.*

*Mais le vrai témoin ici, c'est sa bite, qui est dure comme un bâton. Au fur et à mesure que mes yeux s'habituent à l'obscurité, je réalise que je ne suis pas la seule à l'admirer. Il y a plusieurs personnes autour de nous. Des corps sublimes, en talons et le visage masqué.*

*– Vous m'excitez tellement, me dit-il.*

*Les gens qui nous entourent commencent à se caresser. Ils ont conscience de regarder une performance. Des femmes, les jambes écartées, se doigtent. Des hommes, les yeux mi-clos, caressent doucement leur sexe tendu.*

*– Dois-je vous satisfaire ?*

*Je réfléchis. Doit-il ? Est-ce que tout ça me plaît ? Je scanne mon corps. Je regarde autour de moi, dans les yeux de ces inconnus qui me fixent. Je suis gonflée, palpitante de désir. Oui. Je tire sur les cheveux de ma petite garce.*

*– Oui ? demande-t-il.*

*– Dis-leur d'enlever leurs masques.*

*– Mais ils tiennent à leur anonymat.*

*– Dis-leur, j'ordonne d'une voix dure.*

*Il se tourne pour leur parler. Ces derniers se regardent et retirent leurs masques. Parfait. Maintenant je peux voir leurs visages, pas seulement les mains avec lesquelles ils se caressent, pas seulement le son de leur souffle saccadé, mais voir combien tout ça les excite.*

*Je lève les yeux vers le plafond pour y contempler mon reflet. Au loin, quelque part sur le bitume, j'entends la pluie.*

*– Dis-moi que je suis différente.*

*– Vous êtes différente, répond-il.*

*– Dis-moi que je suis à part.*

*– Vous êtes à part, confirme-t-il en rampant docilement jusqu'à mes jambes avant de les écarter.*

*Il me regarde, attendant mon approbation, et j'acquiesce comme si j'étais un gourou de secte et lui, mon adorateur.*

*– Vous êtes tellement à part, je peux le sentir à votre goût.*

*Les invités se masturbent encore plus fort.*

*Puis je lui file une claque.*

*– Puis-je vous faire jouir, Maîtresse ?*

*– Tu ne le mérites pas.*

*– Je vous en supplie !*

*Je tire sur la laisse de son collier en perles jusqu'à ce qu'il ait le nez écrasé contre mon cou et lui murmure à l'oreille :*

*– Dis-moi que je ne retournerai plus jamais dans ce village.*

*– Vous ne retournerez plus jamais dans ce village.*

*– Maintenant, exécute-toi !*

*Il glisse sa queue en moi. Nous bougeons au rythme de notre excitation, celle d'être enfin l'un contre l'autre. Il explore différentes vitesses, jussqu'à ce que je me perde dans ses coups de reins. Je tire sur sa laisse pour qu'il aille plus fort et plus profond.*

*– J'emmerde ce village, dit-il et le public applaudit et crie.*

*Je suis au bord du précipice – un précipice dans lequel je ne suis jamais tombée avec aucun homme auparavant.*

*– Dois-je y retourner ? je m'entends demander.*

*– Jamais ! crie-t-il presque en me baisant avec une intensité telle que notre reflet dans le miroir devient flou. Vous êtes libre !*

*Je jouis si fort que je vois des étoiles. Je vois des étoiles, comme sur l'affiche des Champs-Élysées.*

*Je lâche la laisse, je ne sens plus mes membres.*

*Je laisse mon corps vibrer sous les vagues de mon orgasme et il soulève délicatement mon voile de mariée bleu-gris pour que je puisse m'observer dans le miroir du plafond.*

*Je lui murmure quelque chose à l'oreille, il sourit puis me répète exactement ce que je lui ai dit de me dire.*

*– Maîtresse ? Est-ce que vous m'aimez ?*

*– Non, je réponds. Je ne t'ai jamais aimé.*

# PREMIÈRE PARTIE

# Dallas, Texas

# Chapitre 1

L'Wren s'arrête devant le voiturier de la Hunt Gallery et nous observons la foule qui s'y presse.

– C'est qui ce type déjà ?

Des gens bien habillés envahissent le trottoir. Ils ne ressemblent pas à ce que je m'étais imaginé, ils sont plus âgés et, s'ils ne sont pas richissimes, ils sont tout de même très riches.

– Merci de m'accompagner.

– C'est normal. Ça servirait à quoi sinon une meilleure amie ? Mais réponds-moi, c'est qui ce type ?

– Un vieil ami du Nouveau-Mexique. Il n'était pas aussi populaire à l'époque où je l'ai connu.

Je retouche une dernière fois mon rouge à lèvres en me regardant dans le rétro ; mon pouls s'accélère à l'idée de revoir Jasper. Il va falloir que je fasse de mon mieux pour la jouer cool. J'inspire : *C'était une bonne idée.* J'expire : *C'était une idée stupide.*

Jasper, le premier amour de ma vie que je n'avais pas revu depuis presque quinze ans, m'a contactée la semaine dernière. Il était en ville. Nous avons pris un café. Et je suis toute chamboulée depuis. Déjà, je ne m'attendais pas à le voir lui. Je pensais retrouver une connaissance de mon amie Alicia, avec qui elle m'avait organisé un rendez-vous professionnel. Quand j'ai levé la tête et vu Jasper, les bras m'en sont tombés.

Il était plus grand que dans mon souvenir, ses jambes étaient plus longues et ses épaules, plus larges. Quand il s'est assis en face de moi, la table et tout ce qui se trouvait dessus ont rétréci. Mon cerveau s'est mis à tourner à cent à l'heure, pour essayer de comprendre comment et pourquoi il était là, devant moi. Pourtant, la seule image qui m'est revenue à ce moment-là, c'est celle de nous deux allongés sur un lit, il y a plus de dix ans, et de lui me demandant si j'aimais la façon dont le soleil de l'après-midi illuminait nos corps nus.

– Diana, m'a-t-il avec un sourire chaleureux et tranquille. Merci d'avoir accepté ce rendez-vous. (Il a posé ses coudes sur la table et son visage dans ses mains.) Alicia et moi avons pensé que ce serait une surprise marrante. Et ça semblait être une très bonne idée jusqu'à il y a environ une minute quand je me suis retrouvé sur le trottoir et que je t'ai vue à travers la fenêtre.

En l'imaginant me regarder à mon insu, la pointe de mes oreilles s'est mise à brûler. J'aurais aimé m'être coiffée ce matin-là plutôt que d'enrouler mes cheveux dans un chignon à la va-vite. J'aurais aimé porter un truc plus sexy que ce vieux T-shirt bleu d'Oliver.

– Eh bien, ai-je souri parce que je ne pouvais rien faire d'autre (il était bien là, ses yeux marron perçants, ses cheveux bruns, ses lèvres roses). Pour une surprise, c'est une surprise.

J'avais pensé à lui tellement de fois au fil des années, mais j'avais toujours résisté à l'envie de chercher son nom sur internet. Maintenant qu'il était devant moi, je réalisais à quel point j'avais manqué d'imagination. J'avais laissé de côté tout ce qui m'était familier chez lui, j'avais oublié à quel point cette sensation était excitante, celle d'être près d'un corps qui stocke toute son énergie à la surface. *CasanovArt*. Ce regard joueur. Cette peau douce et cette beauté sauvage.

Il s'est laissé tomber contre le dossier de sa chaise et a croisé les bras derrière sa tête. Charisme intact.

– J'ai essayé de t'appeler, tu sais. Quand je suis rentré de mon premier voyage à Londres. Mais ton numéro n'existait plus.

C'était il y a si longtemps que j'étais honnêtement incapable de me rappeler si, prise dans les méandres de mon chagrin d'amour, j'avais volontairement changé de numéro en déménageant de Santa Fe à Dallas, ou si j'étais simplement trop jeune et trop fauchée pour payer mes factures.

– Je me suis dit que tu étais passée à autre chose, a-t-il continué.

C'est à ce moment-là que j'ai remarqué que des gens autour de nous le regardaient. Quelques regards appuyés de clientes. Il est si attirant que c'en est presque comique. Tragi-comique, comme il aime parfois le rappeler avec des yeux tristes.

– C'était il y a un million d'années, ai-je répondu.

– Quatorze, quinze ans ? a-t-il demandé.

Je n'avais aucune envie de remonter le temps. J'étais bien trop excitée d'être là avec lui. Dans le présent.

– Combien de temps restes-tu à Dallas ?

– Probablement une semaine. Je ne sais pas. (Il a levé les yeux, m'a regardée et mon pouls s'est emballé.) C'est une ville agréable.

Je me suis souvenue d'une nuit glaciale où nous avions campé dans l'ouest du Texas et où il avait plu pendant des heures. Nous n'avions pas fermé l'œil. Au matin, vaseuse et tremblant de froid, j'étais prête à faire les valises mais il s'était contenté de me regarder dans notre tente glacée qui fuitait de partout, et de me sourire en disant : « Allez, encore une nuit ? » Il a toujours eu un don pour faire passer une très mauvaise idée pour une bonne. Et il me regardait de la même façon ce jour-là dans ce café.

Nous sommes restés comme ça, à nous fixer chacun d'un côté de la table pendant quelques minutes, mes joues rouge sang et un picotement familier entre mes jambes. Après toutes ces années, la chaleur entre nous était intacte.

– Quand j'ai demandé à Alicia ce que tu devenais, elle m'a envoyé le lien du site sur lequel tu bosses. Diana, dès que j'ai vu toutes tes nouvelles peintures et entendu ta voix sur ces enregistrements, j'ai éprouvé une vraie fierté. Il s'est interrompu, embarrassé. Non pas que j'aie quoi que ce soit à voir avec tout ça, mais j'ai juste…

– C'est assez dingue, non ? ai-je dit pour lui venir en aide. La positivité sexuelle. À moins qu'il s'agisse plus d'une obsession sexuelle ? Je ne sais pas encore.

– C'est tout ça à la fois. Et c'est incroyablement sexy. Tes peintures ont une vraie beauté brute.

Le téléphone de Jasper s'est mis à sonner, il m'a demandé pardon avant de sortir pour répondre. Je l'ai regardé marcher en rond à travers la fenêtre en me demandant s'il aurait bientôt fini. C'était une sensation familière, attendre Jasper. Il a fini par revenir en s'excusant, il devait filer.

– Est-ce que tu viendrais à mon vernissage ? C'est jeudi. Ici, à Dallas.

Mon cœur s'est serré en entendant le mot « jeudi ». Je voulais le voir le soir même. Et le suivant. Et celui d'après encore. Pourquoi exactement ? Je ne savais pas. J'ai donc promis d'aller au vernissage tout en entendant une petite voix me dire : *Ce n'est pas une bonne idée. Pas maintenant. Pire moment possible. Il t'a brisé le cœur, tu te souviens ?*

Nous nous sommes séparés quelques minutes plus tard, tous les deux ravis d'avoir repris contact.

Nous étions très polis, comme si tous ces mots gentils allaient combler le fossé que nous creusions de nos sentiments tus. Que dire à un homme qu'on a aimé plus que tout et qui est désormais un étranger ? Nous nous sommes serrés dans les bras. En sentant son odeur, mes jambes ont failli lâcher.

Bien évidemment, j'ai passé la semaine à hésiter à aller au vernissage de Jasper. Ça ferait quoi de le revoir maintenant qu'il n'y aurait plus l'effet de surprise ? Et *pourquoi* je n'irais pas à cette expo ? Elle avait lieu ici même, à Dallas. J'ai convaincu L'Wren de m'accompagner, sans rentrer dans les détails. Et nous voilà désormais là toutes les deux, à s'ajouter à la file des gens qui attendent pour entrer. Mon amie est anormalement silencieuse.

– L'Wren ? (Je laisse son nom flotter, en plissant les yeux sous le soleil de fin d'après-midi.) Dis-moi.

– C'est rien, je te promets, répond-elle en levant enfin les yeux vers moi. Je me disais juste… Kevin m'a dit qu'Oliver ne sortait pas avec la dame du centre commercial.

Oliver et moi avons très peu échangé depuis qu'il a déménagé. La dernière fois qu'il a déposé Emmy, notre fille, à la maison, il y avait une femme avec lui dans la voiture. Elle se comportait de la façon dont j'imagine qu'une petite amie se comporterait dans ce genre de situation : lunettes de soleil et sourire poli, elle agitait délicatement la main à mon intention, sans trop insister pour ne pas s'imposer non plus. Elle affichait un grand sourire plein de dents très blanches et une coupe à la garçonne qui lui allait si bien que d'autres femmes auraient pu croire l'espace d'une seconde qu'elles aussi seraient belles avec ce genre de coiffure. Et même si elle était astrophysicienne ou nageuse olympique, vu que L'Wren avait entendu une rumeur selon laquelle Oliver l'avait rencontrée au centre commercial, par allégeance à notre amitié, elle ne l'appelait que « la dame du centre commercial ».

– Je veux juste que tu aies toutes les infos, insiste L'Wren. Sur la situation amoureuse d'Oliver.

J'étudie son visage, sa bouche légèrement tombante. Pense-t-elle que ce soit une bonne ou une mauvaise chose qu'Oliver soit célibataire ? Elle change de sujet avant que je n'aie le temps de trancher.

– J'ai toujours voulu venir dans cette galerie. (La file avance et elle glisse son bras sous le mien, en souriant.) Le mari de Trish prétend qu'il y a acheté un Seok pour plus de cent mille dollars. Ton mec mystère doit être pas mal connu.

– Ce n'est pas mon mec.

– Il peut être le mien, alors ?

Il y a une photo de Jasper dans la vitrine de la galerie. Il est exactement comme il était au café. Avec ses fossettes et son charme irrésistible.

Dès que nous entrons, L'Wren croise un couple qu'elle connaît et j'en profite pour m'éclipser et me promener dans la galerie, en restant sur mes gardes au cas où Jasper surgirait sans prévenir. Je scanne la pièce à la recherche d'une foule d'admirateurs.

Comme il n'est nulle part, je décide de faire le tour de l'exposition en prenant mon temps. C'est facile de se laisser aller à la contemplation. Les photos de Jasper sont imposantes, elles vous poussent à soutenir leur regard perçant. Une femme seule dans le désert, le sable encore humide d'une averse récente. Un jeune garçon au visage fin, à la fenêtre d'une maison en ruine. Les thèmes sont plus variés que ceux de la dernière exposition que j'ai vue, surtout avec ce mélange de portraits et de paysages.

Toujours aucun signe de Jasper. Je prends mon téléphone et lui envoie un texto.

*En train d'admirer ton exposition en ce moment même. C'est très beau.*

Je n'attends pas de réponse. Peut-être qu'on lui rend hommage ailleurs et qu'il va arriver en retard, comme il se doit. Je garde tout de même mon téléphone à la main. J'avance avec la foule, qui semble grossir au fur et à mesure qu'on approche du bar. Il y a quelque chose de réconfortant dans le fait d'être avalée par les gens. J'avance au gré de leurs mouvements, nous bougeons comme un banc de poissons d'une photo à l'autre – jusqu'à ce que, près de la fenêtre, un cliché en noir et blanc interrompe ma progression. C'est moi. Une moi plus jeune, assise à la table de cuisine de Jasper, le visage tourné. Je suis nue à l'exception d'une paire de chaussettes blanches, je tiens un biscuit du bout des doigts et le chien bondit en l'air pour tenter de l'attraper.

Les pieds englués au sol, j'ai l'impression que le monde s'ouvre en dessous. Mon cœur s'emballe et je ferme les yeux pour que la pièce arrête de tourner. Je me force à revenir dans le présent, dans cette galerie au milieu de ces gens, loin de cette cuisine. Comme s'il voyait tout, c'est à cet instant que Jasper choisit de me répondre.

*Ne te fâche pas. Personne ne saura.*

Je me retourne en m'attendant à le voir derrière moi, en train de m'observer.

Mais il n'est pas là. Je scrute de nouveau la foule : une petite brune habillée en Chanel des pieds à la tête et son compagnon qui semble s'ennuyer ; un homme avec des lunettes fumées orange qui murmure dans son portable, la main sur la bouche ; trois femmes avec le même cocktail à la main qui bavardent en regardant à peine les photos. Je continue de chercher. Je cherche la posture familière de Jasper quand il est en pleine conversation, sa façon de toujours se pencher vers son interlocuteur ou de croiser les bras quand il rit poliment. Ne le voyant nulle part, je le relance.

*Tu es là ?*

Il répond aussitôt.

*Hélas, non. On avait besoin de moi à Berlin.*

Je sens l'adrénaline quitter mon corps, soulagée qu'il ne me voie pas rougir face à cette photo de moi. Mais après le soulagement vient la déception. Mon téléphone sonne de nouveau.

*C'est ma préférée de toute la collection. Elle me fait penser à toi.*

*Sans doute parce que C'EST moi ?* Mais comme je ne veux pas qu'il croie que je suis en colère, j'ajoute : *Moi, nue dans une galerie remplie d'inconnus… ?*

*Bon. Soit. Je suppose que je pourrais en prendre une de toi en col roulé et en pantalon ? Mais elle serait moins bien.*

Mes joues me brûlent de nouveau, et d'autres parties aussi. Une chaleur qui part de ma gorge et voyage dans le reste de mon corps. J'ai une envie irrésistible d'être avec Jasper, de le sentir derrière moi et qu'il me serre dans ses bras comme il avait l'habitude de le faire, ma tête posée contre son torse.

*Je dois te demander. Je suppose que Dallas n'est pas ta prochaine escale après Berlin ?*

*Non. Londres. Puis Paris. Puis de nouveau Berlin. Peut-être après ?*

Il ajoute après une pause : *Une jolie table de cuisine quelque part ?*

Je souris. J'essaie de trouver une réponse. Être au milieu de ses œuvres ne fait qu'accentuer la douleur aiguë de son absence.

*Il fait froid en Allemagne*, écrit-il. *J'aurais besoin que tu me réchauffes.*

Et là, debout, à l'ombre de la photo de cette fille en chaussettes, je me souviens du garçon qui lui a brisé le cœur. La façon dont il a quitté la ville, dont il nous a quittés nous, alors que nous n'en étions qu'au début de notre histoire. Ce souvenir me fait l'effet d'une douche froide, et je me contente de répondre : *C'est une belle exposition, Jasper.*

Avant que je n'aie le temps d'imaginer la suite de ce message, L'Wren surgit à côté de moi.

– C'est toi, ça ?

Je la regarde écarquiller les yeux.

– Partons.

– Je savais que c'était toi ! Tu es incroyable. Regarde-moi ces jambes.

– On devrait y aller.

Je déglutis mais j'ai du mal à respirer. La pièce est soudainement toute petite et il y fait bien trop chaud.

– Eh. Ça va aller, me rassure L'Wren en attrapant ma main moite. Allons prendre l'air.

Elle m'entraîne jusqu'au toit, quasi vide à l'exception d'un bar où personne ne fait la queue et d'un groupe d'hommes en costumes en pleine conversation. Elle me tend un verre d'eau et me serre l'épaule.

– Ça va ?

– Jasper, c'est mon ex.

– J'avais compris, chérie, répond-elle en riant.

Quand je rentre à la maison, j'écoute le message qu'Oliver m'a laissé. Il annule le dîner de demain soir que nous avons déjà reprogrammé trois fois depuis qu'il a déménagé. *Je ne le sens pas, finalement.*

Je prends une douche et me mets au lit. Puis je fais ce que je fais tous les soirs depuis qu'Oliver est parti : je reste allongée pendant des heures, incapable de m'endormir. Je repense à mon échange avec Jasper, en essayant de me convaincre que ce n'est pas *grave* si je ne l'ai pas vu ce soir. Évidemment qu'il est occupé, il a une vie bien remplie et moi aussi. Il s'est passé tellement de temps depuis Santa Fe. On ne se connaît plus vraiment. Je le reverrai peut-être. Ou peut-être pas.

Mais je le revois. Quand je m'endors enfin, Jasper est là. Nous sommes dans une chambre. Aveuglée par la lumière, je lui demande de fermer les rideaux.

Il s'exécute et la pièce devient enfin nette. Les murs sont bleu pâle, je ne reconnais rien. Il y a un lit, un fauteuil et un tapis trop petit pour la chambre, et je m'entends dire à voix haute « Ne fais pas trop attention aux détails » même si ce n'était qu'une réflexion pour moi, dans ma tête.

Jasper rit et me serre contre lui. Pas de chemise, juste un jean et son torse nu contre ma poitrine. Il a exactement la même expression que celle qu'il avait au café. Et la vague de chaleur qui m'a balayée quand je l'ai vu ce jour-là revient, cette fois avec une intensité contre laquelle je ne peux rien.

Je ne porte pas de chemise moi non plus, juste une jupe noire et un soutien-gorge en dentelle rose que je ne connais pas. Jasper le dégrafe et je suis soulagée en le voyant glisser le long de mes épaules et tomber par terre. Je veux sentir ses mains sur mes seins nus.

– Jasper.

C'est un avertissement, pour nous deux. Nous ne devrions pas être là, quelque chose me dit que c'est interdit. Mais son nom dans ma bouche résonne plus comme une supplique. Je lui demande de me toucher partout, partout en même temps.

– Qu'est-ce que tu fais dans ma chambre d'hôtel ? me demande-t-il.

Sa chambre d'hôtel ? Les murs sont nus, pas de peintures, pas de photos, même le lit n'a qu'une couverture et pas d'oreiller.

– Pourquoi es-tu venue ? insiste-t-il, cette fois en murmurant au creux de mon oreille.

Il fait courir ses doigts le long de mon bras et je frissonne.

– Je ne sais pas. C'était peut-être une erreur ?

– Dans ce cas pourquoi es-tu encore là ? Pourquoi ne pas t'en aller ?

Comme je ne réponds pas, il suit du bout du doigt le haut de ma jupe, jusqu'à trouver la fermeture éclair. Ses mains s'arrêtent mais il avance d'un pas, il n'est plus qu'à quelques centimètres de moi.

– Tu as toujours… (Il me regarde dans les yeux.) Tu as toujours ce pouvoir sur moi.

Il fait glisser la fermeture, ma jupe tombe à mes chevilles, et je suis désormais complètement nue. Il recule d'un pas pour mieux me regarder, retient son souffle. Le sol bouge sous mes pieds, j'ai cette sensation familière que je vais perdre l'équilibre, comme si la terre allait s'ouvrir sous moi. Puis cette voix dans ma tête qui me dit : *Garde-le près de toi. Accroche-toi à lui*. J'attrape la boucle de sa ceinture et l'attire contre moi.

– Je devrais vraiment y aller. Je suis en retard, je soupire dans l'espace qui nous sépare, et le souffle de ma voix me réchauffe le corps.

– Reste encore un peu…

– Non, je murmure.

Mais je ne bouge pas. J'en suis incapable.

Il me relève le menton et m'embrasse, doucement, en posant ses lèvres chaudes contre les miennes. J'ai désormais l'impression d'être sur de la moquette, le sol est doux et moelleux.

– Reste avec moi, chuchote-t-il. Ne t'en va pas. S'il te plaît.

En entendant sa voix suppliante, mon corps frissonne de plaisir. Je fais un petit pas en arrière pour pouvoir déboutonner son jean. Il gémit d'excitation quand je le baisse et prends son sexe dur dans ma main. Celui-ci grandit un peu plus dans le creux de ma paume. Je me sens plus vivante que je ne l'ai été ces derniers mois.

– Allonge-toi, lui dis-je en le poussant par terre.

– Diana, gémit-il en s'exécutant.

Je le regarde s'allonger, hors de sa portée.

– S'il te plaît, insiste-t-il.

Je ne le laisse pas me toucher. Au lieu de ça, je tourne autour de lui pour m'imprégner de son corps et qu'il s'imprègne du mien. La pièce s'assombrit un peu plus, ce qui n'est pas pour me déplaire – il n'y a que nous deux ici et plus la lumière disparaît, plus la chambre semble rétrécir et plus nous nous rapprochons.

Je m'assois au bord du lit et écarte les jambes. Il gémit de nouveau, prend son pénis dans sa main et se masturbe.

– Ne te touche pas, lui dis-je. Contente-toi de regarder.

Il obéit et lâche sa queue.

– Bien.

J'écarte un peu plus les jambes pour qu'il puisse voir combien je suis gonflée, combien je meurs d'envie qu'il me caresse.

Il tend de nouveau la main mais je l'écarte d'une tape.

– Juste moi.

Son bras retombe à côté de lui. Je glisse deux doigts en moi et ferme les yeux. Je sens le plaisir monter. Je m'allonge sur le lit, serre les cuisses autour de ma main. Quand je rouvre les yeux, Jasper est debout au-dessus de moi. Je lui attrape la main et un courant passe entre nous. Nous sourions en sentant cette électricité qui nous est si familière.

– Tu m'as manqué, dit-il.

– Je suis là.

– Est-ce que je peux te toucher maintenant ?

J'attrape ses deux mains et tire son corps contre le mien.

– Diana, murmure-t-il contre ma bouche et je réponds en l'embrassant fougueusement, avant de l'allonger sur le dos.

Je m'installe à califourchon sur lui, la pièce se met à tourner. J'ai envie de me coller à son torse pour retrouver l'équilibre. Mais j'ai peur de le faire disparaître. Je reste assise et le laisse me caresser. Je lui donne la permission de m'agripper les hanches, puis les fesses. Je dirige ses mains vers mes seins. Il se redresse sur les coudes pour pouvoir prendre mon téton dans sa bouche. Ses lèvres sont chaudes et j'aimerais qu'il ne s'arrête jamais.

Je laisse tomber ma tête en arrière et gémit :

– Oliver.

Merde. Le mauvais prénom résonne lourdement dans la pièce. Impossible de revenir en arrière.

Jasper lève les yeux vers moi, surpris, puis sourit :

– Est-ce que c'est le mec que tu veux que je sois ce soir ?

La chambre devient un peu plus obscure encore, il ne peut pas voir ma panique.

– Non, j'ai juste envie que nous soyons nous.

Je ferme les yeux et utilise toute ma force mentale pour que la pièce reste la même, pour que nous restions exactement comme nous sommes.

En guise de réponse, il me soulève les hanches et glisse sa queue dure en moi. Nous bougeons l'un contre l'autre, la pression monte, une pression qu'aucun de nous deux ne veut voir s'arrêter. Plus nous approchons de l'orgasme, plus la pièce s'éclaircit, jusqu'à ce que nous jouissions tous les deux sous un soleil torride.

J'ouvre les yeux. Je reconnais la chambre dans laquelle je suis. Chaque détail m'est atrocement familier. Les murs sont peints de la couleur exacte qu'Oliver et moi avons choisie après avoir débattu pendant des semaines ; les volets sont ceux que nous avons installés il y a quatre ans, quand nous avons enfin eu assez d'argent pour les acheter ; le soleil perce selon l'angle exact où il entre chaque matin à la fin du printemps et le morceau de ciel que j'aperçois a ses teintes habituelles de jaune et d'orange.

Mais le plus familier de tout, c'est cette vieille sensation qui me percute : l'impression de me réveiller heureuse et comblée après avoir fait l'amour avec Jasper.

# Chapitre 2

Deux jours plus tard, je suis assise sur la banquette arrière de la Range Rover de L'Wren, coincée entre le réhausseur de Halston et un énorme panier de goûters pour enfants : des biscuits animaux, des pâtes de fruits et une tonne de petites boîtes de raisins secs dont personne n'a voulu. L'Wren est sur le siège passager tandis que Kevin, son mari, conduit. Je suis juste derrière lui et son siège est si reculé que je dois mettre mes jambes en diagonale.

Hier soir, sur un coup de tête, j'ai envoyé un texto à Jasper. Je lui ai redit combien son expo m'avait plu. Juste une phrase mais j'ai bien dû la réécrire quatre fois.

Puis j'ai passé beaucoup trop de temps à décider si je devais ajouter « Bisous » ou non. Finalement, j'ai laissé comme ça et envoyé. J'ai posé mon téléphone sur la table de nuit en me disant que je n'aurais pas de réponse avant le lendemain matin.

Sauf qu'il a répondu tout de suite.

*Je crois que comme nous n'avons pas vraiment réussi à nous voir à Dallas, il va falloir que tu viennes me rendre visite à Londres.*

Puis une pause – trois petits points qui apparaissent et disparaissent tandis que mon cœur bat à toute vitesse – avant d'ajouter :

*Il doit être tard chez toi.*

Je me force à taper aussi vite que possible, comme pour montrer une nonchalance que je suis incapable d'éprouver en vrai. *Je n'arrive pas à dormir. Beaucoup d'insomnies ces temps-ci.*

*Oh oh. J'ai déteint sur toi.*

J'ai l'impression que c'est un message à double sens. Non ? J'évite de trop réfléchir et réponds.

*C'est vrai.*

Trois points qui apparaissent, puis disparaissent. Une fois. Deux fois encore. Puis :

*Bonne nuit, Diana. Je t'embrasse.*

Dire que je n'ai pas passé la journée à regarder mon téléphone, voire pire, à regarder les vols pour Londres, serait un gros mensonge.

– Je pense que je peux deviner à qui tu envoies des textos, dit L'Wren depuis le siège passager.

Kevin lui lance un regard qui veut dire *Tais-toi*. Il est en pleine conversation professionnelle sur le kit mains libres de la voiture – nous sommes donc forcées d'écouter. Durant les deux dernières minutes, j'ai appris que : le type à l'autre bout du fil s'appelait Howie, que Howie était très déçu par le manque de transparence d'un type qui s'appelle Jeremy et que le boulot de Kevin avait l'air vraiment chiant.

– À personne, je bafouille.

Pas de nouveau message. Je range le téléphone dans mon sac.

L'Wren ignore l'avertissement de Kevin.

– J'ai du jus de fruits, chérie, si tu as soif.

Je lève le pouce et attrape une brique de jus. J'essaie de défaire le plastique de la paille discrètement tandis que Kevin explique à Howie qu'il faudra « faire un topo la semaine prochaine ».

– Bien sûr, mec, dit Howie avant de raccrocher.

L'Wren lève les yeux au ciel.

– Beurk.

– Quoi ? Howie est un type bien.

– C'est une couille molle. Et il ne devrait pas t'appeler « mec ». Genre jamais.

– C'est cette couille molle qui nous a permis d'acheter cette voiture.

– Cet argument devient *vraiment* lassant. Diana, on devrait inventer un jeu d'alcool : à chaque fois qu'un pote de Kevin dit « conf call » ou « wording », on boit.

– Tu es si mignonne, soupire Kevin en caressant sa jambe.

– Est-ce que c'est bizarre ? je les interromps depuis la banquette arrière. Que je vienne avec vous ?

– Il n'y a pas de bonne ou de mauvaise option. Nous sommes ravis d'y aller avec toi. N'est-ce pas, Kev ?

– Tout à fait. J'adore quand la meilleure amie de ma femme s'incruste à nos soirées en tête à tête. (L'Wren lui tape l'épaule.) Oh, je rigole, corrige-t-il me souriant dans le rétroviseur. Parce que oui, aller à un spectacle de l'école, ça compte comme un rendez-vous amoureux apparemment de nos jours. Voilà où nous en sommes.

– Oh mon Dieu, dit L'Wren en se tournant vers moi. On sort tout le temps en tête à tête ! Sauf que Kev passe généralement la soirée à bosser donc nos dîners ressemblent plus à des réunions de boulot.

– Quand est-ce qu'on est vraiment sorti tous les deux pour la dernière fois ?

– Peut-être que si *tu* organisais quelque chose au lieu de penser que je vais le faire moi en plus des dix mille autres trucs dont je m'occupe déjà...

– T'entends ça, Diana ? Je suis un truc !

Son ton est léger et joyeux mais j'aimerais quand même changer de sujet.

– Crois-moi, je suis vraiment la dernière personne à qui tu devrais demander des conseils en matière de couple.

C'est censé être drôle mais ça tombe à plat. Kevin tourne à gauche pour entrer dans le parking tandis que je continue de déblatérer.

– Ce que je veux dire c'est que c'est vous qui êtes censés me donner des conseils à *moi*. Par exemple quand on sera à l'intérieur, est-ce que je garde une place pour Oliver à côté de moi ? Ou est-ce que je suis censée partir du principe qu'on s'assoit séparément ? *Devrions-nous* nous asseoir séparément ? S'il est déjà là, est-ce que je vérifie d'abord s'il m'a gardé une place ou est-ce que je m'assois dès que j'en vois une de libre ?

Depuis qu'Oliver a quitté la maison, je m'arrange pour avoir un agenda si chargé que ça en devient presque comique. J'ai fait des heures et des heures de bénévolat à l'école d'Emmy : j'ai rangé les livres de la bibliothèque, dessiné le T-shirt du pique-nique de fin d'année, collecté de l'argent pour les cadeaux des maîtresses et hier, j'ai répondu « oui pas de problème » avec enthousiasme à un mail qui me demandait de gérer toute seule les boissons pour un concert.

Au bureau, je fais profil bas en essayant de ne pas trop penser au fait que je travaille toujours pour mon beau-père, bien qu'Oliver et moi soyons séparés. J'essaie également de ne pas imaginer ce que mes collègues pensent de ma présence, ce qui veut dire que j'évite de me rendre trop souvent au coin cuisine, à la salle du courrier, à la photocopieuse ou aux toilettes.

Les soirs où je n'ai rien de prévu, je me couche tôt pour ensuite fixer le plafond. Je finis par déclarer forfait et redescendre à la cuisine, en faisant craquer le parquet. *Je vais acheter un nouveau tapis pour étouffer cet horrible son,* me dis-je. *Est-ce que quelqu'un fabrique des tapis contre la solitude ?* Je me verse un bol des céréales d'Emmy et allume la télé. Mais toutes mes tentatives échouent. Je suis épuisée mais n'ai aucune envie de dormir. La tristesse et le trouble qu'a engendrés ma séparation me hantent toujours.

L'Wren remarque que je suis perdue dans mes pensées. Elle serre ma main.

– Diana. C'est une chorale de CP. Emmy sera ravie que vous soyez là tous les deux. Contente-toi de, tu sais, vivre dans l'instant.

– Elle a raison, confirme Kevin. Laisse les choses se faire de façon organique.

« Organique » ne faisait pas partie du vocabulaire de Kevin jusqu'à ce que L'Wren l'envoie faire une « retraite bien-être » il y a un mois parce qu'il travaille trop – il est censé avoir ralenti le rythme – et qu'elle a peur qu'il tombe raide mort d'un infarctus à cause de son stress.

« Ça peut arriver », répète-t-elle souvent.

Ils lui ont confisqué son téléphone le premier jour de la retraite, et Kevin a passé les trois suivants à étudier ses chakras et à « manger des graines » selon ses dires. Mais ensuite, quand il est rentré chez lui, il a remercié L'Wren d'avoir rallongé son espérance de vie de cinq ans. Il a éparpillé des quartz roses tout autour de la maison, acheté des noix en vrac et s'est mis à faire lui-même son lait de chanvre. L'Wren a été soulagée de voir qu'il prenait soin de lui. Jusqu'à la semaine suivante où elle l'a surpris en pleine conversation téléphonique : il était en train de passer un accord pour franchiser le centre de bien-être. Quand nous en avons parlé, elle m'a dit avec un petit sourire triste : « Il est motivé, c'est déjà ça, non ? »

– Vous avez raison. Laissons les choses se faire naturellement, dis-je en détachant ma ceinture. C'est juste que nous n'avons pas assisté ensemble à un spectacle de l'école depuis qu'il a déménagé. Nous avons partagé les matchs de foot et les activités…

Kevin soupire, pensif.

– Comme j'aimerais qu'on se partage ces trucs-là, nous…

L'Wren fait semblant d'être offusquée. Ou peut-être qu'elle l'est vraiment. J'essaie de lire son langage corporel.

– Pour que tu puisses rester à la maison pendant que je vais écouter pour la trois centième fois « This Little Light of Mine » ? le gronde-t-elle.

– Eh bien, oui.

Il se gare, éteint le moteur et embrasse sa femme sur la joue. L'Wren sourit, ses épaules se détendent et un mélange intense d'envie et de solitude me noue l'estomac. Je regarde mes ballerines en faisant semblant de ramasser mes affaires pour ne pas pleurer. Les larmes montent si vite ces derniers temps. Je mets ça sur le compte de l'insomnie. Ce n'est pas comme si tout ça était nouveau – ça fait longtemps que je vois L'Wren et Kevin se chamailler. Mais quand c'est le cas, leur agacement ou leur déception semble toujours se dissiper en quelques secondes. Quand Oliver et moi sommes en désaccord sur un truc, c'est comme si la tension ne disparaissait jamais. Elle prend le dessus sur l'ambiance, envahit toute la pièce, pend au-dessus de nos têtes telle une épée de Damoclès et nous étouffe.

L'auditorium de l'école sent le désinfectant et la sueur. La salle se remplit à toute vitesse.

– Tu vois Oliver ? (Je fixe L'Wren pour éviter de le chercher moi-même.) Il est déjà là ?

– Bon sang, Diana. Ce n'est pas The Rock. T'as qu'à chercher la dame aux chapeaux.

– *Raleigh.*

Je lui rappelle le prénom de la mère d'école avec qui Oliver a couché, même si je sais parfaitement qu'elle le connaît.

– Huuum, répond-elle en faisant la moue. Pour moi ça sera la dame aux chapeaux jusqu'à ce qu'elle rende son dernier souffle de garce.

Nous trouvons une rangée peu remplie et nous y installons. Il y a un siège libre à côté du mien.

– Est-ce que je pose mon sac ? Juste au cas où ?

– Oh mon Dieu, Diana, rit L'Wren. Pose ton sac sur ta tête si ça te chante. Tu réfléchis trop.

J'aperçois Jenna qui sautille vers nous en faisant rebondir ses boucles blondes.

– Bon sang, vous n'imaginez pas le sauna en coulisses avec les sixièmes. (Elle fait semblant d'inhaler en faisant vibrer ses narines.) Je peux enfin respirer. Ils ne sentent pas leur propre odeur ou quoi ? Vous voulez savoir un truc bizarre ? Brooksie a la même odeur que son père. C'est vraiment étrange. Je me demande si ça signifie qu'Alice aura la mienne ? Oh mon Dieu, s'interrompt-elle en regardant derrière moi. Oliver à 11 heures.

– Discret, Jenna, soupire L'Wren.

– Il est seul ? je murmure.

– Tout seul. Tu gardais cette place pour lui ? C'est quoi le plan ?

– Non, dis-je en posant une main hésitante sur mon sac.

Jenna se redresse.

– Compris. Tant mieux. Laisse-le s'asseoir tout au fond avec les losers, j'ai raison ou pas ?

La lumière clignote, signe que les gens doivent s'installer.

– Mercredi ! Faut que j'aille asperger les CE2 de laque s'exclame Jenna.

Dès qu'elle disparaît, je repose mon sac à main sur le siège à côté de moi pour le réserver.

Oliver se hâte dans notre direction. Je le reconnais à peine. Il remonte la rangée sans s'excuser d'écraser des parents agacés. Il se déplace vite, sûr de lui, comme s'il honorait l'auditorium de sa présence.

– Désolé pour le retard. Merci de m'avoir gardé une place, dit-il en prenant place à côté de moi. J'ai perdu la notion du temps.

Il sort de la douche, ses cheveux sont encore mouillés.

– Combien as-tu couru ?

– Quinze.

– Kilomètres ?

Je me souviens de toutes les fois où j'ai vu Oliver affalé sur le canapé pendant des heures. Parfois, quand il regardait la télé, il s'enfonçait si profondément dans les coussins que je devais l'aider à se relever.

La lumière s'éteint complètement et les maternelles déboulent sur scène, poussés depuis les coulisses. Ils fixent le public, cherchent leurs parents tout en cognant leurs petits corps les uns contre les autres. Oliver me sourit en haussant les sourcils – une expression familière, sa façon de dire « c'est parti ». En général, ces spectacles me dépriment mais là je me sens bien, assise à côté de lui.

Un petit garçon, habillé en jean des pieds à la tête et les cheveux en pétard, avance au centre de la scène. Il ouvre la bouche et commence à chanter d'une voix d'ange « Je suis ton ami ». À chaque nouveau couplet, je pense à ma pauvre Emmy. On ne peut pas dire que le chant soit son fort.

Oliver se penche vers moi, l'air inquiet.

– Tu te souviens quand on a fait du porte-à-porte avec Emmy en chantant des chants de Noël l'année dernière ? Et qu'elle ne comprenait pas pourquoi les gens refermaient leurs portes au milieu du refrain…

– J'en fais encore des cauchemars. C'est bientôt à son tour…

La femme assise devant se retourne vers nous d'un air agacé. Puis Emmy monte sur scène et je suis prise d'un rire nerveux. Les CP commencent à chanter « Happy ». Oliver et moi n'osons pas nous regarder. Emmy fixe sa maîtresse, debout au pied de la scène, tout sourire, pour suivre ses indications. Je me détends et me laisse retomber contre le dossier de mon siège pour la première fois depuis qu'elle est sur scène. Mais vers la fin de la chanson, Emmy fait un pas en avant et se plante au centre de la scène.

– Sa voix couvre vraiment celle des autres, non ?... murmure Oliver.

– Si.

– Qu'est-ce qu'elle fait avec ses bras ?

Je secoue la tête.

– Elle part en vrille.

Emmy atteint une note aiguë – bien trop aiguë – et Oliver me serre nerveusement la cuisse.

– C'est ta faute tout ça, lui dis-je. Elle a la voix de ta mère.

– Ma mère a la voix d'un ange.

Incapable de me retenir, je laisse échapper un rire de cochon. Cette fois, la femme devant nous se fend d'un vrai « Chut ! », ce qui ne fait qu'empirer la situation. On explose de rire.

L'Wren se penche vers nous.

– Qu'est-ce qu'il se passe ici, les copains ? Hein ? On a un fou rire ?

Je m'éclaircis la gorge et regarde droit devant moi, des larmes coulent silencieusement le long de mes joues. Du coin de l'œil, je vois Oliver serrer les lèvres avec la même détermination. La chanson se termine et le public applaudit. Tout va bien. Nous allons quitter cette salle la tête haute.

Jusqu'à ce qu'un projecteur s'allume et se braque sur Emmy.

– Oh non, soupire Oliver.

Et là je perds le contrôle, la panique authentique d'Oliver est la goutte d'eau qui fait déborder mon vase. Le prof de piano se met à jouer « True Colors », mes épaules se contractent et je me mords l'intérieur de la joue. *Nepasrirenepasrirenepasrire. Nous ne pouvons pas rire pendant que notre fille chante*, ce qui est exactement ce pour quoi nous n'arrivons pas à nous arrêter. À côté de moi, Oliver a la main sur sa bouche et les éclats de rire qu'il ravale donnent l'impression qu'il a le hoquet. Puis, dans l'obscurité de l'auditorium, nous nous prenons la main.

Et ce simple geste suffit à nous apaiser tous les deux. Nous reprenons notre sérieux et écoutons Emmy chanter à tue-tête jusqu'à la fin.

Après le spectacle, Oliver et moi bavardons avec L'Wren sur la scène vide, en attendant qu'Emmy et Halston finissent de se changer.

– Qu'est-ce qu'on lui dit ? je demande.

– On complimente l'effort, répond Oliver en citant un livre sur l'éducation que nous avions feuilleté sans jamais vraiment le lire, il y a quelques années.

Quand Emmy arrive, il écarte les bras en grand et elle s'empresse de s'y jeter.

– Est-ce que je peux dormir chez Halston ? On va refaire tout le spectacle !

L'Wren ne leur laisse aucune chance.

– Les filles. J'adore cette idée. Mais j'en ai une encore meilleure : laissons le souvenir de ce spectacle vivre dans nos cœurs. (Elle pose la main sur sa poitrine.) Dans nos cœurs pour toujours.

– On veut refaire le spectacle pour papa ! crie Halston en sautillant d'un pied à l'autre. Il dormait, je l'ai vu.

– Papa ? fait semblant de s'étonner L'Wren. Non, non. Il s'est reposé les yeux pendant quelques secondes peut-être mais ensuite il était totalement éveillé.

Nous suivons le regard de Halston vers la salle vide. Il ne reste plus que Kevin sur son siège, en train de faire une sieste, tête renversée, bouche grande ouverte.

– Il va me le payer, me murmure L'Wren à l'oreille avant de se retourner vers les filles. Allons-y, mesdemoiselles ! Réveillez papa en sortant ! Oh mais attends. (Elle s'arrête au pied de la scène.) Diana, est-ce que tu as besoin que je te ramène ?

– Je peux la déposer, propose Oliver et je sens l'excitation monter en moi.

Nous les regardons s'éloigner, récupérer Kevin et passer les portes de l'auditorium avant que celles-ci ne se referment derrière eux. La salle est entièrement vide désormais, nos artistes en herbe sont tous dans leurs voitures, les plus chanceux en route pour aller manger la glace qu'on leur a promise. Ce même jour l'année dernière, Oliver et moi serions rentrés ensemble puis nous aurions souhaité bonne nuit à Emmy avant de chacun rejoindre notre coin de la maison sans un mot.

– Tu n'as pas faim par hasard ? me demande Oliver.

Sa voix résonne dans l'auditorium.

– Je suis affamée.

Oliver m'emmène dans un restaurant où nous ne sommes pas retournés depuis la naissance d'Emmy. Un pub chic avec des plats trop chers, des bières importées et une table de billard dans l'arrière-salle. Nous y étions venus lors de l'un de nos tout premiers date. L'endroit était si sombre que j'avais pensé qu'on pourrait s'embrasser tranquillement sans que personne ne nous remarque. Mais il s'était comporté en vrai gentleman toute la soirée.

Désormais assise en face de lui, à siroter un whisky hors de prix, je me souviens de la panique que j'avais éprouvée à l'époque quand le serveur avait apporté le menu et que j'avais désespérément cherché un plat qui ne coûte pas un rein. À tous nos premiers rendez-vous, je disais ne rien vouloir d'autre que de l'eau avec mon steak et Oliver n'insistait jamais. Mais ensuite, il allait aux toilettes et en profitait pour discrètement donner sa carte bleue au serveur. Quand il revenait, il m'annonçait que le repas était gratuit. « En fait, les propriétaires sont de vieux amis de la famille », disait-il, ou quelque chose de ce genre. Et moi, je faisais semblant de le croire. Nous avons joué à ce jeu pendant un bon moment, jusqu'à ce que je gagne la même chose que lui et que je puisse à mon tour glisser ma carte au serveur.

Ce soir, je commande une salade d'agrumes et des calamars à partager, ainsi qu'un sandwich au steak, rien que pour moi. Quand les plats arrivent, nous nous jetons dessus comme si nous n'avions rien avalé depuis trois jours.

– C'est toujours aussi bon, dis-je entre deux bouchées.

– Évidemment que c'est toujours aussi bon, répond Oliver en prenant une gorgée de son verre. C'est le Fitz.

– C'était notre préféré. Au début.

– Et regarde-nous aujourd'hui.

Son ton est parfaitement neutre, il pourrait vouloir dire *Regarde-nous aujourd'hui, toujours dans la vie l'un de l'autre après tant d'années.* Ou *Regarde-nous aujourd'hui, assis si proches et pourtant si éloignés.*

– Oui, regarde-nous.

Je parle comme lui, sans passion, puis renchéris, en essayant de rester légère :

– Deux parents fiers de leur fille belle et intelligente qui pourra devenir tout ce qu'elle veut quand elle grandira. Sauf chanteuse. Ou tout métier en rapport avec la musique. Ou le rythme en général.

Oliver rit et mes épaules se détendent. Il ne veut pas s'apitoyer sur notre situation. *Regarde-nous aujourd'hui.*

– Tu es beau, lui dis-je. Le footing te réussit.

– Tu es belle toi aussi. Quoi que tu fasses en ce moment.

– Je suis sincère. Tu as retrouvé ta joie de vivre.

Sa peau est lumineuse comme elle ne l'a jamais été, même son sourire semble plus grand. Je crève d'envie de lui demander à quoi il pense, ce qu'il prévoit pour la suite. Où est-ce qu'il va travailler ? Est-ce que les entretiens qu'il passent sont prometteurs ? Mais j'ai peur de casser l'ambiance avec mes questions.

– Je suis plus heureux, ça c'est sûr, répond-il à voix basse et je me penche vers lui par réflexe. Honnêtement, je me dis parfois que je ne sais pas comment tu as pu me supporter pendant si longtemps. Je déambulais avec un nuage noir au-dessus de la tête. Je te suis reconnaissant. Si nous ne nous étions pas séparés, je ne suis pas certain que j'aurais autant changé.

– Tu parles de ta démission ?

– De tout.

– Oh. OK. Mais certains changements ne sont pas positifs.

Oliver prend une gorgée de son whisky.

– C'est bizarre, n'est-ce pas ? Faire toutes ces choses sans l'autre ?

– Oui, c'est bizarre.

Des larmes me piquent les yeux et je cligne des paupières pour me retenir de pleurer.

– Oh, Diana, dit-il en attrapant ma main sur la table. S'il te plaît, ne pleure pas.

Je ferme les yeux. Je refuse de gâcher la soirée. Sous la table, avec la main qu'Oliver ne tient pas, je me pince la cuisse jusqu'à ce que la douleur soit assez forte pour me distraire. Je ne veux pas pleurer au restaurant. Je ne veux pas que cette soirée devienne triste. Mais je vois le chagrin sur le visage d'Oliver – et je n'arrive plus à dire si c'est le sien ou le reflet du mien. Est-ce que c'est important ? Et puis j'ai menti, la nourriture n'est pas aussi bonne qu'avant. La salade est détrempée et le calamar, caoutchouteux, comme si on l'avait conservé au congélateur trop longtemps. Et puis les sièges en cuir terne sont aussi inconfortables qu'avant. Oliver me serre la main.

– Nous ne pouvons pas pleurer au restaurant. C'est trop triste. Ça ne peut pas être nous.

– D'accord, dis-je, mais ça ne fait que redoubler mes sanglots. Je ne peux pas m'en empêcher, si tu es gentil avec moi, je vais pleurer encore plus.

Il me tend sa serviette pour que je m'essuie les yeux et un sanglot se coince dans ma gorge.

– Tu vois ?

Ma façon de lui dire *Je te l'avais dit* nous fait rire tous les deux.

– Respire, me conseille-t-il.

Je m'exécute. Une profonde inspiration, bien lente.

– Un autre verre ? On peut faire la fermeture.

Il est à peine 21 heures mais le restaurant est déjà presque vide. Il ne reste plus qu'un homme au visage cireux, en chemise à carreaux, assis seul au comptoir. La lumière au-dessus de notre table tremble, la musique est trop jazzy et ça sent la bière et le calamar caoutchouteux.

– Non, dis-je en secouant la tête. J'aimerais rentrer.

– Allez, on y va.

Le ton résolu de sa réponse me surprend – j'ai l'impression qu'il accepte une invitation.

Je passe aux toilettes me moucher et essuyer mon mascara qui a coulé tandis qu'Oliver va récupérer la voiture. Quand je sors, il m'ouvre la portière, comme il le faisait lors de nos premiers rendez-vous. Pendant le trajet du retour, je regarde la route devant moi en essayant d'identifier ce que je ressens. Est-ce qu'Oliver pense qu'il va entrer boire un dernier verre ? Est-ce qu'il en a envie ? Est-ce que moi j'en ai envie ? Mes yeux me brûlent d'avoir pleuré donc je les ferme et baisse ma vitre, en écoutant Spoon à la radio et en laissant le vent me caresser le visage. Quand je les rouvre, Oliver est en train de me regarder. Puis ses yeux se tournent lentement vers la route. Il est détendu. Je ne me souviens pas l'avoir vu aussi détendu de toute ma vie.

Nous arrivons à la maison. Il se gare, descend et fait le tour de la voiture pour ouvrir ma portière. Nous nous arrêtons sur le perron, son épaule frôle la mienne. Si je sors mes clés, vais-je rompre le charme ? Pas besoin de le découvrir. Oliver plonge la main dans sa poche pour sortir les siennes. Bien sûr qu'il a encore les clés de la maison – je suis soulagée l'espace d'un instant, ça me réchauffe le cœur de me dire que je ne suis, au fond, pas la seule adulte à vivre ici. Cette pensée m'apporte une sorte d'équilibre, j'ai l'impression que mes pieds sont fermement ancrés dans le sol, et la maison aussi, qu'elle est plus solide, et que je n'ai plus à craindre qu'elle s'envole ou s'écroule. Oliver ouvre la porte. Je le suis à l'intérieur. Aucun de nous deux ne dit le moindre mot.

J'ai à peine refermé derrière moi que nous nous embrassons déjà. Sa main m'attrape le visage, ses lèvres sont tièdes et douces, elles ont le goût du whisky. Je glisse mes bras autour de sa taille et l'attire contre moi, je sens son corps dur contre le mien. Nous restons comme ça, à nous embrasser dans l'entrée pendant un long moment, des heures, j'ai l'impression. Entre deux baisers, nous nous disons : « Tu m'as manqué. »

Ces deux dernières années, j'ai progressivement érigé un mur entre nous, sans jamais vraiment chercher à comprendre pourquoi. J'avais sans doute trop peur de découvrir de quoi je me protégeais vraiment. Qu'avais-je à craindre au fond ? La dépression d'Oliver ? La mienne ? Désormais, quand je n'arrive pas à dormir, je me demande si je n'avais pas juste peur d'analyser en détail notre mariage et de découvrir qu'il était irréparable. La piscine de notre intimité débordait et puis soudain, un jour, elle est devenue toute sèche. Je ne voulais pas admettre combien elle manquait dangereusement d'eau. Je me moquais de savoir qui était fautif ; pour moi, nous étions une cause perdue même si je ne voulais pas l'admettre. Mais ce soir, le mur ressemble plus à une haie en bois. Une haie qui me semble fragile et branlante, faite de brindilles et de stupidité, maintenue par du chewing-gum et des rancœurs inutiles.

J'ai la langue d'Oliver dans la bouche. Il m'attire contre lui d'un geste confiant et passionné. La sensation est à la fois familière et excitante, comme la surprise de retrouver un jouet qu'on a perdu.

Mon corps entier tremble de désir. Ce n'est pas l'Oliver d'il y a six mois. Ces versions-là de nous n'existent plus. Désormais il y a autre chose à la place. Une étincelle persistante.

Il m'enlève mon T-shirt et mon soutien-gorge en quelques secondes puis les balance par terre avant de prendre mes seins dans ses mains.

– Diana.

Il m'agrippe les cheveux et renverse ma tête en arrière, m'embrasse le cou et me dit qu'il aime le goût de ma peau. Je retire mon pantalon, puis ma culotte. Il me regarde, ses yeux s'écarquillent.

– Viens.

Il me prend dans ses bras musclés et monte l'escalier. Arrivé en haut, il me pose par terre. Impossible de ne pas nous toucher.

– Ton corps est différent, dis-je.

– Ah oui ?

– Tu es différent.

– C'est toujours moi.

Je note une certaine tristesse dans sa voix.

– C'est une bonne chose, dis-je.

Je ne veux pas que cette sensation agréable nous quitte, ni lui, ni moi.

Il sourit et fait courir ses mains partout sur mon corps, le caresse avec assurance. J'essaie d'agir avec la même confiance que lui et le pousse par terre, juste devant la porte de notre chambre. Je m'assieds à califourchon sur lui et écarte les cuisses pour qu'il sente à quel point je suis excitée. Il gémit de plaisir quand il réalise à quel point je mouille.

– Diana, répète-t-il.

J'attrape son pénis, le dirige doucement vers mon entre jambe, et caresse mes lèvres avec. Il a le souffle coupé. Je fais durer le moment autant que possible.

– Embrasse-moi, m'ordonne-t-il.

Nous ne nous sommes pas embrassés comme ça depuis si longtemps. Vraiment embrassés. J'aspire sa lèvre inférieure puis entoure sa langue avec la mienne, encore et encore. Nous nous embrassons comme ça jusqu'à ce que sa barbe de trois jours me brûle le menton. Quand je me redresse, il gémit un peu plus fort. Il me tire les cheveux et ma bouche s'ouvre en grand, presque de surprise. Il y fourre sa langue avec empressement. Nous sommes à quelques secondes de l'étape suivante. Je n'ai qu'une envie, c'est de l'avoir en moi. Lui, tout entier. En moi tout entière. J'ondule mes hanches pour caresser son gland, nous sommes tous les deux au bord de l'implosion.

– Allons au lit.

Nous rampons ensemble sur le sol de la chambre, toujours enchevétrés.

Une fois que nous sommes arrivés au pied du lit, il me renverse pour se mettre au-dessus de moi.

– Plus, murmure-t-il dans mon oreille. Je veux plus.

Nous restons comme ça l'espace d'un instant. À nous embrasser intensément, mon pubis écrasé contre le sien, le bout de sa queue qui me provoque.

Et puis, quelque chose change. En une seconde. Le souffle de la clim, un craquement quelque part dans le grenier – un bruit familier de notre maison. Une symphonie que nous connaissons par cœur. Je ne sais pas si ça l'affecte lui ou moi en premier, ou bien tous les deux en même temps. C'est comme si quelqu'un venait de rallumer la lumière et que nous plissions tous les deux les yeux en apercevant nos corps nus. Nos baisers deviennent froids et humides – parce que nous sommes dans notre chambre, le décor de tant de disputes non résolues, hantée par ce fantôme, celui de se sentir seul alors qu'on est allongé à côté de quelqu'un d'autre.

Oliver se redresse le premier.

– Je suis désolé.

– Moi aussi.

– Je n'aurais pas dû aller aussi loin.

Il m'aide à me relever et nous nous asseyons au bord du lit, nos pieds nus par terre.

– J'étais là moi aussi, dis-je. Nous aurions dû arrêter tous les deux.

Des larmes me brûlent les yeux et je tente encore une fois de les retenir. Mis à mort par notre propre passé, nos corps bougent encore malgré eux, comme ceux des serpents à qui on vient de couper la tête.

– Hé… dit-il en me serrant le genou.

– Je suis tout le temps triste, Oliver. Est-ce que ce sera toujours comme ça ? Être triste d'être séparés ? Et si on avait pris la mauvaise décision ?

– Eh bien, je ne suis pas un génie mais je me dis que… rester ensemble n'est pas la bonne non plus.

Je regarde nos corps nus et son pénis mou entre ses jambes.

– Qu'est-ce qu'on fait maintenant ?

– Je ne sais pas. Mais je ne crois pas qu'on ait besoin de répondre à toutes les questions ce soir.

– Quand ? (Je suis gênée que nous ayons laissé les choses aller aussi loin, mais je panique parce que j'ai l'impression qu'on tourne en rond.) Nous ne parlons jamais de la suite. J'ai besoin de parler des choses importantes.

Oliver regarde la porte de la chambre, comme s'il cherchait discrètement ses habits et une issue de secours.

– Si nous ne pouvons même pas nous parler honnêtement à ce stade…

– C'est triste, c'est vrai, dit-il en me regardant dans les yeux. Je suis triste. Ce n'est plus pareil. Et ça, ce soir, c'est un pansement sur une blessure par balle.

Il a raison, et c'est parce qu'il a raison que c'est si dur à entendre. J'attrape la couverture pour couvrir ma poitrine nue.

– Donc, maintenant…

Il hausse les épaules.

– On admet que le pansement ne suffit pas. Malgré tout le plaisir qu'on pourrait se donner mutuellement pendant quelques heures.

– Soit.

Dans mon cerveau, je l'entends dire *Nous restons ici toute la nuit dans les bras l'un de l'autre. Et quand la tristesse vient, on se serre un peu plus fort*, même si je ne suis pas sûre que ce soit ce que j'ai envie de l'entendre dire.

– Je devrais probablement y aller.

– Probablement.

Il me prend la main et la douceur de son geste me fait pleurer.

– Diana, je suis désolé qu'on n'arrive pas à tout comprendre.

– Je suis désolée moi aussi. Je ne fais que ça. M'excuser auprès de toi.

Il m'embrasse la joue et se lève.

– Oliver ? (Je suis hantée par le souvenir de la dernière fois qu'il est parti. Quand nous nous sommes disputés, qu'il a passé la porte et n'est jamais revenu.) Je ne sais pas si je peux te regarder partir une deuxième fois. Je ne crois pas en être capable.

– Alors je ne partirai pas, dit-il. Je resterai avec toi aussi longtemps que tu le veux.

– Non, dis-je en resserrant la couverture contre moi. Ce serait juste repousser l'inévitable. Nous, allongés ensemble dans ce lit… C'est presque insupportable.

– Oui.

– Oliver. Je vais faire un truc vraiment immature.

– D'accord…

– Mais je ne sais pas quoi faire d'autre, là.

– D'accord, répète-t-il avec un regard si doux que ça me fait mal.

Je tire la couverture sur ma tête pour ne plus le voir.

– Tu peux t'en aller maintenant, dis-je d'une voix étouffée. OK ?

J'écoute le parquet craquer sous ses pieds. Je sens la chaleur de son corps quand il se penche et embrasse le dessus de ma tête à travers la couverture. Puis j'entends le bruit trop familier de son départ et de la porte de la chambre qui se referme entre nous, pour la seconde fois.

# Chapitre 3

– Donc il est parti comme ça ? crie L'Wren depuis le fond du terrain.

Je lui renvoie la balle en tapant fort. Trop fort pour un match de tennis matinal et amical.

– Il est parti. Nous étions tous les deux d'accord que c'était la meilleure chose à faire.

L'Wren regarde la balle passer à toute vitesse à côté d'elle sans prendre la peine de courir après.

– Je suis désolée mais j'ai un peu envie de dire : Oliver, on n'a pas le droit de se pointer pour une baise de rupture chez quelqu'un avec qui on s'est déguisé en Pat'Patrouille pour Halloween !

– C'est moi qui l'ai invité. Et nous n'avons pas baisé.

– Je t'en supplie, ne me dis pas « Juste le bout ».

– L'Wren ! Non. Pitié, je m'insurge alors que c'est exactement ce que nous avons fait.

– D'accord. Vous avez *presque* baisé, appelle ça comme tu veux.

Elle sort une nouvelle balle du revers de sa jupe-short et brandit sa raquette pour servir.

– Est-ce qu'on peut s'arrêter là ? je lui crie. J'ai besoin de prendre une douche avant d'aller au bureau.

– Merci mon Dieu, soupire-t-elle avant de se plier en deux et d'agripper ses genoux de façon exagérée. J'ai cru que t'allais m'obliger à jouer un set supplémentaire le temps d'analyser ton mariage avec Oliver. Je suis en train de crever, moi. (Nous sommes toutes les deux en nage. Nous avons essayé de venir tôt pour éviter la chaleur mais il fait déjà 32 degrés à 7 heures du matin.) Je te paie un thé glacé avant que tu y ailles ?

– Tu sais quoi ?

L'Wren enchaîne les conseils matrimoniaux depuis que nous sommes sorties de la douche. Le country club auquel Kevin et elle se sont inscrits récemment est dingue. Dans les vestiaires, nous avons eu droit à des serviettes immaculées et des peignoirs moelleux. L'Wren m'a montré un compartiment dans lequel on est censé mettre nos habits imbibés de sueur pour qu'ils soient nettoyés. Puis nous avons essayé chaque échantillon à disposition, face à des miroirs parfaitement éclairés, et utilisé des sèche-cheveux high-tech. Désormais assises au bar du club, nous regardons un barman aux cheveux d'un gris étincelant remplir de nouveau nos verres de thé glacé.

– Laisse-le croupir dans son vieux loft…

– Son appart n'est pas si mal. Tu l'as vu. Et Emmy adore la piscine…

– On s'en moque, m'interrompt-elle. Laisse-le prendre du poids et du bide en mangeant ses vieux plats surgelés trop salés…

– Il est en pleine forme, L'Wren. Il s'entraîne pour le marathon. Tout son corps est devenu…

Je cogne mon poing contre ma paume pour évoquer un mur de brique.

– Soit, dit-elle en levant les yeux au ciel. Mais pense à ce que ça doit lui faire de se retrouver dans ce nouvel endroit avec tout ce *calme*… Merde. Ma méchanceté n'a pas l'effet escompté. Maintenant, j'ai envie d'avoir la vie d'Oliver… Bon, d'accord, qu'il aille se faire foutre, c'est quoi cette métamorphose post-séparation ? Quel cliché ! Ça ne durera pas, crois-moi.

Je ris, en remuant la paille dans mon verre.

– Je veux juste… (Je cherche les mots justes au fond de mon thé.) J'aimerais mieux savoir ce que je veux. Quand Oliver et moi étions ensemble, j'avais l'impression de suffoquer parce qu'il avait tout le temps besoin de moi. Je le voyais comme une pieuvre qui essayait constamment de m'atteindre avec ses tentacules et c'était étouffant. Et maintenant qu'il n'a plus besoin de moi comme ça… mon Dieu, L'Wren, c'est *moi* le cliché.

– Non, non. Il a juste arrêté de faire les choses qui te rebutaient auparavant – enfin, plutôt, tu n'es plus là pour les voir, donc évidemment tu le trouves de nouveau attirant et c'est perturbant.

– C'est triste. Je sais, bien sûr, c'est toujours triste une séparation. Mais je crois que je ne m'attendais pas à être aussi paumée. Je n'ai pas l'impression que ce soit terminé. C'est ça que j'ai du mal à comprendre. Après la naissance d'Emmy, je savais que nous n'aurions plus d'autre enfant. Je le savais au plus profond de mes tripes. Notre famille était au complet. Mais cette séparation… J'ai l'impression d'être au purgatoire. Comme si nous étions deux fantômes qui se hantent mutuellement. Y a-t-il toujours quelque chose entre nous ? Est-ce que je vois juste la situation avec des lunettes roses ?

Quand je relève la tête, L'Wren m'agrippe fermement par les épaules.

– Suis la lumière blanche, Diana. Il est temps.

Je souris.

– Je sais. Tu as raison. Nous sommes à des années-lumière l'un de l'autre. Cette soirée ensemble l'a prouvé.

– Parfait, conclut-elle en tapant dans ses mains d'un air résolu mais avec un sourire plein d'affection. Allons de l'avant. Tu n'es pas toute seule. Nouveau sujet. Quoi de neuf à part ça ?

Une occasion parfaite. Une chance de lui parler de Dirty Diana et de mon espoir d'en faire vraiment quelque chose. Mais comment lui dire ? Et qu'est-ce que c'est, de toute façon ? Moi qui écoute les fantasmes d'autres personnes au milieu de la nuit ? Est-ce pour tromper ma solitude ? Quand la maison est trop calme, je mets mes écouteurs et j'essaie de trouver quelque chose dans ces histoires de désir, ces fantasmes d'avenir… un truc qui transformerait tous ces stéréotypes d'inversion des pouvoirs et de libido en… ? Qu'est-ce que je cherche au fond ? Je me sens inutile et perdue.

Le téléphone de L'Wren vibre sur le comptoir. Elle lit le texto qu'elle vient de recevoir et un immense sourire apparaît sur son visage.

– Qui c'est ?

Elle repose le téléphone, écran caché cette fois.

– Hum ?

– C'est quoi ce grand sourire ? Qu'y a-t-il de si drôle ?

L'Wren agite la main comme pour signifier que ce n'est rien.

– Arthur. Le véto qui m'aide avec les chats que je recueille. Je t'ai parlé de lui.

Je me contente de secouer la tête.

– Ah non ? Vraiment ? Ouais, il m'aide avec la quantité folle de chatons que je récupère, Dieu merci. Il *adore* les chats.

– J'espère bien.

Après avoir passé des années à récupérer des chats errants, L'Wren a décidé de créer son propre refuge.

Elle attrape son téléphone et me montre le texto. C'est la photo d'un chat avec un quartier de citron sur la tête en guise de chapeau.

– C'est de l'humour félin ?

– Trop bizarre, hein ? dit-elle en levant les yeux au ciel. Il adore les chats.

– J'avais compris.

Elle force un petit rire sans me regarder dans les yeux.

– Il est obsédé. Étrange, non ?

Le seul truc étrange, c'est L'Wren qui qualifie d'étrange un autre passionné des chats.

– Il semble parfait pour la mission.

– Est-ce que je t'ai dit qu'il faisait du sport avec des chats ? Mate-moi ça !

Elle me montre une autre photo, et cette fois, il s'agit du torse nu d'un type en gros plan, en train de muscler ses biceps avec deux chats en guise d'haltères.

– Pourquoi on ne voit pas son visage ?

Elle s'empresse de ranger son téléphone.

– Parce que ce sont les *chats* qui comptent, Diana. Je veux dire, si c'est ton truc. Regarde-moi ces amours de minettes tigrées ! Elles sont trop mignonnes.

Je jette un autre coup d'œil aux bras et au torse qui occupent quasiment toute la photo.

– L'Wren, c'est une dick pic pour folle à chats.

– Diana ! Arrête, Arthur est médecin.

– Et ?

Elle range le téléphone dans son sac à main.

– L'Wren, tu serais pas en train de craquer pour le véto ?

– Non ! Quoi ? Non ! (J'essaie de me souvenir de la dernière fois que je l'ai vue rougir comme ça.) On bosse ensemble. Et je suis mariée. Il est juste sympa. C'est sympa de discuter avec lui.

Une sensation rassurante m'envahit. Je ne suis pas la seule à avoir des secrets.

J'ai oublié mes lunettes de soleil au club mais ne m'en rends compte qu'à une centaine de mètres du bureau. Trop tard pour faire demi-tour. Je roule vers l'est, les yeux plissés à cause du soleil. Les rayons fracturent ma vision, j'ai l'impression d'être face à une toile blanche aveuglante. J'imagine ce que je peindrais dessus si j'en avais l'occasion. J'utiliserais de la peinture à l'huile, des couleurs sombres et des traits épais, pour remplir tout l'espace, à la façon d'un ciel nocturne. Je passe beaucoup trop de temps à penser à Oliver. Mais je m'autorise à penser à Jasper – il est tellement loin de toute façon.

J'arrive au travail et passe devant le bureau presque vide d'Oliver. Son diplôme de l'université du Texas et la photo d'Emmy avec ses deux dents de devant en moins sont toujours accrochés au mur, à prendre la poussière.

– C'est bizarre, me dit Talia, notre réceptionniste, quand elle me croise dans le couloir. Moi aussi je m'attends à le voir apparaître tous les matins. (Je sens mes joues brûler. Je lui souris et attrape le courrier qu'elle me tend.) Oh et Diana ? Allen veut te voir. ASAP.

Cette phrase me terrifie. Mon beau-père dirige une entreprise de management pour laquelle je travaille depuis quinze ans. Nous aidons nos clients à gérer leurs investissements et leurs patrimoines – en enrichissant mon beau-père par la même occasion. D'habitude, il se mêle du moindre de mes dossiers – qu'il s'agisse de fiscalité, d'immobilier, ou même du modèle de voiture que mon client devrait acheter – mais depuis qu'on s'est séparés avec Olivier, Allen et moi n'avons eu aucun problème à garder nos distances.

Impossible de l'éviter ce matin. Je me dirige directement vers son bureau et toque à sa porte ouverte. Allen se redresse, l'œil brillant et les cheveux parfaitement peignés. Son bureau sent l'after-shave et le cuir. Quand j'y suis, j'ai toujours l'impression d'être en présence d'une vache aspergée d'eau de cologne.

– Salut ma belle. Entre.

– Tout va bien ?

– C'est à toi qu'il faut demander ça.

– Je vais bien. Ça va. Tout le monde va bien.

– Je déteste cette situation, dit-il en tapant du poing, doucement mais avec emphase, sur son bureau. Cette séparation. Vivian et moi la détestons. (Nous savons très bien tous les deux que ma belle-mère ne déteste rien du tout dans cette histoire.) C'est dur pour tout le monde mais tu es toujours ma belle-fille. La mère de ma petite-fille préférée. Je n'ai pas besoin d'un morceau de papier pour le prouver.

Il me lance son sourire compatissant. Je le connais par cœur, c'est exactement le même que celui d'Oliver. La façon dont leur bouche se relève un peu plus du côté droit. Leur vrai sourire, celui qu'ils affichent quand ils sont vraiment heureux, est symétrique.

– Merci.

Ses mains sont désormais croisées devant lui sur son bureau. Elles aussi ressemblent à celles d'Oliver.

– Donc. Casino Royale. Je t'y verrai ?

– Pardon ?

– C'est le thème qu'a choisi Viv cette année. Elle fait venir de vrais croupiers de Las Vegas ou un truc dans ce genre, ça devrait être amusant.

Chaque année, ma belle-mère organise une fête pour les cadres de la boîte. Le thème n'est jamais le même. Denim et diamants. Bottes et nœuds papillons. Toujours extravagant, toujours exagéré.

– Nous avons invité Oliver mais il n'a pas encore confirmé. Dieu seul sait ce que fait ce garçon de ses journées.

– Allen, c'est très gentil mais vous n'avez pas à m'inclure…

– Petra Rowling vient de répondre qu'elle viendrait. C'est une occasion parfaite pour te la présenter.

– Oh.

Petra est la récente veuve d'un des plus gros clients d'Allen, le footballeur américain Mitch Martin qui est mort dans un tragique accident de jet privé il y a quelques mois. Mitch jouait pour les Dallas Cowboys. Petra et lui s'étaient mariés très jeunes. Quand il a pris sa retraite, ils ont lancé leur propre émission de télé-réalité, qui a aussitôt eu un succès dingue. Petra a désormais une collection de livres de cuisine. Plein de sponsors. Tout le tralala.

– J'aimerais que tu viennes dire bonjour, que tu passes un peu de temps avec Petra pendant la fête, que tu fasses en sorte qu'elle s'amuse. Je veux m'assurer qu'elle souhaite nous laisser continuer de gérer l'argent de Mitch.

– Oh.

Je comprends enfin. Allen a besoin d'une femme pour parler à Petra, pour lui prouver qu'il en existe au moins une au cabinet. Et je suis sa seule option.

– Ce n'est pas également son argent à elle ?

– Si, bien sûr, tout ça est dans le meilleur intérêt de Petra. Je m'inquiète de tous ces vautours qui doivent frapper à sa porte. Je me disais qu'il serait bien qu'elle ressente un peu de ton… énergie.

Le manoir style Tudor de mes beaux-parents brille de mille feux. Probablement grâce aux centaines de bougies que Vivian a soigneusement fait installer dans tous les recoins. Une vingtaine de serveurs, tous en chemise blanche et tablier noir parfaitement repassés, se tiennent au garde-à-vous dans l'entrée, comme des petits soldats de plomb. L'un d'entre eux me tend un verre de champagne et je me retiens d'en demander un autre tout de suite. Vivian accourt pour m'accueillir. Son aura chaleureuse me perturbe bien plus que sa froideur habituelle.

– Diana, vous êtes superbe. Merci beaucoup d'être venue. Je sais que ce n'est pas facile d'être là.

– Vous vous êtes surpassée encore une fois, dis-je.

Elle me serre brièvement, mais fort, dans ses bras.

– Tout finit toujours par s'arranger, n'est-ce pas ? me sourit-elle.

Je souris à mon tour et réalise que nous n'avons déjà plus rien à nous dire. Je suis donc soulagée quand Allen nous interrompt quelques secondes plus tard pour m'emmener voir Petra.

– La voilà ! annonce-t-il en faisant résonner sa voix dans tout le jardin.

Je suis hypnotisée par une immense fresque censée représenter la côte monégasque, éclairée par en dessous par d'énormes projecteurs. C'est tapageur et aveuglant. Petra a eu l'intelligence de se réfugier dans un coin sombre, à une petite table près du bar.

Elle est époustouflante. Des cheveux bruns attachés en chignon avec une raie au milieu et une mèche ondulée qui encadre son visage. Une robe longue en soie couleur émeraude. La soirée ne fait que commencer mais elle est déjà pieds nus ; ses talons à semelles rouges sont posés sur la table devant elle.

– Petra ! s'enthousiasme de nouveau Allen. Comment allez-vous ?

– C'est une très belle soirée, Allen, répond-elle d'un ton chaleureux avant de se tourner vers moi. Vous devez être Diana.

– C'est un plaisir de faire votre connaissance.

Je n'ai jamais rencontré une célébrité que j'avais vue à la télé. Je me sens niaise et gauche, comme si j'étais censée avoir tout un tas de choses à dire. En préparation de ce soir, j'ai regardé une saison entière de son émission de télé-réalité et je connais tout un tas de détails intimes à son sujet. Je sais que sa mère est écossaise et son père, nigérian, qu'elle a grandi à Londres et s'est fait renvoyer de deux pensionnats avant de sortir diplômée d'un troisième avec les félicitations du jury. Petra a rencontré son mari lors d'un match de rugby au pays de Galles. Ils avaient tous les deux été invités par le propriétaire du club et le coup de foudre a été immédiat.

– On doit vous le dire tout le temps mais j'ai vraiment l'impression de vous connaître.

– Répétez.

– Pardon ?

– Répétez.

– Quelle partie ?

– Peu importe, dit Petra en scrutant mon visage. Votre voix m'est vraiment familière.

– Ah bon ?

Je sens la pointe de mes oreilles rougir. Impossible qu'elle ait écouté mes entretiens de Dirty Diana, n'est-ce pas ?

À combien de personnes Alicia les a-t-elle envoyés ?

– D'où est-ce que je connais cette voix ? Ça va me rendre folle.

– La voix de Diana ? intervient Allen. Vous ne pouvez pas la connaître. Elle n'est plus notre réceptionniste depuis des années. Elle a gravi les échelons – et elle est désormais irremplaçable. Parfaite pour notre cabinet.

Allen a vraiment un don : celui de nous mettre tous les trois mal à l'aise en quelques mots.

– Eh bien, conclut-il en frappant des mains. Je vais vous laisser faire connaissance. Ne passez pas à côté des grillades. Vivian a demandé au chef Dennis de préparer une côte de bœuf, précise-t-il avant de nous faire un clin d'œil et de disparaître.

Petra se penche aussitôt vers moi.

– Merde, c'est qui ce chef Dennis ? murmure-t-elle. Et combien de temps dois-je attendre avant de pouvoir m'éclipser de cette soirée ?

Je ris plus fort que je ne devrais.

– Je me pose exactement la même question, dis-je avant d'ajouter pour ne pas avoir l'impression de trop trahir mes beaux-parents : Je peux nous préparer une assiette en attendant ?

– Vous êtes gentille. Mais je suis végétarienne. Vous pensez que je dois faire une annonce devant tout le monde ?

Elle plisse des yeux et balaie la foule du regard.

– Annoncez-leur aussi que vous êtes sobre et athée, dis-je en m'asseyant sur la chaise en face de la sienne, et ma belle-mère vous fera escorter jusqu'à la sortie.

– Oohh, soupire-t-elle avec une étincelle dans l'œil. Allen est votre patron *et* votre beau-père.

– Oui. En quelque sorte.

Elle n'insiste pas mais je vois à sa façon de froncer les sourcils qu'elle a compris le « en quelque sorte ». Derrière elle, j'aperçois Joy, la plus vieille amie de Vivian, qui laisse de côté ses mondanités pour marcher droit vers nous. Avant que je n'aie le temps de trouver un coin où me planquer, la voilà debout plantée à côté de moi, habillée en Carolina Herrera des pieds à la tête.

– Diana. Chérie. Vivian m'a dit pour Oliver et vous. Je suis en état de choc. De choc absolu. Vous étiez si adorables tous les deux.

– Merci. (Je regarde ses mains se poser exagérément sur son cœur et j'ai envie de lever les yeux au ciel.) Joy, voici mon amie Petra.

Joy lui lance un bref sourire avant de se reconcentrer sur moi.

– Je me souviens du jour de votre mariage comme si c'était hier. Eh bien, vous aurez au moins cloué le bec à tout le monde pendant quelques années, n'est-ce pas ? Vous êtes restés ensemble un bon moment finalement.

– Oui, en effet.

– Vivian est bouleversée, comme vous le savez. Nous ne sommes plus capables de gérer ce genre de stress à nos âges. Ça nous tue à petit feu et j'ai déjà mon lot d'angoisses. J'ai pleuré toute la journée. Toute la journée. Quand Vivian m'a annoncé la nouvelle, j'ai été incapable de sortir de mon lit. Et ma pauvre petite Emmy. Je pleure pour elle aussi. Sincèrement.

– Diana ! me gronde Petra en se penchant au-dessus de la table pour m'attraper le coude. Avais-tu la moindre idée que ton divorce était une telle source de stress pour Joy ?

Je pince les lèvres pour ne pas rire.

– Non, pas du tout, dis-je en relevant la tête vers Joy. Je suis sincèrement désolée.

– Je vous épargnerai les détails sordides de la fin de mon mariage à moi, Joy, ajoute Petra. Il est mort. D'un coup. Un jet privé. *Super* stressant.

– Oh mon Dieu.

Le visage de Joy se crispe d'horreur.

– À vrai dire, Diana, je ne crois pas qu'il soit juste de notre part de venir plomber cette soirée avec nos horribles histoires. Nous ne voudrions pas être une nuisance pour des invités qui ne l'ont pas mérité. Tu sais quoi, chérie ? Je crois que c'est notre signal.

À la stupéfaction totale de Joy, Petra prend ses chaussures d'une main et ma main de l'autre, puis nous traversons la foule jusqu'à la porte d'entrée. J'ai l'impression de commettre un crime aussi amusant qu'exaltant. Petra court en direction de son chauffeur qui nous ouvre aussitôt la portière d'un véhicule noir tellement grand qu'on dirait presque une petite maison. Le confort de la banquette est indescriptible et une vitre intérieure nous sépare du conducteur.

– Est-ce que je sens la mort ? me demande Petra alors que nous nous installons.

Je me fige l'espace d'un instant – je pense à son mari et me demande ce que je suis censée répondre.

– À cause de toutes ces putains de grillades, précise-t-elle.

– Oh ! je ris. Non. Peut-être. Un peu ?

– Sens ma robe.

Elle se penche vers moi, sa nuque me frôle la joue.

– Non, tu sens… le rosier-thé ?

– L'odeur préférée de Mitch, dit-elle d'un ton neutre en étendant ses jambes devant elle.

Elle semble minuscule dans cette immense voiture.

– Toutes mes condoléances, finis-je par dire.

Elle se tourne vers moi en souriant.

– Est-ce que ça te stresse ? As-tu passé toute la journée au lit ?

Je la suis dans sa lancée.

– Oui, c'est très dur pour moi.

– Évidemment. Totalement compréhensible. Je vais vous faire livrer des paniers garnis à Joy et à toi.

Je ris un instant et le silence revient.

– Je suis sincèrement désolée, dis-je. C'est terriblement injuste.

– Merci, dit-elle en me pressant le genou comme pour me signifier que ça va. C'était un type bien. Et il aimait beaucoup Allen. Mais j'ai peur qu'on t'ait envoyée me convaincre pour rien. Je n'ai encore pris aucune décision et ce n'est pas parce qu'une personne avec un vagin travaille au cabinet que je vais y rester. Rien de personnel. Honnêtement, je te trouve déjà plus que sympa.

Elle n'attend pas ma réponse, ouvre le mini-frigo et en sort une petite bouteille en verre contenant un liquide ambre et gazeux. Elle la vide dans un verre qu'elle me tend puis sort une autre bouteille, cette fois remplie d'un liquide épais et violet qu'elle se sert à elle.

– Peut-être qu'Allen… (Je m'interromps). Ça partait d'un bon sentiment.

Petra ajoute des glaçons dans chacun de nos verres.

– Mitch a toujours aimé que de vieux mecs riches lui disent quoi faire. C'était son seul défaut. Et il avait une tendresse particulière pour Allen. Je n'ai jamais vraiment compris pourquoi.

– C'est un homme digne de confiance.

– Peut-être. Et Mitch aimait gagner. Allen a l'air d'un gagnant. Il a l'air de faire partie de *générations* et de *générations* de gagnants. Santé.

Nous trinquons et buvons.

– Hum. (Je suis surprise qu'une boisson glacée puisse avoir un goût chaud. Ça sent le renfermé aussi. Comme une vieille écharpe en laine qu'on aurait oubliée dans un placard pendant tout un été de canicule.) C'est différent. Mousseux.

– Kombucha maison. Ça te plaît ?

– Non, dis-je en secouant la tête et nous rions toutes les deux. C'est dégoûtant.

– Mais si bon pour ton microbiote intestinal. Tiens, essaie le mien, dit-elle en me tendant son verre. C'est peut-être le fruit de la passion que tu n'aimes pas dans le tien.

L'instant a quelque chose d'intime, moi qui bois dans son verre. Je prends une gorgée.

– Mmm, dis-je en toussant.

– Ce n'est pas si mauvais !

– Mmm, je répète et nous rions.

– Tu es drôle.

C'est ce qu'une personne dit quand elle est surprise de découvrir que vous avez une personnalité. Je devrais être insultée mais je suis flattée. J'ai une envie inexplicable de plaire à Petra.

– Donc… continue-t-elle en se laissant tomber sur le dossier de la banquette. Ton mari et toi, vous êtes séparés ? (Elle semble boire toutes les parties de mon visage – mes yeux, mon nez, mes lèvres.) Mais tu travailles toujours au cabinet ? Pour Allen ?

– Pour le moment. Ce ne sera pas éternel. Je ne crois pas. Oliver, mon…ex ? Il est au chômage. Donc il vaut mieux que l'un de nous deux continue à gagner de l'argent.

Petra ouvre sa portière puis attrape mon verre et le vide dans l'allée de Vivian et Allen. Puis elle rouvre le frigo et me prépare un gin tonic cette fois, avant de verser une grande quantité de gin dans son verre à elle.

– Tu sais, me dit-elle, Mitch n'a pas créé notre empire. C'est moi. S'il ne m'avait pas rencontrée, il aurait joué au football quelques années de plus puis serait retourné à Odessa et aurait acheté des manoirs de mauvais goût et des Lamborghini à tous ses potes. Et il n'aurait plus eu un centime au bout de deux ans. Je lui ai donné un style vestimentaire, je lui ai acheté ses premières facettes dentaires et je l'ai briefé avant chaque interview. Mon mari était un homme adorable mais il n'a jamais eu aucune ambition. Moi, si. L'émission, les sponsors, même la pub Nike, tout ça c'était mon idée. Nous avons fait de « l'honnêteté » notre marque de fabrique.

Sa voix reste en suspens comme si elle s'était soudain lassée de lire son propre dossier de presse.

– Je suis sûre qu'il te manque beaucoup.

– Quant à l'argent…

Elle repart sur un sujet qu'aucune de nous deux n'a lancé, puis s'arrête. Ses doigts tapotent son verre, puis se posent sur ses lèvres avant de revenir au verre. Après une longue pause, elle reprend, mais elle semble ailleurs :

– Certains jours, je me réveille et je sais exactement où je vais. D'autres, je suis incapable de me lever. J'ouvre les yeux et je me sens si perdue que j'ai peur que toute la pièce se mette à tourner ou ne disparaisse si j'ose ne serait-ce que me redresser dans mon lit. Donc, je ne bouge pas d'un pouce. Je me dis que si je reste immobile, je serai moins perdue. Comme si c'était moi qui m'étais égarée.

À l'extérieur, j'entendais les rires lointains de la fête et la musique du groupe qu'a engagé Vivian. Mais ici dans la voiture, je n'entends que nos respirations et les échos étouffés d'un match de base-ball à la radio : le craquement d'une batte et le cri excité du commentateur. Je sais que je devrais de nouveau parler d'Allen et répéter pourquoi le cabinet est le *meilleur* choix, mais je n'en ai aucune envie.

Un rayon de lumière fend le profil de Petra, son épaule nue et sa main, toujours posée sur son verre. Quand elle se tourne vers moi, son visage entier entre dans l'ombre.

– Je comprends pourquoi tu travailles encore au cabinet.

– Ah oui ?

Peut-être qu'elle peut m'aider à comprendre.

– Ça te donne un sentiment de contrôle et de sécurité. Un truc que j'aimerais beaucoup avoir. Je suis un peu jalouse.

– J'ai d'autres centres d'intérêt que le cabinet.

Et sans hésitation, je lui parle de Dirty Diana. Je ne sais pas pourquoi. Mais Petra me semble si réceptive, si honnête et authentique, sans jugement aucun, qu'une fois lancée je lui raconte tout. Elle ne me quitte pas des yeux et capter son attention comme ça a quelque chose d'enivrant. Je lui raconte que je ne dors plus depuis qu'Oliver a déménagé, parce que je suis trop nerveuse, et que quand je suis dans mon lit à me tourner dans tous les sens, je finis par m'imaginer monter à bord d'un avion et partir n'importe où. Je ne mentionne pas Jasper mais je dis peut-être en Europe.

Londres, ou bien Paris, pour l'inspiration. Plus je parle, plus il est facile de continuer. Je dis des choses que je brûle de confier à L'Wren sans réussir à le faire. Quand je reprends mon souffle, j'ai l'impression de flotter.

Petra tend la main vers moi.

– Passe-moi ton téléphone.

Je le déverrouille et le lui donne pour qu'elle puisse y enregistrer son numéro.

– Je pars en Europe la semaine prochaine. Mitch et moi y passions tous nos étés. Je serai à Paris en juin et une partie du mois de juillet. Ensuite la Grèce, peut-être. Ou la Suisse. Je ne sais pas. Appelle-moi quand tu y seras.

# Chapitre 4

Mai laisse place à juin, et les dernières semaines d'école transforment ce qui était jusque-là un emploi du temps gérable en un chaos total. Je tiens tant à respecter le planning – les fêtes de fin d'année, les spectacles, les matchs de foot, les allers-retours d'Emmy entre chez Oliver et chez moi – que je ne vis plus qu'au jour le jour. À l'exception de l'organisation des vacances d'Emmy. Après de nombreux échanges de textos avec Oliver, j'ai accepté de la laisser partir en colo une semaine avec Halston, comme elle nous en supplie depuis un moment.

*Mais elle est si petite*, ai-je tenté d'insister.

Oliver m'a envoyé des photos d'enfants heureux dans des canoës en précisant :

*J'y suis allé tous les étés pendant onze ans. Et regarde-moi maintenant !*

*... justement.*

*Ha ha ha. Il est trop tôt pour cette blague.*

*Et si elle ne se plaît pas là-bas ?*

*Avec sa meilleure amie et des marshmallows grillés, tu veux dire ? Elle va survivre.*

Puis il m'a envoyé un long message sur l'indépendance et la confiance en soi que je l'ai soupçonné d'avoir copié-collé depuis le site web de la colo.

*D'accord*, ai-je fini par concéder parce que je savais qu'Emmy crevait d'envie d'y aller et que mon seul vrai argument c'est qu'elle allait trop me manquer.

Je suis à la lettre la liste des choses à emporter. J'achète un maillot de bain supplémentaire et colle des étiquettes avec le nom de ma fille sur chaque vêtement avant de les glisser dans un gros sac en toile. Et aujourd'hui, à ma pause déjeuner, trois jours avant la fin officielle de l'année scolaire, je fonce chez moi pour récupérer les tranches de pastèque que je dois déposer au pique-nique de l'école à 12 h 15 précises.

En quittant la maison, j'aperçois le sac de danse d'Emmy près de la porte. Je cours jusqu'à la voiture et laisse un message à Oliver. « Hé c'est moi. J'ai oublié de te donner le sac de danse d'Emmy pour son cours de cet aprèm. Je suis en chemin pour livrer des fruits qui doivent arriver à l'école dans les trente prochaines minutes sinon le monde va s'écrouler mais je peux m'arrêter déposer le sac devant ta porte. » Je ris de façon exagérée à ma blague idiote. Un rire forcé et étrange que j'emploie de plus en plus avec Oliver depuis le soir où nous avons failli coucher ensemble. Et je m'en veux à chaque fois. Depuis, toutes nos conversations concernent Emmy. Nous sommes devenus vraiment doués pour repartir à zéro ces dernières années ; nous savons parfaitement comment éviter une conversation gênante ou prétendre que cette soirée n'a jamais existé, comme si nous avions passé l'accord tacite de tout cacher sous le tapis.

En bas de son immeuble, j'aperçois deux superbes femmes en minuscules bikinis au bord de la piscine. Est-ce à elles qu'Oliver emprunte du lait quand il n'en a plus ? Je pose le sac rose d'Emmy devant sa porte mais, alors que je fais demi-tour pour partir, celle-ci s'ouvre.

– Diana ?

– Ah, t'es chez toi ?

– Ouais. Je viens de me faire un café, tu en veux un ?

– Je t'ai appelé de la voiture. Je me disais que tu étais peut-être en train de passer un entretien.

– Tu veux entrer ?

Je regarde ses pieds nus, son short en jean coupé et son T-shirt si usé que le col ondule. Il est beau, reposé et bronzé comme s'il était en vacances et non pas debout sur le seuil de sa porte d'entrée un mardi.

– Entre, insiste-t-il.

Un dessin au fusain d'un ours est accroché au mur de son salon. Depuis quand Oliver achète-t-il des œuvres d'art ?

– Où as-tu eu…

– Je n'ai pas d'entretien aujourd'hui.

– Oh. Ils ont déjà engagé quelqu'un ?

– Non, non, ils veulent me rencontrer mais…(Il hausse les épaules.) Je n'ai pas envie. J'ai compris que tout ça c'était la même chose. Un autre bureau, d'autres gens, les mêmes conneries.

On dirait un artiste caractériel sur le point d'avoir une révélation créative. Après tout, peut-être que c'est *lui* qui a dessiné cet ours au fusain. Peut-être que je devrais arrêter de prétendre savoir ce qu'il a dans la tête.

Je le suis dans la cuisine. Il se met à moudre des grains pour mon café. Le bruit est assourdissant mais il parle quand même.

– En fait je n'ai passé aucun entretien, crie-t-il. J'ai menti.

– Tu n'as passé aucun entretien d'embauche ? (Le bruit de la machine à moudre s'arrête.) Depuis que tu as démissionné ? Pas un seul ?

– Nan, sourit-il. Mais ne t'inquiète pas, je sais ce que je fais. Je n'ai jamais été aussi heureux. Tu devrais sans doute démissionner toi aussi.

Mon visage se met à brûler tandis que je le regarde faire chauffer du lait. Après plusieurs longues minutes à l'observer préparer une tasse de café élaborée tout en me demandant à quel point je devrais être en colère, il me tend un mug décoré d'une photo d'Emmy à une sorte de carnaval où je n'ai de toute évidence pas été invitée et dont je n'ai jamais entendu parler.

– OK. Donc qu'est-ce que tu *fais* ? Tu empruntes de l'argent à ton père ?

C'est un coup bas mais, au lieu de se vexer, il s'esclaffe d'une façon étrange comme pour dire « mais bien sûr ». Et moi je pense *Putain Oliver, qu'est-ce qui est drôle dans ta situation ?* Bien sûr *qu'on leur a déjà emprunté de l'argent auparavant,* bien sûr *qu'ils nous ont aidés avec l'apport de la maison il y a quelques années.*

Il ramasse un prospectus sur la table de la cuisine et me le tend. C'est une annonce immobilière pour une propriété pas très loin d'ici. Construite en 1927, peut-on lire, elle n'a eu que trois propriétaires et la plupart des éléments sont d'origine. La maison est charmante, on la croirait sortie d'un conte de fées – de grandes fenêtres avec des carreaux en forme de losanges et une porte d'entrée arrondie qui lui donne des airs de château.

– Je la restaure pour la revendre. Elle n'a pas besoin de grand-chose. Une couche de peinture, remeubler la cuisine et les salles de bains. Enlever la moquette et prier pour qu'il y ait du parquet en dessous. Mais les boiseries et les poutres sont d'époque.

– Tu la restaures ? Avec qui ?

– Je l'ai achetée pour une bouchée de pain et je ferai le plus gros des travaux seul. J'ai récupéré mes outils dans le garage de mes parents. Tu te souviens du vieux chevalet de sciage ? J'étais persuadé que ma mère l'avait jeté. Et le kärcher ? Elle a tenu parole et tout gardé. C'est trop bon de me remettre au travail. Avec l'aide de quelques vidéos Youtube.

– Des vidéos Youtube ?

Il sourit et me prend le prospectus des mains.

– Diana ? Pourquoi tu ne réponds qu'avec des questions ?

– Parce que je rattrape mon retard, Oliver, dis-je en laissant échapper un long soupir. Enfin, j'essaie. Comment as-tu payé la maison ?

– Respire, Diana. Je vais tout rembourser.

– Non… (Mon sang quitte mon visage.) L'argent de notre compte ?

– Oui, du *nôtre*. Et je n'ai touché qu'à ma moitié, que je vais doubler à la revente. Donne-moi juste six mois.

Sa moitié ? Rien n'a encore été divisé à ce que je sache.

– Je suis perdue, Oliver. Tu n'as pas pensé à me demander avant ?

– Diana, nos biens seront bientôt divisés de toute façon, non ?

Mon visage reprend de la couleur. Cette fois, je rougis de honte. J'évite ce sujet depuis des semaines. Mais je ne suis pas la seule, alors pourquoi tout ça semble lui passer au-dessus de la tête tout à coup ?

– Ça va marcher, dit-il. Il s'avère que j'ai un vrai talent pour ces trucs.

La façon dont il s'adosse nonchalamment au comptoir, ses pieds nus et son putain de short débile me font bouillir de rage. Moi, j'ai quarante-cinq minutes pour déjeuner et je sue dans mon tailleur beige.

– Comment peux-tu en être sûr ? dis-je d'un ton énervé. Tout le monde peut mater une vidéo Youtube.

– Parce que tu es *né dedans,* putain… (Je suis si énervée que les mots se coincent dans ma gorge.) Non, dis-je en secouant la tête. Tu sais quoi ? Je ne veux pas faire ça maintenant, je suis en retard. Je dois déposer ces putains de tranches de pastèque.

Je regrette aussitôt d'avoir parlé de pastèque. Ça minimise un peu l'effet de ma tirade. S'en suit une sortie pitoyable où au lieu de claquer la porte, je pose mon mug rempli d'un café désespérément délicieux dans l'évier et suit Oliver en silence jusqu'à ma voiture.

Aucun de nous ne dit le moindre mot jusqu'à ce que je sois assise derrière mon volant. Il fait chaud dans l'habitacle, et ça sent le fruit pourri.

– Je dois retourner travailler, lui dis-je en insistant sur le mot « travailler ».

Il se penche par la vitre ouverte.

– S'il te plaît, passe voir la maison. Si tu voyais ce que je fais, tu changerais sans doute d'avis.

Je suis de retour derrière mon bureau depuis moins d'une demi-heure quand Allen passe la tête à travers la porte.

– Petra vient d'appeler. Elle a dû apprécier le moment que vous avez passé ensemble. (Son sourire est à la fois compatissant et sincèrement heureux.) Elle veut te voir à Paris pour discuter de son avenir avec nous.

– Petra ?

– Ce sont ses mots. Elle dit que comme tu avais l'intention d'y aller de toute façon…

– Oh, j'ai juste dit que j'irais peut-être…

Je n'ai pas quitté le pays depuis la naissance d'Emmy. Oliver et moi avons plusieurs fois programmé de voyager en Europe ces dernières années mais ça a toujours été reporté à cause du travail, du chauffe-eau à remplacer ou des réparations du toit. L'idée de monter dans un avion et d'atterrir à Paris me donne envie de serrer Allen dans mes bras de toutes mes forces.

– Oui. Bien sûr, dit Allen en devinant mon excitation avant de me faire un clin d'œil. Tu devrais y aller. Petra a besoin de faire danser quelqu'un avant de se décider et elle t'a choisie toi.

– D'accord, super. Merci.

Je ne sais pas si je dois être reconnaissante ou énervée que Petra interfère comme ça dans ma vie, mais j'opte pour la reconnaissance.

Allen s'attarde devant la porte, je lui demande si tout va bien.

– Oui, dit-il avant de baisser la voix. Les affaires au cabinet cette année… Ça nous aiderait. Ça m'aiderait, moi. Si tu pouvais conclure avec Petra.

Depuis que je le connais, Allen ne s'est jamais montré vulnérable devant moi, d'aucune façon. Pas une seule fois il ne m'a demandé de l'aide. Là debout sur le seuil de ma porte, il semble avoir dix ans de plus.

– Oui. Bien sûr.

– Génial, s'enthousiasme-t-il en reprenant aussitôt du poil de la bête. Cindy va s'occuper de tes billets.

Et nous avons déjà préparé une présentation que tu pourras relire avant de partir.

Le lendemain, Liam me retrouve au centre commercial pendant ma pause déjeuner. Il semble déçu quand je l'entraîne dans un magasin de valises.

– Qui fait du shopping le ventre vide ?

– Moi.

Il me suit en soupirant. La boutique est propre et bien éclairée, des valises sont soigneusement alignées le long de chaque mur. Liam est le fils que Kevin a eu d'un premier mariage, et donc le beau-fils de L'Wren. Je le considère comme mon petit frère. Je n'ai toujours pas dit à L'Wren qu'il m'aidait sur Dirty Diana. Il est la seule personne à qui j'en ai parlé à Rockgate. Quand Alicia et moi avons voulu créer un site web, c'était le mec idéal pour la mission – et le moins farouche. Son visage s'est illuminé quand je lui ai demandé de nous aider. « D'entrepreneur à entrepreneur, je comprends, m'a-t-il dit en agitant la main vers son sous-sol (enfin, celui de L'Wren qu'il aurait dû quitter il y a quelques années vu son âge) et les piles de prothèses sanglantes qu'il crée et vend en ligne à des entreprises d'effets spéciaux. Tu vois les choses à l'échelle de ton ambition mais difficile de pousser ce rocher jusqu'au sommet de la colline quand on est tout seul, hein ? »

Liam est créatif et bordélique et, depuis le jour où nous nous sommes rencontrés, nous avons tous les deux une envie irrépressible de s'entraider.

– Puis-je vous aider ?

Un homme avec un accent italien vêtu d'un costume en flanelle gris impeccable surgit devant nous. Il nous dit s'appeler Enzo.

– Elle cherche une valise… répond Liam à ma place.

– Bien sûr. Une idée de la taille ?

– Un bagage à main.

– Pour un voyage transatlantique. Elle part à Paris.

– Oh, *magnifique**[1], sourit Enzo.

Il a d'épais cheveux noirs et des yeux d'un marron intense. Il se lance dans une explication détaillée de plusieurs modèles et Liam acquiesce en l'écoutant. Il nous montre différentes valises et j'essaie de ne pas me laisser distraire par la façon dont ses doigts élégants verrouillent et déverrouillent chacune d'entre elles.

Il m'interroge sur mon voyage et je lui dis que j'y vais pour le travail. Il acquiesce et ajoute « et vous amuser », puis note sur un papier les noms de ses cafés préférés ainsi que celui d'un bar tenu par son meilleur ami de l'université. Je lui dis que j'essaierai d'y passer. Je me perds un instant dans mes pensées et m'imagine assise à côté d'Enzo dans un bar à Paris.

– Diana ? Sauge ou terracotta ? me demande Liam.

– C'est parfait.

Ils rient tous les deux avant d'insister – « Laquelle ? » – et mes joues me brûlent.

1. Les mots en italique suivis d'un astérisque sont en français dans le texte. *(Toutes les notes sont de la traductrice)*

– Sauge.

– Elle va la prendre.

– Merveilleux ! Laissez-moi aller vous en chercher une flambant neuve en réserve.

Quand il se tourne, Liam hausse un sourcil en souriant. Je lève les yeux au ciel mais il m'a grillée.

– Laisse-lui ton numéro, murmure-t-il et je m'empresse de lui donner un coup de coude pour le faire taire. Quoi ? demande-t-il innocemment. De toute évidence, il aime voyager. Il est *italien.*

Enzo réapparaît.

– Et voici.

– Diana adore voyager.

Je lance un regard noir à Liam.

– Ah oui ?

– Vous voyagez beaucoup ? lui demande Liam et je rougis encore plus.

– Dès que j'en ai l'occasion, répond Enzo. L'avantage d'être célibataire.

Le visage de Liam s'illumine, comme pour crier *Bingo,* et je sors mon porte-monnaie.

Dans la queue pour les bretzels, Liam soupire.

– Mon Dieu. C'était embarrassant. Faut vraiment que tu mettes à jour tes méthodes de drague.

– Je ne draguais pas.

– Je sais, j'étais généreux dans mon choix de vocabulaire. Je ne sais pas comment appeler la danse bizarre que tu nous as faite.

– La ferme, dis-je en rigolant.

Nous nous asseyons à une table collante et j'essaie de ne pas me demander dans quelle partie de l'espace restauration Oliver et la dame aux cheveux courts se sont rencontrés.

– T'en veux ?

Liam me tend un morceau de son bretzel à la cannelle.

– Liam, d'entrepreneur à entrepreneur... (Je vois son œil scintiller.) Est-ce que tu penses qu'il est encore possible de développer Dirty Diana nous-mêmes ?

Liam et moi avons conscience de nos rôles respectifs – je suis la gestionnaire et lui le type qui a du sucre glace à la cannelle sur le menton. Mais il est également plein d'idées et de créativité et il sait qu'au fond je ne cherche pas vraiment de réponse, juste un peu de soutien. Le genre d'encouragement chaleureux qu'il me donne toujours avec enthousiasme.

– J'ai pris de l'avance sur toi. Eh oui. Et tu vas adorer ma nouvelle configuration. J'ai imaginé un truc à partir d'un abonnement mensuel. Mais attention, il va te falloir plus de contenu. (Il avale une autre bouchée et termine sa limonade d'un trait.) Je comprends. La raison pour laquelle tu vas à Paris.

– C'est un voyage d'affaires.

Il a un sourire en coin.

– Bien sûr. D'accord, dans ce cas je comprends pourquoi tu veux développer le site.

– Ah oui ?

– Ouais.

– Et ?

– Tu devrais avoir quelque chose qui est à toi. Et qui pourrait possiblement te faire gagner de l'argent, bien sûr. Mais surtout pour que ton âme ne se dessèche pas et ne meure pas sur les trottoirs brûlants de Rockgate comme celle de tant de femmes en leggings Lululemon avant toi.

J'essaie de ne pas trop sourire et attrape sans lui demander un gros morceau de son bretzel. Le brouhaha des gens qui déjeunent comble le silence jusqu'à ce que je finisse par dire :

– C'est vraiment un voyage d'affaires. Allen paie tout.

Je prends une bouchée et me dis que je pourrais appeler Jasper une fois sur place.

Liam se laisse aller contre le dossier de sa chaise, comme s'il lisait dans mes pensées.

– Ouais, pour les affaires.

En rentrant chez moi ce soir-là, j'appelle Alicia depuis la voiture. On se parle presque tous les matins mais nous nous sommes loupées aujourd'hui. C'est ma meilleure amie depuis que j'ai vingt ans et ces derniers temps c'est également celle qui me pousse à faire quelque chose – n'importe quoi – des entretiens de Dirty Diana, comme nous avons pris l'habitude de les appeler. Je crois qu'elle veut que je m'immerge dans un truc créatif, surtout en ce moment, pour ne pas déprimer à cause d'Oliver.

– Paris ! Paris en France ?

– Ce serait plus simple si c'était Paris au Texas.

– Tu as besoin d'une assistante ?

– Pour quoi faire ?

– N'importe quoi, vraiment. Je laverai ta lingerie à la main dans l'évier. Je te servirai de chauffeur. Je m'occuperai du montage de tous tes fantasmes parisiens. Je te donnerai même mes fantasmes à moi si c'est pas assez ! Pitié emmène-moi !

– C'est un voyage d'affaires. Alicia ? Je t'entends taper sur ton clavier. Dis-moi que tu n'es pas en train d'acheter un billet.

– Diana. Ce matin, j'ai trouvé un biscuit au cheddar en forme de poisson coincé sous mon sein. J'ai besoin de m'échapper. On peut en faire un voyage d'affaires pour Dirty Diana.

– Pas de Dirty Diana. Je rencontre une cliente.

– Compris. Dirty Diana est toujours un projet annexe. Oh… un billet pas cher au départ de Dallas !

– Ce dimanche ?

L'Wren me regarde du coin de l'œil assise derrière son volant tandis que nous rentrons ensemble d'une réunion de parents d'élèves.

– C'est un voyage d'affaires, L'Wren.

Il y a un mot dans l'expression « voyage d'affaires » que les gens ne semblent pas vouloir entendre.

– Exactement. Tu vas voir *une* cliente importante, n'est-ce pas ? Est-ce que ça va vraiment te prendre cinq jours ? C'est l'affaire de deux dîners tout au plus.

Et ensuite, tu vas faire quoi ? Je connais Paris comme ma poche. (Elle parle sans s'arrêter, en respirant à peine.) Le timing est parfait. Halston et Emmy peuvent faire une soirée pyjama chez Oliver dimanche soir et il les déposera au camp de vacances lundi matin. Ça ne le dérangera pas, si ? Ce sera mieux que si nous les déposons nous-mêmes de toute façon, vu qu'on pleurera à coup sûr.

L'Wren n'a été que deux fois dans sa vie à Paris mais, comparée à moi, on peut effectivement dire qu'elle connaît la ville comme sa poche.

– Une vieille amie de Santa Fe m'accompagne.

– Alicia ?

– Oui.

J'ai peur que L'Wren ne se vexe en apprenant que j'ai déjà invité quelqu'un d'autre, mais elle me fait un immense sourire.

– J'ai hâte de faire sa connaissance, dit-elle. Tu sais que je m'entends avec tout le monde. (Ce n'est absolument pas vrai mais j'adore le fait qu'elle y croit.) On va trop s'amuser.

– C'est un voyage d'affaires ! dis-je une fois de plus, parce qu'à ce stade ça me fait rire moi aussi.

– Bien sûr. Mais j'ai besoin de faire un petit break. Ce n'est pas : « Ah Paris, trop cool, j'peux venir ? » C'est plus que ça.

Sa voix se serre.

– L'Wren…

Ses yeux se remplissent de larmes et elle quitte la route pour se garer sur le parking d'un 7-Eleven.

– Si je ne pars pas à Paris avec toi, j'ai peur de coucher avec Arthur. Plusieurs fois.

– Oh, L'Wren.

– Je ne veux pas y penser mais je suis incapable de penser à autre chose. Comment est-ce possible ? J'aurais préféré ne jamais le rencontrer.

Je défais ma ceinture et pose mes mains sur les siennes.

– Kevin et toi traversez une mauvaise passe ?

– Rien n'a changé. Il n'a pas changé. Il ne remarque pas à quel point je suis ailleurs. Qu'est-ce que ça veut dire ?

– Kevin est toujours un peu ailleurs lui aussi. À cause du travail, je veux dire.

– Eh bien l'ailleurs dont j'ai besoin là tout de suite, c'est Paris. (Elle s'essuie les yeux et se prépare à reprendre l'autoroute.) Je vais nous réserver le meilleur des hôtels. On passera un moment entre filles. J'en ai vraiment besoin, Diana. Tu me rendrais un immense service.

L'Wren me rend des services depuis qu'elle m'a prise sous son aile à l'époque où Emmy était encore à la crèche. Elle m'a dit d'inscrire ma fille à la maternelle plus tôt, m'a trouvé les meilleures activités et m'a dit quels parents éviter pour le covoiturage. J'aurais été perdue sans elle.

– Bien sûr. Plus on est de fous, plus on rit.

Quand L'Wren me dépose à la maison, je suis contente qu'aucune lumière ne soit allumée. J'ai envie de me noyer dans l'obscurité et de m'y cacher un moment. Je remonte le couloir à tâtons, en faisant glisser ma main le long des murs, puis gravis l'escalier jusqu'à ma chambre. Je m'allonge sur le lit et pense à toutes les choses que je devrais faire – monter les nouveaux entretiens, terminer une peinture, plier le linge, réinscrire Emmy au foot, payer cette fichue facture parce que ma carte bleue n'a jamais été mise à jour dans mon dossier.

Dans la salle de bains, je me déshabille et me douche dans le noir. Je me glisse sous la couette et cherche en ligne des vieux épisodes de l'émission de Petra puis passe les trois heures suivantes à les regarder, elle et Mitch. Ils s'inscrivent à un cours de cuisine et apprennent à faire des gaufres. Elle lui montre comment conduire une voiture manuelle. Entre deux facéties, ils se mettent d'accord pour dire qu'ils ne veulent pas d'enfant et imaginent ce que sera leur avenir, allongés sur leur lit : elle veut aller à Cuba, il veut s'essayer à la pêche à la mouche. Le son de leurs désaccords futiles me berce jusqu'à ce que je m'endorme.

# DEUXIÈME PARTIE

# Paris

# Chapitre 5

Alicia nous attend devant le Yogurtland de Fort Worth, l'aéroport international de Dallas. Elle porte un béret en feutre mauve.

– *Bonjour** ! crie-t-elle en tendant un béret rouge à L'Wren. Je suis vraiment ravie de faire ta connaissance, L'Wren, précise-t-elle avant de la serrer dans ses bras.

Pour moi, elle a prévu une casquette beige avec « Paris » écrit dessus au milieu d'un trèfle en sequins verts.

– C'est le couvre-chef le plus kitsch que j'ai trouvé.

Je l'enfonce sur ma tête et m'admire dans le miroir à l'entrée de la boutique duty free.

Nous arrivons à notre porte d'embarquement avec un peu d'avance. Alicia ouvre sa valise à roulettes pour nous montrer comment elle a méticuleusement préparé ses affaires, en rangeant tout dans des petites bouteilles en plastique de cent millilitres. Je me souviens d'une année, pendant sa vingtaine, où Alicia a vécu sans porte-monnaie, avec juste un sachet en plastique dans lequel elle trimballait ses cartes de crédit et ses espèces partout où elle allait.

Une fois à bord, je m'installe sur mon siège en première classe, qui ressemble à un cocon, totalement inclinable, avec une couette en plumes, deux oreillers et une trousse de toilette pleine d'échantillons de produits de luxe. L'Wren est juste derrière moi, en train d'enlever ses chaussures. Je tends la tête dans le couloir, pour tenter de repérer Alicia.

– Je suis désolée, dit L'Wren en me voyant froncer les sourcils. Te surclasser était censé être une bonne surprise.

– Non. C'est génial. Vraiment généreux de ta part. Je me sens juste un peu mal pour Alicia.

– Elle aurait quand même voyagé en éco, non ? Pour elle, ça ne change rien.

– Oui, mais moi aussi je voyageais en éco. On aurait été ensemble.

– C'est une grande fille, Diana. Elle va s'en sortir.

– Bien sûr.

Mais une fois l'avion dans les airs et la première tournée de boissons servie, je me lève et laisse L'Wren qui dort déjà profondément sous l'effet du Xanax qu'elle a pris. Un verre de champagne frais à la main, je rejoins Alicia. C'est encore pire que ce que je craignais : elle est sur le siège du milieu entre un type qui a un bébé dans les bras et l'air terrifié, et un autre plus vieux qui ronfle déjà. Elle est plongée dans son livre, son béret toujours vissé sur la tête.

Quand elle m'aperçoit, je lève mon verre, dis « Santé ! À Paris ! » et le lui tends.

Elle sourit.

– Tu me fous la honte devant mes nouveaux potes.

Au bout de quelques minutes de conversation chuchotée, le type qui ronfle soulève son masque de sommeil.

– Elle va bien. Retournez en première classe.

C'est un vol de nuit. Je ferme les yeux et m'imagine retrouver Jasper. Il m'attend à l'aéroport avec un bouquet de fleurs sauvages et m'emmène dans le sud de la France pour un petit séjour délicieux au soleil. J'enfile mon bikini dans la salle de bains de la villa où nous séjournons puis pousse la porte de la chambre. Sauf que c'est Oliver qui m'attend sur le lit, dans un maillot d'un bleu éclatant, le torse bronzé, et les yeux qui pétillent. Je me réveille en sursaut, confuse. Je décide de regarder un film pour me changer les idées. Je fais défiler le menu pendant mille ans avant d'opter pour un vieil épisode de *Seinfeld*. Mais ça me rappelle trop l'époque où je les regardais avec Oliver donc je finis par éteindre. Je regarde par le hublot et me rendors en observant les lumières rouges qui clignotent.

À mi-chemin, je retourne voir Alicia qui est toujours plongée dans son livre, l'air fatigué. Je la convaincs de changer de place avec moi. Après plusieurs tentatives, je finis par trouver une position acceptable, de côté, les genoux contre la poitrine, et somnole tant bien que mal. Puis les lumières de la cabine se rallument, bien trop fort, et on nous sert le petit déjeuner. Je grignote mon croissant et sirote mon jus d'orange tiède en me demandant si je dois envoyer ou non un texto à Jasper. Devrais-je lui dire que je suis en Europe ? C'est lui qui est à l'origine de tout ça. Que se passerait-il si je lui disais que j'étais à Paris ?

Alicia part un quête d'un taxi pendant que L'Wren et moi surveillons sa montagne de valises. L'Wren m'asperge d'un liquide frais à la rose et me tend un sachet de vitamine C en poudre.

– Pour le décalage horaire, précise-t-elle en levant sa bouteille d'eau comme si elle portait un toast. Regarde-nous. Ta vie a vraiment été un enfer ces derniers mois et moi j'ai été tentée pour la première fois par un autre homme, au point que je me suis mise à avoir des aigreurs d'estomac contre lesquelles même mon acuponcteur ne peut rien. Nous allons laisser tout ça derrière nous, à Rockgate. Nous sommes de nouvelles femmes. Tu vas dire oui à toutes mes idées, d'accord ?

– Bien sûr, je souris. Dans la limite du raisonnable.

– Non. Il n'y a pas de raisonnable qui tienne. Nous allons dire oui aux idées les plus folles, peu importe lesquelles. Pendant cinq jours.

– OK.

– Pas de « OK ».

– *Oui*. Oui, L'Wren.

– Parfait. Voici le programme (elle sort une liste sur son téléphone) avec quelques petits créneaux pour tes réunions.

Une fois nos bagages soigneusement rangés dans le coffre et sur le siège avant du taxi, je me glisse entre Alicia et L'Wren sur la banquette arrière. Les routes qui entourent l'aéroport n'ont aucun intérêt mais comme tout m'est étranger je suis tout de même impressionnée. Nous observons le paysage en silence jusqu'à découvrir la beauté du centre de la ville au fur et à mesure que nous approchons de notre hôtel.

– Même les chiens sont plus chics à Paris ! Regardez-moi ces adorables petits manteaux ! s'exclame Alicia.

– Est-ce que je vous ai montré le chien d'Arthur ? Perso, je ne suis pas très chien, mais celui-là, il a quelque chose.

L'Wren nous montre une photo d'un superbe husky noir et blanc.

Alicia fixe l'écran.

– Arthur, c'est ton mari ?

– Non ! Oh, non. Nous travaillons ensemble. Il est bénévole dans le refuge que j'ai créé.

Alicia prend une posture que je connais bien – penchée en avant, curieuse au possible.

– Pourquoi as-tu une photo de son chien dans ton téléphone ?

– L'Wren adore les animaux.

– Je ne sais pas pourquoi, répond-elle d'une voix neutre. Je crois que c'est parce qu'il est mignon.

Alicia se laisse retomber sur le dossier et regarde par la fenêtre tandis que nous avançons au ralenti dans les embouteillages. Je suis soulagée qu'elle soit passée à autre chose.

– Est-ce que ton mari aime bien Arthur ? insiste-t-elle finalement.

Nous ne sommes pas encore à l'hôtel qu'elles se prennent déjà la tête, comme je l'avais craint.

– Mon mari ? répond L'Wren d'un ton léger. Hum. Kevin n'aime pas grand monde.

– Comment va-t-il ? interviens-je. Je veux dire… j'aime beaucoup Kevin.

Je sens leurs regards à toutes les deux et pose le mien sur la nuque du chauffeur avant de faire semblant de bâiller.

– Je suis ravie de savoir que tu l'aimes bien, Diana, rit L'Wren. Il est à Londres en ce moment. Un gros contrat ou un truc comme ça.

– Est-ce que tu vas aller le voir ? demande Alicia qui ne lâche pas l'affaire.

– Ce n'est pas prévu.

– Mais il est tout proche ! Une soirée romantique à Paris ?

– Et toi, tu vas voir ton mari ? rétorque L'Wren.

– Mon mari est à Santa Fe.

– Quelle chance j'ai de ne pas avoir de mari ! dis-je sans réfléchir. Nous avons toutes des maris sympas sauf moi, et des enfants sympas et des gens adorables avec des chiens que nous aimons beaucoup. Oh, regardez ! La tour Eiffel !

– La lumière est parfaite, remarque Alicia en se tournant pour avoir une meilleure vue. On doit prendre une photo !

Je regarde L'Wren. Je vois bien que s'arrêter est la dernière chose dont elle a envie mais elle sourit quand même.

– C'est le voyage des *oui*, dit-elle.

Le taxi vient de nous déposer devant l'hôtel et L'Wren nous explique que durant l'une de ses précédentes rénovations, il y a très longtemps, les architectes ont trouvé un chien errant sur le chantier et décidé de le garder.

– C'est pour ça que leur logo est un lévrier.

Alicia et moi essayons de l'écouter poliment mais nous avons le souffle coupé quand nous pénétrons dans le hall – immense et haut de plafond, décoré de brocarts, de marbre, d'or et de cristal. Le portier nous conduit à notre suite, composée de deux chambres reliées par un salon. L'Wren fouille dans son porte-monnaie et lui donne un pourboire.

– Merci beaucoup. Pouvez-vous vérifier que tout est en ordre pour les réservations de ce soir ?

– Bien sûr.

– Cette chambre est sublime, dit Alicia qui est aussi émerveillée que moi. Merci L'Wren. *Merci*[*] !

Contemporaine et élégante, avec des chandeliers en verre de Murano et du parquet en chêne vernis. Alicia tourne sur elle-même devant la cheminée, comme si elle venait enfin de rentrer chez elle.

Plantée sur la grande marche en marbre près de la porte d'entrée, L'Wren semble fatiguée de devoir accepter la gratitude d'Alicia.

– Diana, si tu veux on partage une chambre. On prend celle-ci ? dit-elle en agitant la main vers une pièce avec deux grands lits et un balcon qui donne sur le magnifique jardin de l'hôtel.

– Ne sois pas bête, intervient Alicia en traînant ma valise vers la chambre en question. C'est grâce à toi si nous sommes ici. Diana et moi pouvons dormir ensemble.

Nous formons désormais un parfait triangle, littéralement, chacune à un angle de la suite. Moi, je n'ai qu'une envie, c'est de m'effondrer sur un lit et que ces deux-là arrêtent de faire semblant d'être gentilles.

– Pourquoi vous ne partagez pas une chambre et moi j'en prends une seule ?

Je n'attends pas leur réaction. Je n'arrive pas à croire ce que je viens de dire – L'Wren a payé pour les chambres, c'est elle qui devrait dormir seule – mais Paris me donne une nouvelle énergie. Nous venons à peine d'arriver mais je me sens déjà plus libre ici. Mes amies me regardent bouche bée tandis que je roule ma valise jusqu'à la petite chambre. L'Wren frappe des mains et crie derrière moi :

– D'accord mais pas de sieste ! Nous allons faire un effort aujourd'hui et essayer de nous caler à l'heure parisienne !

Seule dans ma chambre, j'ouvre les rideaux et découvre, de l'autre côté de la rue, le jardin des Tuileries et la cime de ses châtaigniers. C'est encore plus beau que dans mes rêves. Un été, ma mère et moi avons passé une semaine entière au cinéma, à ne voir que des films français. Elle essayait de s'imprégner du jeu des comédiens pour *nourrir* le sien. Elle adorait Jeanne Moreau et imitait chacune de ses expressions. Ça ne l'a jamais aidée à décrocher le moindre rôle mais moi, j'étais très contente d'être dans une salle climatisée à me goinfrer de pop-corn. Je suis surprise de retrouver l'atmosphère de ces films ici, aujourd'hui.

Je range mes affaires, pends mes robes d'été dans l'armoire et me demande si L'Wren n'a pas eu raison de venir avec toutes ces valises. J'aurais sans doute dû emporter quelques tenues supplémentaires.

– Diana ! Rendez-vous en bas dans dix minutes pour aller petit-déjeuner. L'Wren et moi mourons de faim !

Je devrais être soulagée qu'elles soient enfin tombées d'accord sur un truc. Je prends une rapide douche froide et enfile une robe chiffonnée. Je regarde mon téléphone, résistant à l'envie d'appeler Emmy avant son départ en colo, d'autant que c'est encore la nuit au Texas. Pas d'appel en absence d'Oliver, ce qui est probablement une bonne chose.

*

Assises à la terrasse d'un petit café à la devanture bleue couverte de fleurs, nous sirotons un expresso en mangeant des viennoiseries.

– *Petit déjeuner**, répète Alicia pour elle-même.

– *Oui. Très bien**, la complimente L'Wren d'un ton un peu condescendant.

Confortablement adossée à ma chaise, j'avale une grande gorgée d'eau. Le café est situé en haut d'une colline et j'ai une vue plongeante sur la fête foraine des Tuileries. Je m'imagine faire la queue pour les manèges avec Emmy. On voyagerait seules toutes les deux, elle me laisserait la dessiner debout devant le Louvre, avec ses longs cheveux ondulés qui entourent son visage. C'est une très belle image, j'aimerais vraiment en faire une réalité. Pourtant, j'éprouve une tristesse dont je n'arrive pas à me défaire. Je sais d'où elle vient : j'ai l'impression qu'il manque quelqu'un. Mais impossible de savoir qui. Pourquoi ai-je la sensation qu'il manque quelqu'un ?

J'agite la main devant mes yeux pour dissiper mes pensées. Je me redresse et mords dans mon croissant. Si je continue à aller de l'avant, peut-être que la tristesse s'en ira.

– L'Wren, quelle est la suite du programme ?

Ses yeux scintillent.

– J'ai tenu compte de notre manque de sommeil et du fait que c'est votre première fois à Paris. J'ai également pensé à l'affluence et la météo… (Elle lève les yeux vers le ciel comme pour évaluer la position du soleil et son impact sur notre itinéraire.) Nous allons commencer par l'Arc de triomphe. Puis les Champs-Élysées et nous redescendrons l'avenue George-V jusqu'à la Flamme de la Liberté. Nous traverserons le pont et nous arrêterons chez Pierre Hermé pour manger des macarons ou prendre une boisson fraîche avant qu'il ne fasse trop chaud. Et ce soir… ce soir nous disons oui à tout ! De la nourriture, du champagne et encore de la nourriture…

Elle s'arrête. Son visage s'adoucit, son regard devient brumeux. Elle a un air si rêveur qu'on a l'impression d'être devant une actrice en pleine audition.

– Mon Dieu, j'ai tellement envie de faire l'amour, murmure-t-elle avant de rougir en sentant nos regards posés sur elle. Tous les gens ici ont l'air amoureux, non ?

Nous regardons toutes les trois autour de nous pendant un long moment. Nous écoutons le doux bruit des conversations. La glycine qui recouvre la façade du café est si dense qu'elle doit faire l'objet d'un permis spécial de la mairie.

– Tu devrais appeler ton mari, dit Alicia d'une voix douce. Qu'il vienne te rejoindre à Paris pour la soirée. C'est deux heures de train. Ou rejoins-le à Londres.

– Ouais, répond L'Wren en se retournant vers la table pour me regarder d'abord moi, puis Alicia. Pourquoi ça ne me fait pas du tout envie ?

– Parce que tu es amoureuse d'un autre homme.

– Alicia !

– Quoi ? C'est un sujet tabou ?

L'Wren se redresse.

– Pour toi et moi, oui, dit-elle d'un ton glacial. Nous nous connaissons depuis hier.

Alicia insiste.

– Je suis désolée. Je veux dire… c'est tout à fait normal. Attendu, même. Ça a l'air énorme sorti de ma bouche mais… en vrai ce n'est pas très grave, ça arrive.

– On parle de mon mariage. De ma vie. *Bien sûr* que c'est grave, s'énerve L'Wren en fixant son café.

– Je suis vraiment désolée, dit Alicia. Mais honnêtement tous les gens mariés ressentent ça à un moment. L'année dernière, j'ai eu envie de coucher avec mon allergologue. J'inventais constamment des raisons pour prendre rendez-vous avec lui.

Elle réussit à faire rire L'Wren, ce qui la fait aussitôt exploser en sanglots.

– Et tu as couché avec lui ? finit-elle par demander en s'essuyant les yeux avec sa serviette.

– Non. Je crois que je ne l'intéressais pas du tout. Je ne suis pas sûre que j'avais réellement envie d'aller jusqu'au bout de toute façon. C'est ça le truc. Je comprends que tu sois perdue et je suis désolée si je t'ai semblé trop intrusive.

– Non. C'est moi qui me voilais la face. Ce n'est pas ta faute. (Elle se mouche dans sa serviette.) Tu as raison. J'ai peur d'être en train de tomber amoureuse d'Arthur. Et je ne veux vraiment pas.

– Peut-être que c'est juste une passade ? dis-je pour la réconforter.

– Non. J'ai envie de le baiser, sans l'ombre d'un doute. Ici, sur cette table s'il le faut. Dans la rue. Dans une voiture.

Je suis surprise de voir L'Wren se confier. Mes paupières tombent de fatigue et je tremble à cause de la caféine.

– Et sur un bateau ?

Alicia me regarde en fronçant des sourcils.

– Désolée, dis-je. Blague nulle. Vraiment, pardon.

– Je le baiserais à cent pour cent sur un bateau, continue L'Wren.

– Oh mon Dieu.

– J'en ai tellement envie. Est-ce que je peux ? Juste une fois ?

– L'Wren... (J'essaie d'être la voix de la raison.) Il est probable que tout ça n'ait rien à voir avec lui. Tes sentiments pour lui sont sans doute plus une conséquence de ta relation avec Kevin. Si ça se trouve, ce n'est absolument pas à propos d'Arthur...

– Bien sûr que c'est à propos d'Arthur. Il est parfait, Diana. Nous parlons. Genre toute la nuit, au téléphone. Kevin et moi ne nous parlons jamais. Pas vraiment. Nous échangeons des informations pragmatiques, puis nous allons nous coucher. Cela faisait si longtemps que je n'avais pas eu envie de parler à un homme.

J'essaie de croiser le regard d'Alicia mais elle a les yeux rivés sur L'Wren. Elle la regarde avec calme et empathie.

Je ne sais pas trop quoi dire mais j'ai l'impression que L'Wren attend que je lui donne au moins un conseil.

– Peut-être qu'Alicia a raison ? Peut-être que tu devrais retrouver Kevin dans un endroit nouveau, loin de votre quotidien. Tu m'as dit la même chose à l'époque. Tu m'as dit : « Fais tout ce que tu peux pour sauver ton mariage. Tu ne veux pas avoir de regrets. »

Nous rentrons à l'hôtel bras dessus, bras dessous, en longeant une grande avenue boisée jonchée de boutiques de luxe. Nous passons devant de sublimes vitrines remplies de vestes matelassées italiennes, de robes en satin à bretelles fines, de mocassins en agneau doré et de looks haute couture audacieux. Alicia et moi échangeons un regard ; s'il existe bien un moyen de remonter le moral à L'Wren…

– Oh, L'Wren, dit Alicia en s'arrêtant devant une veste en cashmere, ça t'irait trop bien.

L'Wren sourit. Elle semble flattée.

– Ce genre de rouge n'est pas vraiment ma couleur, dit-elle avant de lui montrer une combinaison en jean avec des clous. En revanche, je te vois bien là-dedans.

– Sublime, répond celle-ci. Mais je fais pipi bien trop souvent pour porter une combinaison.

Devant le magasin suivant, c'est à mon tour d'avoir le souffle coupé. La robe en vitrine est spectaculaire. D'un vert profond avec un énorme jupon. Je n'arrive pas à trouver de raison de ne pas l'acheter.

– Waouh, se contente de dire Alicia.

– Essaie-la, me pousse L'Wren.

– Elle coûte probablement plus que mon crédit immoblier.

La voilà la raison.

Nous entrons. La boutique est éclairée par un magnifique chandelier en forme d'oiseau. Il y a un fauteuil club en cuir devant chaque cabine.

La femme en tailleur noir derrière le comptoir est l'incarnation même de l'élégance. Des pommettes saillantes et un carré lisse. Sans la main de L'Wren posée fermement dans mon dos, je me serais enfuie en courant.

– Puis-je vous aider ? demande-t-elle.

– Elle aimerait essayer la robe dans la vitrine, dit Alicia.

Je suis convaincue que la vendeuse sait que je ne peux rien m'acheter dans la boutique. Pourtant, elle me sourit chaleureusement.

– Bien sûr. Je m'appelle Marie, dites-moi si vous avez besoin de quoi que ce soit d'autre.

– Go, Diana ! Go, Diana ! se met à scander Alicia comme si elle était dans les tribunes d'un match de football.

Une fois dans la cabine, j'enfile la robe. Le jupon tombe juste au-dessus de mes genoux. Je ne reconnais pas mon reflet dans le miroir. J'ai l'impression de faire vingt centimètres de plus. Ma peau semble plus nette. Cette robe est comme une baguette magique.

Je travaille depuis si longtemps dans un bureau où je me confonds avec les meubles. La femme dans le miroir, c'est toujours moi – mais un moi qui n'est pas écrasé par son divorce imminent, le remboursement de son prêt et les goûters d'anniversaire de l'école primaire. La femme que je vois dans le miroir a une vie sexuelle folle et on l'invite à plus de fêtes qu'elle ne peut aller.

Marie passe la tête dans la cabine.

– Superbe ! Mais vous ne pouvez pas la porter sans talons. Je reviens tout de suite. Vous chaussez du 38 ?

– Oui.

Elle est douée.

– Nous voulons te voir ! crie Alicia.

– C'est pour une occasion particulière ? demande Marie en revenant avec une paire de talons aiguilles.

Je n'ai pas le cœur de lui dire que non. Qu'il n'y a jamais d'occasion particulière.

– Une soirée, dis-je lamentablement.

Quelques secondes plus tard, Marie pose un superbe blazer noir sur mes épaules.

– Des lunettes de soleil ? demande-t-elle.

– Oui, dis-je en cachant les miennes, que j'ai achetées dix dollars dans une station-service, au fond de mon sac.

Je sors de la cabine avant qu'elle ne me propose un sac et L'Wren sourit en me voyant.

– Oh. Mon. Dieu. Tu ne quitteras pas Paris sans cette robe.

Je fais le calcul dans ma tête. Si je ne mange plus jamais au restaurant, renonce à mon cours de tennis hebdomadaire pendant un an et attends quelques mois pour remplacer la clim, je peux presque tout m'acheter.

– Je la prends, dis-je parce que je veux désespérément être cette femme, ne serait-ce que pour quelques jours à Paris.

Quand l'après-midi touche à sa fin, nous sommes aussi usées que des fleurs fanées, les pieds gonflés et la tête endolorie. J'ai acheté des tonnes de cartes postales à chaque coin de rue pour Emmy. L'Wren en a acheté une elle aussi – un chaton avec un béret. Nous passons la soirée dans notre chambre. Je tiens, héroïquement, jusqu'à 21 heures, puis je jette l'éponge et me glisse entre mes draps en lin frais, ma nouvelle robe étendue à côté de moi sur le lit king-size.

# Chapitre 6

Je me réveille avant l'aube à cause du décalage horaire, m'habille sans faire de bruit et quitte l'hôtel. J'erre dans les rues du quartier, avant de m'aventurer un peu plus loin le long de la Seine, jusqu'au Marais. Le soleil se lève à peine. Les bistrots scintillent et les pavés sont mouillés. Je m'arrête pour prendre une photo et, sans me poser de question, l'envoie aussitôt à Jasper.

*Devine où je suis.*

Je range mon téléphone dans mon sac et suis la lumière du soleil. Elle pare les rues d'un halo orange pâle. Une odeur si appétissante émane des boulangeries que je finis par rentrer dans l'une d'entre elles pour en ressortir avec deux baguettes, deux pains au chocolat et trois croissants tièdes. Quand je rentre à l'hôtel, Alicia et L'Wren sont réveillées et boivent leur café. L'Wren porte un pyjama en soie jaune pâle et prend des notes sur le calepin de l'hôtel. Elle est au téléphone avec le concierge.

Alicia est allongée par terre, elle s'étire le dos en lisant.

– Quartier libre ce matin, murmure-t-elle. Et nous avons repoussé le déjeuner d'une heure. (Elle lit le même livre que dans l'avion.) Tu sais qui c'est, n'est-ce pas ?

Elle se redresse et pointe le nom de l'autrice. Valérie D'Orville. Sur la photo en pied de la quatrième de couverture, Valérie est délicatement perchée sur un grand tabouret, les jambes croisées, et sourit à l'objectif.

– C'est une présentatrice assez connue en France, continue Alicia. Super guindée. Mais ses mémoires sont complètement dingues. Elles ont été traduites dans un milliard de langues. Très érotiques. (Elle jette le bouquin à mes pieds.) J'ai corné les passages intéressants.

Je ramasse le livre et admire la simplicité de la quatrième de couverture avec son titre en minuscules lettres dorées. *Jouer à la poupée.*

– De la documentation pour Dirty Diana, sourit Alicia avant de finir ses étirements et de venir s'asseoir à côté de moi sur le canapé. Tu vois toujours Petra aujourd'hui ?

J'acquiesce, déjà à moitié captivée par le livre de Valérie. La première page est une sélection de critiques ; entre deux éloges, l'éditeur a choisi d'assumer fièrement sa mauvaise presse :

*Suffisamment dépravé et dégoûtant pour attirer l'attention de lecteurs idiots.*

*Rance.*

*Écrit dans le seul but d'émoustiller, sans le moindre mérite.*

Alicia jette un œil par-dessus mon épaule et sourit.

– Tu devrais voir les critiques en ligne – elles sont encore plus intéressantes.

Elle prend son portable, fait défiler son écran et me lit ses préférées :

– « Je l'ai lu d'une traite pendant que mon amant était en voyage d'affaires. La blague c'est qu'à chaque fois que j'étais plongée dans ma lecture, mon Apple Watch me disait qu'il fallait que je prenne une grande inspiration... » « Ces mémoires ont été vraiment empouvoirantes pour moi à une période très difficile de ma vie... » « Une véritable révélation ! J'ai aimé l'honnêteté avec laquelle elle racontait ce qu'il se passait dans sa chambre. » Tu peux me l'emprunter, me dit Alicia. Je vais prendre une douche puis je vais aller chercher un cadeau souvenir pour Elvis et manger dans chaque crêperie que le destin mettra sur mon chemin.

L'Wren, elle, a prévu d'aller au spa. Elles partent toutes les deux en même temps.

– Amuse-toi bien avec Petra. On se retrouve à 14 heures, me rappelle L'Wren.

Une fois seule, j'écris une carte postale à Emmy puis déambule dans la suite en attendant des nouvelles de Petra. Je finis par m'allonger sur le canapé, attrape le livre et le tiens à bout de bras au-dessus de ma tête. Je l'ouvre au hasard.

*Devenir adulte, c'est comprendre que nous ne sommes pas le centre de l'univers et que les autres ne sont pas là pour nous servir. Et c'est vrai ! Mais dans nos fantasmes, nous avons le droit, nous pouvons même prétendre que les autres sont nos marionnettes et que, oui, ils ne sont là que pour nous distraire. Et l'endroit le plus sûr pour le prétendre, c'est un orgasme.*

*Je ressors toujours de ma dépravation secrète pleine d'une nouvelle énergie. Je peux alors ranger la chambre de mes enfants et être la personne gentille, généreuse, respectable et sociable que je suis durant les vingt-trois heures trente restantes de chaque jour…*

Mon téléphone sonne : un message de Petra qui me fait savoir qu'elle est prête à me retrouver.

*Jardins du Trocadéro. Près de la fontaine.*

Je décide d'y aller à pied, en longeant la Seine, et essaie de ne pas penser au silence de Jasper. Je passe devant une confiserie pleine de bocaux de bonbons colorés et y entre pour acheter des nounours en gélatine. L'Wren ferait un scandale si elle savait que j'achetais des cochonneries pareilles alors que je suis entourée des meilleures pâtisseries du monde. Mais ces nounours me rappellent Emmy. Je me goinfre en continuant mon chemin.

Marcher seule dans Paris, c'est comme marcher dans un rêve. Je traverse un groupe de personnes qui dansent le tango dans un de ces amphithéâtres qui bordent la Seine. Les hommes portent des chemises fraîchement repassées et un pull noué sur les épaules. Aucun maillot orange fluo de l'équipe de football de l'université du Texas en vue. Je suis fascinée par un couple habillé tout en noir qui semble flotter sur une estrade de fortune, l'homme dans une position parfaite, la femme qui tourne la tête de façon théâtrale, comme pour l'ignorer. Une salve d'applaudissements.

Je m'arrête au milieu du pont Alexandre-III, avec ses sculptures de chérubins, de nymphes et de chevaux ailés. J'admire le fleuve. La vue est à couper le souffle. Les monuments parisiens sont teintés de romantisme et non pas d'ego. J'observe un photographe prendre des clichés d'une mariée dans une élégante robe en soie blanche, debout au pied d'un réverbère. Elle tient un joli bouquet de roses poudrées.

Quand j'arrive enfin au Trocadéro, Petra est facile à repérer. Elle est assise sur un banc toute seule, un grand soda et un sac en papier McDonald à côté d'elle.

Je ne peux pas m'empêcher d'être surprise.

– Tu manges un Big Mac ?

– Un Egg & Cheese McMuffin. Tu veux une frite ? me propose-t-elle en me tendant le sachet. Ne me regarde pas comme ça, c'est une tradition. Tous les ans, en juin, Mitch et moi venions ici un matin et mangions un McDo en admirant les arbres en fleurs, sourit-elle. Tu peux sortir les Texans du Texas mais…

Son sourire se dissipe aussitôt. Je m'assois à côté d'elle en silence et suis son regard. Nous avons une vue imprenable sur la tour Eiffel.

– Il doit te manquer tous les jours.

Petra me tend son soda, les yeux toujours braqués droit devant elle, et j'en prends une gorgée.

– Le soir, à chaque heure pile, la tour se met à scintiller pendant cinq minutes, m'explique Petra avant de coller sa main à côté de sa bouche, comme un haut-parleur. Bien joué, monsieur Eiffel, pour vos innovations en acier ! Quel homme ! Est-ce que tu arrives à croire que l'autre projet qui a failli l'emporter, c'était une guillotine géante et lumineuse ?

– Je ne te crois pas.

– Et pourtant c'est vrai. T'étais sur le point de penser que les Français étaient le peuple le plus romantique et civilisé du monde, espèce d'Américaine, mais non !

J'attrape une frite tiède et regarde deux enfants se défier d'approcher au plus près de la fontaine.

– Mitch adorait connaître toutes les anecdotes historiques sans intérêt de chaque lieu qu'il visitait. Tous les « Et si » et les « Il a presque failli ».

Je sors mon carnet et tandis qu'elle m'explique pourquoi Mitch voulait vivre à Paris, je dessine le gobelet de soda, la paille et le bout de ses doigts posés sur le banc juste à côté. Petra jette un coup d'œil à mon croquis.

– Donc, maintenant que je te tiens, parle-moi de ton travail.

Je lui parle des entretiens que j'ai enregistrés en précisant que, à l'exception de quelques âmes perdues, personne n'est au courant.

– Pas même mon mari. Ex-mari ? Et l'une de mes meilleures amies ne se doute de rien parce que je suis trop trouillarde pour lui avouer. Elle est à Paris avec moi et je ne lui ai toujours pas dit. Je crois que j'essaie encore de déterminer quels aspects du projet je devrais partager, lesquels sont intéressants.

– Tous les aspects sont intrigants, Diana. Et ça te rend d'autant plus intéressante.

Je ris en refermant mon carnet avant de le fourrer dans mon sac.

– Je pourrais être une femme très intéressante, si seulement je ne travaillais pas pour Allen.

– Pas forcément. (Elle étudie mon visage en fronçant les sourcils.) Je suis sûre qu'il y a plein de comptables très intéressants. Mais la majeure partie d'entre eux ne fait pas de porno. Tu as donc une bonne longueur d'avance.

– Ce n'est pas du porno.

– Appelle ça comme tu veux, je suis intriguée.

Je profite de son sourire pour lui poser la question :

– Est-ce que tu as réfléchi pour le cabinet ?

J'ai l'air un peu désespérée mais je n'arrive pas à me défaire du regard d'Allen me demandant de l'aide. Elle ignore ma phrase et continue de m'interroger sur

Dirty Diana et sur ce que Liam et moi avons publié jusqu'à maintenant. Je lui explique le fonctionnement du site, les portraits que j'ai fais avec les liens vers leurs entretiens.

– Et où enregistres-tu ?

Elle grimace quand je lui réponds que je ne dispose pas d'un endroit dédié.

– Est-ce que tu as déjà envisagé de construire un vrai site ? D'investir un peu d'argent pour développer ton audience ? Ta *marque* ? Je sais, c'est un gros mot.

– Je ne sais pas. J'enregistre toujours au bureau le soir quand il n'y a plus personne. Peut-être. Un jour. Pour l'instant, ça me va d'y aller pas à pas.

– Diana, le pas-à-pas, c'est pour les enfants.

– Et mon projet est encore un bébé.

Elle fronce de nouveau les sourcils.

– Je comprends… mais j'ai également tout un étage de bureaux vides à Dallas. Personne ne s'en sert, donc… Ça me plairait que quelqu'un s'y installe pour créer quelque chose.

– Je croyais qu'on était là pour parler de tes affaires à toi ?

– Ah bon ? Quel ennui ! Est-ce qu'on peut prétendre que tu n'es pas venue jusqu'à Paris pour me parler du cabinet ?

– Désolée, c'est juste que… c'est un peu le cas.

Elle soupire.

– Mitch aimait beaucoup Allen et je peux honorer cette parole-là.

– Donc c'est bon ? Je peux l'annoncer à Allen ?

– Je dois choisir entre plusieurs options mais je te promets que ton cabinet sera sérieusement envisagé, dit-elle en se levant. Allons-y. Je dois faire des courses et tu viens avec moi.

Elle jette le sac McDonald dans une poubelle et je la suis vers les portes du parc.

Elle me prend le bras.

– Tu sais, peu importe ce que tu es en train de construire, je peux t'aider, Diana.

– Pas à pas, Petra.

Petra m'emmène chez son primeur préféré puis chez un boucher qu'elle salue comme un vieil ami. Quand nous sortons, deux hommes marchent dans notre direction.

– Émile ! s'exclame Petra. Voici Émile et son ami, Gabriel. Je vous présente Diana.

– *Enchanté**, dit Émile avec un sourire chaleureux.

Gabriel est d'une beauté époustouflante, des yeux sombres et d'épais cheveux poivre et sel. Il m'embrasse sur les deux joues. L'attirance est immédiate.

– Ravie de faire votre connaissance à tous les deux.

Émile se tourne vers Petra et lui parle dans un français rapide avant de l'embrasser tendrement sur la bouche puis de disparaître dans une boutique de vêtements où Gabriel le suit tout en continuant de me fixer avec un grand sourire. Petra se tourne vers moi, les joues légèrement rouges.

– Oh, j'ai oublié que tu étais américaine. Vraiment. J'oublie. Émile est mon partenaire secondaire. Était. Est ?

– Secondaire ?

– Mitch était mon principal. Émile était notre secondaire. Nous étions dans une relation polyamoureuse.

– Oh. D'accord.

– Tu as le droit d'être surprise. Tout le monde pense que notre émission montrait tout de notre vie.

– Surprise ? Non ! Je trouve ça très cool.

– Tu mens très mal, rit Petra alors que nous regardons toutes les deux notre reflet dans la vitrine du magasin et, juste derrière, Émile et Gabriel, penchés au-dessus d'une table de T-shirts en cashmere.

– Ne t'inquiète pas, ils vont nous rattraper, dit Petra en faisant demi-tour.

– Honnêtement, du moment que ça fonctionne pour tout le monde, dis-je en me pressant derrière elle. Moi, je n'ai même pas réussi à garder un mari. Donc, bon.

Elle ne m'écoute pas, elle prend une photo d'un immeuble couleur pêche.

– C'est exactement la couleur que je cherche ! Pour le hall. (Elle envoie la photo à son assistant et se remet en route.) Les choses sont un peu compliquées entre nous depuis la mort de Mitch. C'était vraiment notre roc. Je ne l'avais pas compris à l'époque. Je ne le dirai jamais à Émile, mais notre histoire me semble un peu vide de sens désormais.

– C'est encore si récent. J'imagine que tu te sens très seule.

Elle me tire dans le magasin suivant, comme pour me signifier que les confidences s'arrêteront là, avant de conclure :

– Mitch aimait beaucoup Émile. Et moi j'aimais Mitch. Et je nous aimais tous les trois ensemble, conclut-elle.

Quelques pâtés de maisons et deux autres boutiques plus loin, Petra et moi nous donnons rendez-vous plus tard dans la soirée pour prendre un verre. J'ai conscience que je n'ai fait aucun progrès concret pour Allen mais je propose quand même d'inviter Gabriel et Émile à se joindre à nous.

– Bien sûr, dit-elle en me souriant de façon entendue.

Je me presse dans les rues bondées de Paris pour retrouver L'Wren et Alicia. Pour le déjeuner, L'Wren nous emmène dans son restaurant de couscous préféré. Assises au comptoir, nous mangeons un tajine en buvant de la bière. Quand nous rentrons à l'hôtel, je m'allonge pour faire une sieste avant de finalement me plonger dans les mémoires de Valérie D'Orville.

*Quand j'ai commencé à gagner mon propre argent, je ne l'ai dépensé que pour des trucs de filles : des tissus délicats, des robes, des talons hauts, des bas et, après mon divorce, du beau papier peint, des rideaux, des tapis, toujours dans des tons roses et crème. Mais ce que je préférais admirer au monde ? Les belles femmes – plus elles étaient féminines, plus j'aimais.*

*Mon désir de coucher avec des femmes qui ressemblent à des poupées remonte au lycée. J'étais petite, brune, différente, et donc exclue des bandes auxquelles je rêvais d'appartenir, celles des filles blondes qui sentaient le gloss à la fraise. Elles étaient élancées et raccourcissaient leurs jupes d'uniforme pour qu'elles arrivent juste en dessous de leurs fesses rebondies. Je les trouvais idiotes, grotesques et embarrassantes, à prendre des poses absurdes qu'elles ne comprenaient pas. Mais j'aurais donné n'importe quoi pour devenir l'objet de leur attention. Hélas, j'étais invisible à leurs yeux. Les rares fois où elles semblaient me remarquer, c'était pour se moquer de mes tenues ou de mes centres d'intérêt.*

*J'ai eu mon bac et je ne les ai jamais revues. Mais à vingt ans, quand j'ai commencé à coucher avec des hommes, je me suis mise à imaginer que je baisais ces filles-là après leur avoir attaché les poignets dans le dos.*

*Ces fantasmes m'excitaient au plus haut point. J'étais attirée par des hommes qui avaient des bites si grosses que je pouvais les envisager comme des extensions de mon propre corps.* C'est mon érection désormais, *me disais-je,* et je vais m'en servir. *Mais pour être claire, je n'ai jamais eu envie de faire tendrement l'amour à aucune des filles sur lesquelles je fantasmais. Je voulais les agripper par leur chignon, leur renverser la tête en arrière et les embrasser violemment. Elles étaient des poupées à ma disposition.*

Je retourne le livre pour étudier de nouveau la photo de Valérie. Sa posture parfaite. Ses collants. Son brushing impeccable et son sourire tout ce qu'il y a d'ordinaire. Je ne l'aurais pas imaginée comme ça.

*Tandis que l'homme avec qui je couchais poussait, grognait et bougeait en moi, je disais à la fille de mon fantasme :* Tu n'es pas obligée de bouger. Reste tranquille. *Un garçon avec qui j'avais couché un jour m'avait dit exactement ces mots et je m'étais sentie horriblement mal, comme si je n'avais même pas besoin d'être là, pas vraiment. Mais j'aimais l'idée de prononcer moi-même cette phrase. J'aimais imaginer le regard horrifié de mes filles. Elles se sentiraient à la fois honteuses et excitées. Ou bien manipulées et désorientées, par la façon choquante dont j'aurais réussi à les faire mouiller. Avec ma voix grave, je murmurais des insanités au creux de leurs oreilles délicates. Toutes ces choses qu'on m'avait dites quand j'étais jeune et vulnérable, je les disais désormais aux poupées, même quand je me masturbais. « Je vais juste mettre le bout », disais-je avant de les arnaquer, de les retourner et de les plier dans des positions pour lesquelles le corps humain n'est pas fait.* Va falloir t'y faire, bébé, t'es ma poupée maintenant.

*J'ai continué à avoir ces fantasmes au fil du temps, même après avoir épousé mon premier mari, et ils n'ont fait que s'intensifier après notre séparation. Je ne veux jamais me montrer cruelle ni dégradante envers aucune femme, encore moins si elle est plus jeune et plus vulnérable que moi. Mais dans mes fantasmes, mon pouvoir est ma plus grande source de plaisir. Mon ex-mari m'a dit un jour qu'à chaque fois qu'il était sorti avec une femme qui avait une petite sœur, elle avait eu des pulsions similaires aux miennes. Il avait plus exploré sa sexualité que moi et avait fait plein de plans à trois durant lesquels ces femmes en question, toutes grandes sœurs, voulaient toujours maltraiter l'autre fille.*

*Je ne veux jamais être la poupée. Je ne veux pas qu'on joue avec moi. Je veux être celle qui joue. Je veux être la marionnettiste. Mais je suis une femme, donc ce ne sont pas les cartes qu'on m'a distribuées. Et encore moins en vieillissant. Je ne veux pas qu'on me range sur une étagère, ni qu'on me jette à la poubelle. Je fais ça à des filles dans ma tête, comme une offrande aux dieux, pour que ça ne m'arrive pas à moi.*

Je pose le livre sur ma poitrine. Alicia a corné toutes les pages qui parlent de sexe et l'ouvrage est donc bien plus épais que ce qu'il devrait être. Je suppose que c'est donc le thème central. Pas vraiment le genre de mémoires auxquels les lecteurs devaient s'attendre. Peut-être parce que c'est si cru, ou peut-être parce qu'elle ne s'excuse jamais. Elle ne mentionne jamais le fait d'être d'une façon en public et d'une autre en privé, elle se contente d'être. Je m'endors en pensant à Dirty Diana et à son absence totale de *moi*. Je pose aux femmes des questions que je ne me pose jamais à moi-même. Devrais-je plus partager mes propres désirs ? Et si je racontais un de mes fantasmes, lequel ce serait ? Je suis inspirée par la façon dont Valérie se confie, comme s'il n'y avait aucune limite. Elle se montre vulnérable alors que moi, je me cache derrière mes croquis.

Je me réveille juste à temps pour prendre une douche avant de retrouver Petra. L'Wren et Alicia sont affalées sur le canapé, un verre de vin à la main. Alicia écoute Édith Piaf à travers le haut-parleur minuscule de son téléphone et L'Wren porte le béret bon marché que lui a offert Alicia.

– Diana ! crie cette dernière en bondissant pour me serrer dans ses bras. Comment était ta sieste ?

– Bien. (Je songe à les inviter à boire un verre même si elles ont de toute évidence pris de l'avance.) Vous restez là ce soir ?

– Quel soir ? demande L'Wren en me serrant à son tour dans ses bras. (Je remarque leurs yeux vitreux. Elles planent.) Tu veux dire ce soir ? Pas demain soir – bah nan, ça n'aurait pas de sens. (L'Wren se redresse et attrape le poignet d'Alicia.) T'es foncedé toi aussi ou c'est juste moi ?

– Je suis à peine foncedé. Je gère totalement.

Alicia tourne sur elle-même et fait une révérence au moment exact où on sonne à la porte de notre chambre, ce qu'elles trouvent toutes les deux hilarant.

– Le room service ! crie L'Wren.

Mais au lieu d'ouvrir la porte, elle court jusqu'au miroir se mettre du rouge à lèvres. Alicia se moque d'elle et elles se mettent de nouveau à rire, sans ouvrir la porte.

– J'y vais, dis-je.

Je laisse entrer le serveur et il passe les minutes suivantes à soulever les cloches argentées des assiettes, révélant un plat après l'autre – de superbes noix de Saint-Jacques aux poireaux, un cheeseburger juteux, une énorme assiette de frites et une large sélection de fromages. L'Wren et Alicia le regardent faire, émerveillées.

Elles attaquent dès qu'il s'en va.

– J'imagine que ça répond à ma question, vous restez là ce soir ?

– Nous t'aimons tellement, Diana, me lance L'Wren en trempant un cornichon dans de la moutarde avant de le croquer.

– Oui, confirme Alicia. Mais tu t'amuseras boucoup plus si tu sors. Est-ce que je viens de dire « boucoup » ?

Je décide de mettre ma nouvelle robe. Je ne sais pas si j'aurai un jour l'occasion de porter une robe aussi incroyable à Rockgate, donc je l'enfile, passe un blazer et quitte la chambre.

Je suis dans l'ascenseur quand je reçois un texto de Jasper. Son simple nom affiché sur mon écran me donne des frissons.

*Je viens de voir ton texto. Tu es à Paris !*

J'attends d'être dans la rue pour répondre.

*Oui. Et ravie de l'être.*

*Je suis sûr que tu as déjà un emploi du temps bien chargé mais…*

Je ne peux pas m'empêcher de sourire. Il va venir me voir.

*… mon ami Fred expose dans le* IX^e^*. C'est vraiment… immanquable.*

Mon cœur se brise. Je marche quelques minutes, les yeux rivés sur mon téléphone, en espérant qu'il me dise qu'il y sera. Mais comme rien ne vient, j'écris *On dirait qu'il va falloir que j'y aille.*

Il « like » mon message et disparaît.

Petra est déjà au café, assise à une table et collée à Émile. Elle applaudit en me voyant arriver.

– Paris te va bien ! sourit-elle et je remarque Gabriel qui me regarde.

L'endroit est bondé et nous crions tous joyeusement pour nous entendre. Petra s'assure que nous ayons toujours à boire et Émile va chercher des cigarettes au tabac d'en face. Je ne me suis pas sentie aussi délicieusement stupide et ivre depuis le lycée. Quelque chose me chatouille à l'intérieur – le soulagement incroyable que je n'ai pas besoin de voir Jasper pour être heureuse à Paris.

Plus Petra boit, plus elle pose sa tête sur l'épaule d'Émile. Il lui embrasse les cheveux de temps en temps, ce qui la fait soupirer rêveusement. Dans ces cas-là, je regarde Gabriel et nous sourions tous les deux. La chaleur que dégagent Émile et Petra est contagieuse. Je frissonne un peu plus à chaque fois que Gabriel rapproche sa chaise de la mienne ou se penche vers moi pour murmurer à mon oreille plutôt que de crier.

Émile nous raconte comment Petra et lui se sont rencontrés – dans un café bondé comme celui-ci. Il a tout de suite remarqué Mitch et Petra. Il y avait tellement de monde qu'il était convaincu qu'ils allaient disparaître. Mais quelques minutes plus tard, en levant le nez de son verre, il a découvert Mitch, debout devant sa table. Celui-ci s'est présenté et lui a demandé son numéro. Ils ont flirté quelques secondes avant que Mitch ne rejoigne Petra. Une minute plus tard, elle lui envoyait une photo très suggestive.

– Suggestive comment ? je demande à Émile en sentant la chaleur du genou de Gabriel qui effleure le mien sous la table.

– Son épaule nue, sourit-il. Peut-être un peu plus.

Nous nous mettons à blaguer sur comment prendre une photo sexy, nos téléphones à l'appui. Ça commence par des moues exagérées, puis les hommes contractent leurs muscles et s'envoient le résultat en riant. Après mon troisième verre, je vais aux toilettes sans me laisser le temps de me dégonfler, je prends une photo de mes seins et l'envoie à Gabriel. Quand je me rassois à table, il sourit de notre secret partagé, tire ma chaise plus près de la sienne et passe son bras autour de mes épaules. Je m'enivre de l'odeur musquée de son parfum mélangée à celle du gin de son haleine.

Un autre ami à eux débarque, et Petra et Émile s'en vont avec lui.

– On s'appelle demain ? me sourit-elle en me faisant la bise.

Gabriel me demande si j'ai faim.

– On peut manger indien.

Je n'ai aucune envie que cette soirée se termine.

Il nous emmène dans un endroit près du boulevard Saint-Germain. Quand l'hôtesse nous installe, Gabriel ignore la banquette face à la mienne et s'assoit à côté de moi. Le restaurant est plein, bruyant – mais pas au point de devoir crier cette fois. C'est agréable d'avoir la même vue, de tout voir ensemble.

J'avale une gorgée de champagne et laisse le liquide frais couler dans ma gorge. Un serveur en tablier blanc manque d'en percuter un autre.

– Alors, tu as toujours vécu aux États-Unis ?

– J'ai grandi en Californie. Puis j'ai brièvement vécu au Nouveau-Mexique. Et désormais, au Texas.

– Là où tout est plus grand ?

– Exactement. Tu m'as dit que tu étais agent ?

– Oui. D'auteurs. Et de quelques acteurs.

– Tu as des enfants ?

– Deux. Ils sont à la fac. Toi ?

– Une. Sept ans.

– Tu as encore plein de choses à vivre.

– C'est l'impression que j'ai.

– Est-ce que tu t'amuses à Paris ?

– Oui, beaucoup. Nous avons prévu tellement de trucs.

– Raconte.

Je lui expose une partie du programme de L'Wren et il se met à rire.

– C'est beaucoup mais tout devrait te plaire. J'adore voyager. Je vais à New York tous les ans au printemps. Tu devrais me donner ton adresse. C'est loin de Manhattan, Rockgate ?

– Je suis désolée, je ris. J'essaie de t'imaginer dans une ville qui ne sert pas de latte avoine.

– On ne sait jamais.

Il se penche vers moi, dégage les cheveux de mon cou et m'embrasse l'épaule. Je rougis. Je me tourne pour que mes lèvres effleurent les siennes. Il m'embrasse et passe la main dans mes cheveux.

– Et comment te sens-tu maintenant ? murmure-t-il en se redressant.

– J'ai moins faim.

Nous nous adossons contre la banquette et regardons la salle. Il pose sa main sur ma jambe, le serveur nous apporte notre curry.

– Je sais ce que tu veux, dit Gabriel en glissant sa main le long de ma cuisse jusqu'au revers de ma robe, juste au-dessus de mon genou. Mais d'abord, tu dois me le dire.

Il s'arrête, pour me demander la permission. J'écarte légèrement les jambes en guise de réponse, laisse mon genou aller contre le sien. Un frisson d'excitation me parcourt.

Le serveur nous apporte le dernier plat, du riz au tamarin. L'assiette fait un petit bruit sourd quand il la pose sur la table. Il réajuste la nappe et s'éloigne.

Gabriel se tourne vers moi, le regard brûlant. Puis il s'installe confortablement et saisit son verre. Sous la table, son autre main caresse doucement ma peau.

– Dis-le moi, ordonne-t-il.

– Je veux que tu me caresses.

Sa main remonte lentement à l'intérieur de ma cuisse. Ma peau nue me brûle, une chaleur diffuse coule de mon ventre à mon entrejambe.

Je continue de regarder droit devant moi tandis que ses doigts m'effleurent. J'avale une autre gorgée de champagne, pose ma flûte et mets ma main sur la sienne. Je tire ma culotte sur le côté. Il glisse ses doigts en moi. Vu de l'extérieur, nous avons l'air d'un vieux couple qui aurait fait un effort pour sortir dîner en amoureux. Mais sous la table, il m'explore avec ses doigts et toute l'excitation vient, évidemment, du fait qu'on ne se connaisse pas vraiment.

Le serveur s'approche de nouveau et je retiens mon souffle. Gabriel, lui, continue de me pénétrer, tout en s'adressant à lui en français. Le serveur se tourne vers moi et je baisse la tête, en tentant de contrôler les mouvements de mes hanches. Et puis une explosion de plaisir, aiguë et secrète, me secoue. Gabriel se redresse, remet le tissu de soie en place et pose sa main sur la table, puis sur la mienne, comme s'il ne s'était rien passé.

Le serveur remplit mon verre et s'éloigne. J'ai l'impression d'être une adolescente. Mes joues me brûlent. Gabriel sourit. Il se met à nous servir à chacun une petite assiette.

– Tu veux tout essayer ? Tu aimes quand c'est épicé ?

Après dîner, nous marchons le long de la Seine. Il m'invite à monter chez lui. Son appartement est simple, de bon goût. Il y a un fauteuil en velours dans un coin, des couvertures pliées sur un canapé. Il pose une cafetière italienne sur la gazinière.

Un chat saute sur mes genoux. Gabriel va et vient dans la minuscule cuisine pour préparer du café, du whisky et des oranges, puis il finit par s'asseoir face à moi.

Il se frotte le visage, s'installe confortablement puis me dit d'une voix douce :

– C'est agréable de t'avoir ici. J'étais ravi d'avoir une bonne excuse pour ne pas aller à l'évènement auquel j'étais censé assister ce soir.

Une ottomane recouverte d'un kilim s'affaisse sous une pile de livres et de manuscrits.

Je le regarde, son air calme, ses longues jambes étirées sur la table basse. Je crois que ça n'a rien d'étrange pour lui, d'être aussi intime physiquement, aussi vite, avec quelqu'un. Il passe facilement d'un mode à l'autre. C'est assez excitant.

– Tu veux du lait ?

Il est très attentionné.

Il est désormais debout derrière mon fauteuil et nous rions en regardant les photos que nous nous sommes envoyées. Il m'embrasse le cou et fait tomber les bretelles de ma robe. Je l'aide en la baissant jusqu'à ma taille.

– Celle-là me plaît, dit-il en prenant mon téléphone pour me montrer la photo. J'aime voir cette partie de ton cou, puis ta poitrine et juste un peu de ton téton, à peine.

Je dégrafe mon soutien-gorge et lui reprends le portable des mains pour me photographier. Il attrape mes seins, m'embrasse et me tire de mon siège. Nous nous amusons un moment au milieu de son salon, à nous prendre mutuellement en photo. La pièce tourne et je me sens jeune. Je m'allonge sur son canapé et il embrasse mes mollets, puis mes genoux. Je regarde ses doigts parcourir mon ventre puis plonger dans le duvet brun de mon sexe et tirer sur le tissu de ma culotte pour qu'elle fende ma peau. Il glisse un bras sous moi, me relève et m'embrasse sans s'arrêter tout en me guidant jusqu'à son lit.

Mon pouls s'accélère. Je ne pensais pas recoucher avec quelqu'un pour la première fois un jour. Même sa façon de me regarder est différente. Une extrême assurance, comme s'il savait exactement ce qu'il voulait me faire. Une fois que nous sommes tous les deux nus, il s'assoit au bord du lit et m'installe sur ses genoux. Nous faisons l'amour comme ça, en bougeant et en gémissant dans la bouche de l'autre. Je renverse la tête tandis qu'il m'embrasse le cou, et je souris en regardant cette chambre que je ne connais pas. Les affaires d'un inconnu, la sensation des lèvres d'un inconnu, une ville inconnue. Ma nouvelle robe gît par terre comme une fleur fanée.

Puis nous nous laissons retomber sur son lit. Nous reprenons notre souffle et le silence s'installe. J'aime la chaleur de son corps près du mien. Je reste allongée comme ça pendant un temps qui me semble infini, à regarder le jour se lever à travers les fenêtres de sa chambre, à caresser la sueur de sa peau, à écouter sa respiration douce.

– Je peux nous faire du café.

– Non, rendors-toi.

Je l'embrasse en guise d'au revoir et lui confie que je me suis beaucoup amusée. Je rentre à pied jusqu'à l'hôtel, rêveuse, bercée par la lumière du matin. Je pense aux critiques des lecteurs du livre de Valérie et imagine les miennes concernant la nuit que je viens de passer :

*Y suis allée sans savoir à quoi m'attendre et ai été agréablement surprise !*

*Les positions étaient très agréables pour nous deux. Trois étoiles et demie sur quatre !*

*J'ai complètement perdu la tête. Un peu comme Diana au lit !*

Je me suis amusée à faire ça durant tout le chemin du retour.

# Chapitre 7

J'ouvre la porte de la suite avec précaution et me faufile à l'intérieur, soulagée de constater que le silence y règne – si l'on ne tient pas compte des légers ronflements qui proviennent de la chambre des filles. Je m'assois sur le bord du lit et retire les talons que m'a prêtés L'Wren. Me poser est une mauvaise idée, je dois prendre une douche sinon je vais m'endormir. J'ai mal aux pieds et ma peau me tire. Je prends une grande inspiration mais avant même que je me leve pour me traîner jusqu'à la salle de bains, mon téléphone vibre à côté de moi. C'est Oliver qui m'appelle en FaceTime. Mon cerveau se met à tourner à cent à l'heure – il est presque minuit à Dallas. Emmy. Il a dû arriver quelque chose.

– Allô ?

– Alors, c'est comment Paris ? demande-t-il.

– Incroyable.

– Je te réveille ?

– Non… je… Décalage horaire.

– Et L'Wren ?

– Dans son élément. Elle dort comme un bébé.

– Bien. (Oliver s'enfonce un peu plus dans son canapé, un bras plié derrière la tête. Je me souviens de la sensation d'être blottie dans le creux de ce bras, au chaud et à l'abri, la tête posée sur sa poitrine, à écouter battre son cœur.) Tu me manques.

Je vois ma tête dans le petit rectangle en bas de l'écran, j'ai les yeux fatigués et mon maquillage a coulé.

– Merci d'avoir déposé Emmy à sa colo. Comment ça s'est passé ?

– Bien. Tout s'est bien passé, répond-il en se frottant le visage, l'air soudainement fatigué. Je t'avais dit que dès que tu serais là-bas tu nous oublierais et que tu t'amuserais.

– C'est vrai. C'est difficile de me dire qu'Emmy est si loin. Mais j'adore être ici.

– Diana… dit Oliver avec un petit sourire triste.

– Oui…

– Tu m'as envoyé une photo tout à l'heure. Et je ne crois pas qu'elle m'était destinée.

Oh mon Dieu.

– Quoi ?

– Vérifie ton téléphone.

Non. Non. Non. Pitié, mon Dieu, non. Je n'ai pas pu faire ça. Je n'ai pas pu être aussi stupide. Je n'ai quand même pas envoyé une photo à Oliver ?

Oh. Mon. Dieu. La voilà. Moi, sur le canapé de Gabriel, avec ma culotte tirée sur le côté.

– Je ne sais pas quoi dire.

– Donc, ce n'était pas pour moi ?

– Je suis vraiment désolée.

– Ne t'inquiète pas. Vraiment. C'est bon. Rien que je n'ai déjà vu avant.

Je suis rouge écarlate et mes joues me brûlent. Un long silence passe. Aucun de nous deux n'a le courage de parler.

– Tu veux savoir ce que je n'ai pas pu m'empêcher de penser après avoir reçu la photo ? finit-il par me demander d'une petite voix.

Non. Pas vraiment. Je préférerais me cacher sous ces oreillers. C'est possible ?

– Qu'on ne s'est jamais envoyé ce genre de photos, toi et moi, continue-t-il.

Je cherche quelque chose à dire, mais mon cerveau est toujours bloqué sur la photo. Comment ai-je pu commettre une erreur aussi stupide ?

– Voilà. Bref. Il est tard ici. Je devrais aller me coucher. Bonne nuit.

*On ne s'est jamais envoyé ce genre de photos, toi et moi.* C'est vraiment la dernière phrase à laquelle je m'attendais.

– Toi aussi.

Je reste allongée tout habillée jusqu'à entendre L'Wren et Alicia s'agiter dans la pièce d'à côté. L'Wren a déclaré qu'elle ne visiterait le Louvre que si on y allait tôt le matin, avant l'arrivée de la foule. Elles sont toutes les deux douchées et prêtes à 8 heures. Je fais de mon mieux pour les imiter mais il leur suffit d'un coup d'œil dans ma direction pour qu'elles m'ordonnent de retourner me coucher. Elles partent seules, je me douche et me couche enfin. Je m'endors en deux minutes. Je ne me réveille qu'à 13 heures et seulement parce que Alicia est plantée à côté de mon lit, une tasse de café à la main.

– Je te réveille pour ne pas que tu foutes complètement en l'air ton biorythme, dit-elle.

– Où est L'Wren ? je demande, vaseuse.

– L'Wren a déclaré que j'étais une personne « délicieuse » même si parfois « sans filtre » mais que je marchais beaucoup trop lentement et n'étais par conséquent pas une bonne partenaire de shopping. Nous étions à deux pâtés de maisons de l'hôtel quand elle a marmonné quelque chose à propos d'Hermès et sauté dans un taxi. (Alicia se laisse tomber sur le petit sofa Louis XVI au pied du lit.) C'est vraiment quelque chose cette fille.

J'enfile une robe d'été bleu pâle.

– Je suis simplement soulagée que vous vous entendiez bien.

– Je m'entends bien avec tout le monde. Quand on me laisse le temps.

Alicia m'emmène à la Grande Mosquée. Nous traversons une cour ombragée par les dernières glycines de la saison accrochées aux arcades, puis entrons au hammam. L'endroit est peuplé de femmes nues dans tout un tas de positions différentes. Quelques-unes, plus âgées et en sueur, trempent leurs pieds dans l'eau du jacuzzi. Aucune d'entre elles ne semble être mal à l'aise. Je laisse tomber ma serviette et rejoins Alicia sur les matelas verts. Elle attrape le morceau de savon noir qu'on nous a donné à chacune et me fait signe de me retourner. Elle frotte délicatement entre mes épaules, là où elle sait que ma main ne pourra pas aller. Puis elle se tourne pour que je lui fasse la même chose.

Une fois rhabillées, nous allons au café boire un thé à la menthe et manger des pâtisseries à la pistache. Je dessine la salle au dos d'une de mes cartes postales, pour ne pas l'oublier. Alicia lève la tête vers le ciel, pour profiter du soleil de fin de journée, et ferme les yeux.

– Je ne rentre pas, Diana. Jamais, dit-elle d'une voix douce et rêveuse.

– Dois-je prévenir ton mari ?

– Je suis sérieuse. Est-ce qu'on doit vraiment rentrer ?

– Je te connais. Nico et Elvis te manqueraient trop.

– Mais c'est fou quand même, non ? Quand tu es dedans, tu es vraiment dedans. Tu ne t'imagines pas t'en aller, ne serait-ce que pour une journée, ta famille te manquerait trop. Mais finalement tu pars et là tu oublies tout. En une seconde. Je pensais qu'être loin d'Elvis me donnerait l'impression d'avoir perdu un membre. Et au lieu de ça, je me sens totalement dans mon corps. Comme s'il m'appartenait enfin de nouveau, entièrement.

Je pose ma main sur la sienne et la serre affectueusement.

– Tout le monde a besoin d'une pause.

– J'ai passé la soirée d'hier affalée sur le canapé et personne ne m'a rien demandé. Pas un seul verre d'eau. Pas un seul repas. Je n'ai essuyé aucune fesse, ni allumer d'iPad. Personne ne m'a demandé si je savais où était son *complète-avec-ce-que-tu-veux*. Ça me manque d'être égoïste et de ne satisfaire que mes envies à moi, au moment où ça me chante. Si j'ai envie de travailler, je travaille. Si j'ai faim, je mange. (Elle s'étire et ferme de nouveau les yeux.) Je suis contente que L'Wren ait un vrai crush. Mais pour moi, en ce moment, ce serait un cauchemar. Tu t'imagines devoir prendre en compte les *sentiments* d'une personne supplémentaire ? Tant mieux pour elle, mais moi vraiment *non merci*.

Elle laisse échapper un long soupir, nous payons l'addition et partons nous promener dans le parc d'à côté où nous trouvons deux chaises à l'ombre d'un arbre. Alicia s'endort et moi je lis, immobile pour ne pas la réveiller.

Mon téléphone sonne alors que je tourne la page. Jasper.

*Donc, Diana est à Paris. Et qu'est-ce qu'elle fait ensuite ?*

Je n'hésite pas.

*Qu'est-ce qu'elle ne fait pas ?*

Aucune réponse pendant plusieurs secondes, et puis :

*Hum…*

Je regarde les trois points danser puis disparaître.

# Chapitre 8

Le lendemain durant le déjeuner, L'Wren nous annonce qu'elle a décidé de suivre nos conseils et de faire une surprise à Kevin.

– Mon nouveau sac Chanel et moi partons pour une escapade à Londres ! On oublie mon planning pour vingt-quatre heures, vous avez quartier libre, mais ne vous amusez pas trop sans moi.

Peu après son départ, Alicia et moi avons une réunion Zoom avec Liam parce qu'il veut me montrer sa nouvelle idée pour le site de Dirty Diana.

– C'est juste une version bêta, dit-il en partageant son écran.

– OK. Qu'est-ce que je regarde là, exactement ? je demande en plissant des yeux.

– Ton œuvre – tous tes dessins sont là – et en dessous de chacun d'entre eux, un bouton pour lancer la lecture de l'audio.

– Ce n'est pas bizarre de fixer une peinture en écoutant ? demande Alicia.

– J'y ai pensé, répond-il. Mais j'aime le côté simple.

– Est-ce qu'on peut faire bouger les dessins ?

– T'as déjà été sur un site web dans ta vie ?

– Je sais mais… est-ce que c'est dans nos compétences ?

– On trouvera quelqu'un qui sait se servir d'Animator.

– Qu'est-ce que c'est ?

– T'inquiète, on gère, me rassure Alicia. Tu imagines quelque chose de très élaboré ?

– Je ne sais pas encore. J'ai quatre nouveaux petits croquis, que j'ai l'intention de peindre.

Je cours chercher mon carnet et leur montre ce que j'ai dessiné depuis que je suis à Paris, même si ce n'est pas encore fini.

– Diana. Putain de merde, approuve Liam.

– Ils sont magnifiques.

– Merci.

– Tu me diras quel fantasme va avec quel dessin.

J'acquiesce tandis qu'Alicia demande :

– On ne peut pas tous les mettre ?

– Ce serait pas mal de faire comme s'ils étaient accrochés à un stand de bouquiniste, j'ajoute. Avec les bords qui se balancent.

– J'aime bien l'idée, dit Liam.

– Comme si on les vendait le long de la Seine, murmure Alicia.

En fin de journée, Alicia et moi décidons de partir nous promener sans but précis. Nous passons au Bon Marché, prenons les célèbres escalators et observons les gens. Elle me surprend à regarder trop souvent mon téléphone et je finis par lui avouer que Jasper m'a envoyé un message à propos de l'expo d'un ami à lui, laquelle a d'ailleurs lieu pas très loin d'ici.

– Est-ce que Jasper sera là ? me demande-t-elle.

– Non, il est à Londres, dis-je en rougissant.

Elle me regarde, sans cligner des yeux.

– Alicia, c'est l'expo de son *ami*.

Il n'y a que quelques personnes quand nous entrons dans la galerie. L'endroit est sympathique : deux salles bien éclairées auxquelles on accède en traversant une brasserie. L'atmosphère a quelque chose d'intime.

J'admire les petites toiles de la première salle quand une femme surgit de derrière un comptoir, me tend un verre de vin et insiste pour me montrer les œuvres de l'autre pièce. Comment ai-je entendu parler de l'exposition ? Je lui réponds que Jasper Green m'a dit qu'elle était immanquable.

Alicia est en pleine conversation avec un homme qui s'appelle Paul et qui a étudié en Grèce et en Argentine. Ils passent de l'espagnol, qu'ils parlent tous les deux couramment, à l'anglais comme si de rien n'était.

Un homme en chemise bleue s'approche de nous. Il a une légère cicatrice sur la lèvre supérieure.

– Voici notre artiste, Frederic, me dit la femme.

Frederic semble lui aussi content d'apprendre que c'est Jasper qui m'a envoyée. Il me demande ce que j'ai vu à Paris et quand je lui raconte mes journées, il semble un peu déçu. Suis-je allée voir l'expo Cal Tiezen, juste à côté ? veut-il savoir. C'est une salle minuscule, encore plus petite qu'ici.

– Pas ce connard, grogne une autre femme en nous entendant.

– Oui, je sais, Fidelle, soupire Frederic. Tiezen n'est plus du tout à la mode mais ses meilleures toiles sont à côté dans une toute petite salle, ça serait dommage de ne pas en profiter.

Quand nous ne sommes plus qu'une poignée de personnes dans la galerie, toute l'attention se tourne vers Alicia et moi, qui sommes nouvelles à Paris. Le reste du groupe décide de nous emmener boire un verre dans leur nouveau bar préféré, pas très loin.

Il a commencé à pleuvoir mais nous y allons quand même à pied. Quelques pâtés de maisons plus bas, nous entrons dans une toute petite salle aux murs en lambris, avec des tables en vinyle, des lampes jaunes franchement moches et de grandes bougies blanches. Un serveur vient nous proposer le cocktail du jour sur un plateau, une sorte de liqueur en gelée avec un peu de crème. Dans un coin, un piano se met à jouer et une brune aux joues rouges, à chanter. D'une voix timide d'abord, puis plus forte, elle avance jusqu'au bar et grimpe sur un tabouret, cigarette aux lèvres.

– On ne peut pas vraiment faire plus parisien comme soirée, s'émerveille Alicia.

Mais après la deuxième tournée, elle nous annonce qu'elle est fatiguée et qu'elle rentre. Je devrais partir moi aussi. Sauf que je suis en pleine forme et que j'ai envie de rester.

– Je te retrouve à l'hôtel ?

Fidelle, Paul et moi supplions la chanteuse de continuer et elle accepte en riant et en trinquant son verre contre les nôtres tandis que Fred fume, tout en discutant avec le barman. Derrière moi, j'entends la porte s'ouvrir.

Et Jasper apparaît.

Nous nous levons tous pour l'accueillir, il embrasse Fidelle, serre la main de Frederic puis se plante à côté de moi.

– Je t'ai trouvée, sourit-il, les mains dans les poches de son jean.

J'ai le cœur coincé dans la gorge, il bat à toute vitesse. Plus la peine de prétendre que ce n'est pas grave si je ne le vois pas durant mon séjour ici. Je suis enfin exactement où j'ai envie d'être, avec exactement qui j'ai envie d'être. Je ne peux pas m'empêcher de sourire.

– Tu m'as trouvée. Durant une de mes sorties parisiennes.

J'essaie de calmer ma nervosité en agitant la main vers la petite salle, comme si c'était la chose la plus normale du monde, lui et moi, ici dans ce bar.

– J'ai beaucoup aimé l'expo de Fre…

Il m'attire contre lui et m'embrasse sur la joue. Si j'avais droit à un vœu, là maintenant, ce serait d'arrêter le temps. De faire durer ce moment pour en profiter et le revivre des années plus tard, comme si j'y étais. Cet effet de surprise. La sensation de sa joue contre la mienne. Sa barbe naissante et ses cheveux ébouriffés comme s'il sortait tout juste du lit. Ses fossettes quand il sourit.

Il me prend par la main et me tire jusqu'au comptoir. Nous nous asseyons. Son bras frôle le mien, nous regardons tous les deux droit devant nous, vers le miroir derrière le bar.

– Elle est bien, hein ? L'expo de Fred ?

– Très.

– Diana à Paris… soupire-t-il en se tournant vers moi.

Je pivote pour que mon corps soit face au sien.

– Maintenant que je suis ici…

– J'aurais préféré qu'il soit moins tard. Je suis parti tôt de mon dîner mais tu n'étais pas à la galerie. Puis je suis allé au bar d'en face. Je voulais te surprendre.

– Tu as réussi.

– Raconte-moi. Qu'est-ce que tu as vu jusqu'ici ?

Je sors mon paquet de cartes postales de mon sac.

– Le Centre Pompidou, l'Arc de triomphe, bien sûr…

Je sens son regard sur moi. Il attrape une des cartes et demande un stylo au barman.

– Je vais en écrire une à ta place. Je crois que je suis capable d'imiter ton style, dit-il en griffonnant quelque chose au dos de la carte avant de la glisser dans mon sac en souriant. Je suis sûr que je vais le regretter. Où est-ce que je peux t'emmener ?

– M'emmener… n'importe où du moment que c'est nouveau. De nouveaux lieux, de nouvelles rues.

– Ça, c'est dans mes cordes, dit-il avant de baisser la voix. Mon Dieu, que je suis content de t'avoir trouvée.

Jasper balance dans sa main la bouteille de champagne qu'il a achetée au bar, tandis que nous nous perdons, bras dessus, bras dessous, dans les rues de la ville. La plupart des magasins sont fermés, mais dès qu'on en passe un qui est encore ouvert, Jasper y entre pour m'acheter un truc – une glace, un porte-clés, un baume à lèvres à la pêche, un briquet en forme de tour Eiffel – jusqu'à ce que mes poches soient pleines de babioles. Un peu plus tard, il s'arrête brusquement au milieu de la chaussée et me regarde de la même façon que quand il était sur le point de me prendre en photo. Mais il ne dit rien.

Mon cerveau turbine. Avec combien de femmes est-il sorti depuis moi ? Est-ce qu'il les emmène souvent à Paris ? Est-ce qu'il veut juste me baiser ? Est-ce qu'il veut m'épouser ? C'est quoi son plan sur cinq ans ? Je n'arrive pas à me souvenir de la dernière fois où toutes ces choses m'importaient.

Je repense à Oliver, à nos trajets tendus en voiture jusqu'au bureau, quand nous nous disputions pour un truc anodin. Ou toutes ces fois où l'un de nous se lançait dans une histoire vue et revue, à cracher des informations remâchées, en sachant pertinemment que l'autre n'en avait rien à faire. Avec Jasper, chaque information est fondamentale, chaque détail, excitant. Je veux tout savoir.

Voyant une voiture arriver, je lui prends la main mais il ne bouge pas.

– Et si on essayait de nouveau ? me demande-t-il. Tu crois que ce serait possible ?

Je me tais. Je ne sais pas. Je prends son autre main et cette fois, il me suit jusqu'au trottoir.

– Je suis tellement heureux de te voir, Diana. Tu n'as pas idée.

Il referme la distance entre nous.

Dès que son corps touche le mien, j'ai de nouveau vingt-six ans. Une insouciance totale. Je veux crier sur le toit de mon hôtel : *Oui ! Essayons de nouveau. Essayons mieux. Putain, au diable tous les cœurs brisés !*

Sans réfléchir, je l'attire loin de la lumière des réverbères, dans un espace sombre entre deux immeubles, encore plus étroit qu'une allée. Il n'y a rien de timide dans ma façon de l'embrasser. Je le colle au mur de briques, encore humides de la pluie. Sa bouche trouve la mienne avec la même intensité.

– Diana, dit-il avant de se redresser et de prendre mon visage entre ses mains.

Du coin de l'œil, j'aperçois un jeune couple traverser la rue en courant. Nous sommes à l'abri de tous les regards. Je me hisse sur la pointe des pieds et trouve de nouveau sa bouche. Il a le goût du champagne et l'odeur de la pluie et nous nous dévorons, avec urgence, comme si s'arrêter risquerait de faire disparaître le désir. Ses mains sur moi sont une sensation à la fois familière et étrangère. Nous ne pouvons pas vraiment être là, ensemble, après autant de temps. L'un de nous deux doit être en train de rêver. Je me colle à lui. Il soulève ma jupe et j'enroule mes jambes autour de son corps. Ma respiration s'accélère. J'ai tellement envie de lui en moi. J'ai perdu le contrôle.

– Caresse-moi, lui dis-je.

Je m'adosse au mur pour ne pas perdre l'équilibre tandis qu'il glisse sa main entre mes jambes. Je veux qu'il sente à quel point je suis excitée.

Le son des sirènes au loin. Les lumières de Paris au-dessus de nos têtes. Tout ça me donne le vertige.

– Diana… je ne veux être nulle part ailleurs qu'ici, avec toi.

Je déboutonne son jean et prends sa queue dans ma main. Elle est dure et palpitante. Il gémit tandis que je la glisse entre mes jambes en bougeant les hanches jusqu'à ce que mon corps s'ouvre pour lui. Il me soulève et me pénètre profondément. Mes doigts se plantent dans son cou. Je sens sa bouche mordre mon épaule nue.

*Il est là. Là où il doit être.* Je ne pense qu'à ça. Après toutes ces années, il est le même. Fort et solide, doux et assuré. Il a du mal à respirer lui aussi. Nous sommes tous les deux sur le point d'exploser. Comment ai-je pu un jour tolérer de ressentir moins que ça ? Comment ai-je pu oublier qu'il était fait pour moi ?

– Est-ce que ça va ? me demande-t-il.

Je resserre mes jambes autour de lui tandis que nous trouvons un rythme exquis. Il me pénètre si profondément, va et vient en moi si lentement, que des sons inconnus s'échappent de ma bouche. Je suis dans un état de béatitude que je ne pensais pas pouvoir connaître.

Nous entendons des pas approcher et nous figeons. Je ferme les yeux et mords doucement son doigt pour calmer ma respiration. Jasper décale son corps pour cacher le mien. Les pas s'éloignent.

– Nous devrions être dans un lit, dit-il.

– Je ne pouvais pas attendre.

Il bouge en moi et je le sens grossir un peu plus.

– Dis-moi à quel point ça t'a manqué.

– Ça m'a manqué, je gémis. Jasper, je pourrais rester comme ça pour toujours.

Je pourrais. C'est fou comme le sexe est différent avec Jasper. Coucher avec lui est un truc que je ne redouterai jamais, que je ne devrai jamais me forcer à caser dans mon planning. Je n'ai qu'une envie, c'est de faire durer cette sensation.

Mais Jasper s'arrête. Il me hisse un peu plus haut sur ses hanches et me regarde dans les yeux. Sa main, mouillée de s'être appuyée sur le mur trempé, caresse doucement ma joue. Il la ressent lui aussi. Cette intensité d'être propulsé dans le passé. De se souvenir du plaisir qu'on peut se donner lui et moi. Si on continue ce qu'on est en train de faire – si on va jusqu'au bout – aucun de nous deux ne pourra plus se mentir sur ce qui manque quand nous sommes loin l'un de l'autre.

– Jasper…

Le bruit d'une bouteille en verre qui explose sur le bitume. Un groupe d'inconnus qui rient et courent, leurs pieds qui claquent sur le trottoir. Nous pourrions nous faire surprendre à tout instant.

– S'il te plaît, lui dis-je. J'ai besoin de plus.

Il sourit, pose sa bouche contre la mienne, et m'embrasse passionnément tout en poussant profondément en moi. Je me cambre pour qu'il puisse aller encore plus loin. Je sens son souffle dans mon cou. La sensation de sa peau nue, de lui qui bouge en moi, plus vite, encore et encore. Il n'y a aucun avertissement. Une explosion de chaleur entre mes jambes, il la sent lui aussi. J'agrippe ses épaules un peu plus fort. Il m'embrasse tandis que je crie de plaisir et qu'il jouit avec moi.

Nous marchons en direction de mon hôtel d'un pas chancelant. Nous ne disons rien, émerveillés par ce qui vient de se passer. L'un de nous s'arrête de temps en temps pour embrasser l'autre. Un quart d'heure plus tard, nous entrons dans le hall.

– Je te raccompagne jusqu'à l'ascenseur, m'annonce-t-il et nous traversons le hall, les genoux encore tremblants. À quelle heure je passe te prendre demain ?

– Jasper. Demain c'est notre dernier jour à Paris. Nous repartons samedi.

– Mais si tu restais ? Juste pour le week-end. Je suis là jusqu'à lundi.

Il me relève le menton et m'embrasse doucement.

– J'ai besoin de plus de Diana à Paris. J'ai des choses à te montrer. Passe la journée de demain avec tes amies, dis-leur au revoir mais à partir de samedi matin, tu es à moi. Pour tout le week-end. (Je souris et il rougit.) Diana, tu as vu les endroits préférés de tout le monde ici sauf les miens.

Oui. Oui, je vais rester quelques jours supplémentaires à Paris. Oui, je vais mentir à Allen et lui dire que je suis proche de convaincre Petra. Oui, je vais aussi mentir à Oliver et lui dire que Petra a un emploi du temps impossible et que notre réunion a été décalée et que je ne rentre finalement que lundi. Oui. Oui. Oui.

Jasper m'embrasse et disparaît à travers la porte tambour. Juste avant de me coucher, je trouve la carte postale qu'il a glissée dans mon sac et la lis.

*À qui de droit : j'ai prolongé mon séjour à Paris. Vous vous souvenez de Jasper ? Plutôt grand. Extrêmement charmant. Magnifique bite. Il prend des photos. C'est pour lui. Mon Dieu, j'adore Paris. Bisous. Diana.*

Je suis réveillée par des pleurs en provenance du salon et la lumière aveuglante du jour qui inonde mon lit. Je me lève à la hâte et suis la voix calme et apaisante d'Alicia. Je la trouve en train de consoler

L'Wren qui est assise sur le canapé au milieu d'une marée de produits de beauté français.

– Oh non. Que s'est-il passé ? dis-je en posant ma main sur son genou.

– Rien. Un gros putain de rien, voilà ce qu'il s'est passé.

– Sa soirée à Londres a été un fiasco.

– Kevin a passé tout son temps pendu au téléphone. J'ai pris le premier train ce matin et dépensé trois mille dollars dans une parapharmacie en rentrant à l'hôtel. Je ne sais même pas comment je vais tout rapporter. (Elle nous regarde tour à tour, un sanglot coincé dans la gorge.) Ça c'est très bon contre la cellulite, précise-t-elle en brandissant une boîte blanche et argentée.

– Est-ce que tu lui as expliqué que cette soirée était importante pour toi ?

– Oui. Entre deux coups de fil. Il a fini par me dire que la prochaine fois que j'avais envie de le surprendre, je devais envoyer un mail à son assistante avant. Il m'a demandé pourquoi j'étais en colère alors que nous n'avions pas prévu de nous voir.

– L'Wren. Nos conseils n'étaient pas si bons que ça, c'était beaucoup de pression pour une seule soirée.

– Oh, s'il te plaît. Tout ça est symptomatique d'un problème bien plus gros. Un problème que je fais semblant de ne pas voir depuis trop longtemps.

– Il est temps d'appeler le vétérinaire. Tu as ma permission, dit Alicia en levant la main. Tu as vraiment tout essayé.

L'Wren a l'air si vulnérable, comme prête à obéir à n'importe quel ordre qu'on lui donnerait.

– Mais je ne devrais pas essayer genre encore dix fois ?

– Tu as essayé combien de fois déjà, avant hier soir ?

– Je ne sais pas. Franchement, j'ai arrêté de compter.

– C'est quand la dernière fois que vous avez couché ensemble ?

– Ce n'est pas le sexe, notre problème. Kevin est incapable d'avoir une conversation de plus de cinq minutes mais nous savons comment nous donner du plaisir.

Son téléphone vibre sur la table.

– Si c'est lui, je ne lui réponds pas.

Elle regarde l'écran et son visage s'illumine.

– Oh mon Dieu. C'est Miss Ginger. Le chat de son bureau. Elle boit à la fontaine à eau, dit-elle en riant dans son mouchoir. Arthur et moi avons toujours des choses à nous dire. Ce que je lui raconte l'intéresse sincèrement.

Elle nous montre toutes les photos de chats qu'il lui a envoyées ces derniers jours.

– D'accord, mais oublions Arthur une minute, dis-je. Imagine qu'il ne fasse pas partie du tableau. Il n'existe pas. Qu'est-ce que tu ressens par rapport à Kevin ? Quelles sont les choses qui te manqueraient ?

– Pourquoi es-tu aussi pro-mariage soudainement ?

– Je ne suis pas pro-mariage. C'est juste que… parfois on est déstabilisé de découvrir que certaines choses nous manquent. Donc il faut tout considérer, le bon comme le mauvais, et faire le tri. C'est pour ça que nous sommes là. Pour t'aider.

– Si je peux être parfaitement honnête, admet Alicia, là, tout de suite, je suis team véto trop mignon.

– Tu n'as jamais vu Kevin.

– Je dis juste, oui, bien sûr, faisons le tri, mais j'ai une grosse préférence. Mais Diana a raison, réfléchissons à ce qui te manquerait le plus.

– Oh, pitié. Si je dis « l'argent » vous allez toutes les deux me mépriser. Mais j'aime beaucoup l'argent. Sans Kevin, nous serions au Formule 1 de l'aéroport de Roissy en ce moment.

– Aucun jugement. J'apprécie énormément cette suite et ce peignoir. Mais quoi d'autre ?

– Ce n'est pas seulement l'argent. C'est son ambition. Sa hargne. J'aime son ambition mais en même temps, elle me rebute. Vous voyez bien que je suis tarée. Il ne peut jamais gagner. Au fond, tout ça est peut-être ma faute ?

– Ne fais pas ça. Il te néglige depuis un moment et c'est normal que tu en souffres.

– Je veux juste retomber amoureuse. Je lui ai trouvé trop d'excuses. Il n'est jamais disponible émotionnellement. Je veux être excitée à l'idée de passer du temps avec un homme et avoir l'impression qu'il n'a envie d'être nulle part ailleurs au monde quand il est avec moi.

Alicia va chercher une autre boîte de mouchoirs dans la salle de bains et revient s'asseoir sur le canapé, tout contre L'Wren, qui en profite pour poser sa tête sur son épaule.

– Vous savez, dit Alicia, il y a aussi ceux qui sont trop disponibles émotionnellement. Parfois, j'aimerais que Nico laisse ses sentiments à la porte – littéralement. Il veut qu'on fasse le point sur comment vont les choses entre nous au moins deux fois par jour. Et pour info, les mots « bien » et « ça va » ne sont pas des réponses acceptables. Il faut décrire ses sentiments en détail.

– Bah ça me paraît plutôt sain. Kevin est bien trop ailleurs pour faire le moindre point. Rencontrer Arthur a été une révélation pour ça. C'est comme si je savais désormais ce qu'on était censé ressentir. Le voile est levé, vous comprenez ? Et je ne m'imagine pas de nouveau ressentir ça pour Kevin.

– Qu'est-ce que tu veux faire ?

– Honnêtement ? J'aimerais m'enfuir avec Arthur et m'installer avec Halston et lui sur une petite île loin de tout. Vous deux, vous auriez le droit de nous rendre visite, évidemment. Quand je rêve d'Arthur, c'est vraiment intense. Dès que je pense à lui, je suis excitée. Ce n'est pas une blague. Je pourrais boire l'eau de son bain. Jusqu'à la dernière goutte.

– Hum, dit Alicia en s'interrogeant sur ce qu'elle vient d'entendre, sans jugement. Est-ce que tu pourrais boire celle de Kevin ?

L'Wren réfléchit sérieusement.

– Il est très propre. Donc je pourrais sans doute en siroter un peu, dit-elle avant de se remettre à pleurer et de laisser retomber sa tête sur les genoux d'Alicia.

Celle-ci lui caresse les cheveux jusqu'à ce qu'elle se calme. C'est vrai qu'elle s'entend vraiment avec tout le monde. Avec le temps.

– Il n'y a rien de pire que de se sentir seule dans une ville où tout le monde est amoureux, maugrée L'Wren, le nez dans le peignoir d'Alicia.

– Moi, je ne suis pas amoureuse, dis-je.

Elles laissent échapper un « ha ! » à l'unisson.

– Tu l'es, rit L'Wren. Tu éprouves tellement d'émotions en ce moment que tu ne sais plus quoi en faire.

Je m'assois par terre, à leurs pieds, et leur raconte que Jasper a débarqué au bar hier soir.

– Bon sang ! s'exclame Alicia. Je suis partie trop tôt, je savais qu'il se pointerait ! Et que s'est-il passé ?

Je raconte notre balade à travers la ville puis marque une pause.

– Et ? insiste Alicia.

*Et il m'a embrassé sur la joue pour me souhaiter une bonne nuit*... ça serait si simple de s'arrêter là.

– Et je l'ai attiré dans un coin sombre près de l'hôtel et on a baisé contre un mur.

Il y a un long silence. L'Wren regarde Alicia, puis moi, puis de nouveau Alicia.

– Est-ce qu'elle dit la vérité ?

Alicia rit.

– Finalement, je suis contente d'être partie avant !

– Diana ! crie L'Wren en me prenant la main. (J'ai peur qu'elle me fasse un sermon.) C'est de *ça* dont je parle... ce que tu ressens là. C'est *ça* que je veux.

Alicia et moi la serrons fort dans nos bras.

– On va trouver une solution, lui dis-je. Tu n'es pas toute seule.

– Pas toute seule du tout, confirme Alicia. Ce soir, on peut traîner au pieu et faire des câlins à tous tes nouveaux produits de beauté. Je ne suis pas sûre qu'ils tiennent tous dans le lit mais bon.

L'Wren rit avant de se moucher.

– Mais d'abord, profitons de notre dernier jour à Paris, dit Alicia. Enfin pas pour toi, ajoute-t-elle en me regardant. Toi tu devrais rester.

– Vous ne m'en voudrez pas si je change mon billet ?

L'Wren plisse des yeux.

– Du moment qu'on va dîner dans un endroit super fashion qui ne prend pas les résas et où il faudra faire la queue pendant des heures.

– Bien évidemment !

Alicia et moi passons le reste de la journée à remonter le moral de L'Wren. Nous ouvrons tous ses produits de beauté et les testons sur elle. Puis nous les rangeons tant bien que mal dans ses valises et allons dîner au marché des Enfants-Rouges, qui est aussi bondé que L'Wren l'avait prédit. Elle réussit tout de même à nous trouver trois places à un comptoir sans qu'on ait besoin de faire la queue. Nous voilà toutes les trois, assises dans cet immense marché, entre le fleuriste et le poissonnier, à manger du ceviche en buvant du vin et sans la moindre envie de nous dire au revoir.

De retour à l'hôtel, j'envoie un texto à Petra, pour savoir s'il y a une chance que nous nous revoyions. Elle me répond aussitôt qu'elle part en Espagne, mais qu'elle n'arrête pas de penser à mon site.

*Je suis allée voir et j'ai parcouru tous les fantasmes. Tu tiens quelque chose et je crois que je peux t'aider.*

Nous fixons une date pour nous voir quand elle rentrera au Texas. Je passe l'heure suivante à imaginer ce que ce serait de travailler avec elle. L'idée est excitante mais également un peu terrifiante. Je réécoute quelques entretiens enregistrés ces derniers mois et dessine dans mon carnet jusqu'à m'endormir.

Nous nous réveillons toutes les trois tôt le lendemain matin. Les filles doivent partir pour l'aéroport et j'ai un nœud à l'estomac rien qu'à les regarder finir leurs valises. Nos moments passés ensemble me manquent déjà. Je les embrasse toutes les deux, en m'imprégnant du parfum de L'Wren. Puis elles s'en vont.

Je quitte l'hôtel peu après et prends le métro pour rejoindre un autre quartier plus calme, mais tout aussi beau, dans lequel j'ai trouvé une chambre plus abordable. À la réception, une femme à la mine sévère avec un tablier à motifs cashmere, de toute évidence agacée de me voir débarquer aussi tôt, me tend une clé en métal avec un numéro. Je traîne ma valise jusqu'en haut de l'escalier étroit. Je suis en train de la hisser tant bien que mal sur mon lit quand Jasper m'envoie un message pour me dire qu'il passe me prendre dans une heure.

Je range une partie de mes affaires puis attrape mes feutres et mon carnet. La chambre est petite, juste assez grande pour un lit, une table de nuit, et une chaise en bois que je tire jusqu'à la fenêtre avant de m'y installer. Je dessine l'immeuble d'en face et le jeune homme devant qui donne un coup de pied dans la roue arrière de son scooter en jurant. Je suis toujours en train de l'observer quand je vois Jasper approcher de l'hôtel, une bouquet de pivoines roses à la main.

– Est-ce qu'elles sont pour moi ? je crie.

Il sursaute avant de m'apercevoir à ma fenêtre et nous rions tous les deux.

– Est-ce que ça veut dire que tu m'invites à monter ?

Arrivé en haut de l'escalier étroit, il me tend les fleurs et me dit qu'il ne veut pas entrer dans ma chambre parce que nous n'en sortirons jamais. Je lui dis qu'il n'y a aucun problème, qu'elle est probablement trop petite pour nous deux de toute façon.

Pour commencer, Jasper m'emmène dans son café préféré. Situé dans le IIIe arrondissement, c'est à la fois un café et une galerie d'art, avec des luminaires en forme de nuages géants qui pendent du plafond et de vieux appareils photo à vendre sur toutes les étagères.

– On dirait un endroit tout droit sorti d'un de tes rêves.

Je regarde les photos en noir et blanc imprimées sur le papier peint.

– Et attends de voir la suite.

Il m'embrasse tendrement, deux cafés à la main, et me guide vers la sortie.

Nous serpentons dans les rues étroites pendant dix minutes, en évitant tant bien que mal les autres piétons, puis arrivons face à un portail en fer forgé derrière lequel je découvre un jardin, apparu comme par enchantement. J'ai l'impression d'avoir trébuché le long d'une route de graviers et atterri sur un matelas en plumes. Nous traversons le jardin, Jasper prend des photos tandis que j'admire les roses grimpantes et les parterres de fleurs qui débordent. Nous nous asseyons sur un banc en pierre et nous savourons le calme environnant.

– Comment as-tu trouvé cet endroit ?

– Tu n'as pas à murmurer, s'amuse-t-il.

– C'est juste ma voix émerveillée, je souris. C'est beau.

Nous restons là pendant plus d'une heure, à siroter nos cafés en partageant un cake à la banane, jusqu'à ce que le soleil tape si fort que nous commençons à suer.

– Je suppose que tu n'as pas de maillot de bain dans ton sac à main ?

Je secoue la tête et Jasper nous emmène dans une petite boutique qui vend des vêtements de plage aussi chics qu'excentriques. Nous choisissons deux maillots à imprimé fleuri criard et rejoignons ma prochaine surprise : une piscine flottante sur la Seine. La queue est longue et avance lentement mais ça ne nous dérange ni l'un, ni l'autre. Quand nous entrons enfin,

Jasper fonce sur le toit et nous trouve deux transats orange. Nous nous mettons aussitôt en maillot, en nous regardant mutuellement du coin de l'œil. J'enlève mes sandales. Le bois de la terrasse me brûle les pieds. Jasper saute dans l'eau froide puis me regarde y rentrer doucement. Sous l'eau, j'aperçois ses jambes, bronzées et musclées, dépasser de son maillot fleuri. Je remonte à la surface et il est là, à m'attendre. Il me prend dans ses bras et m'embrasse. Nous ne disons rien, nous nous contentons de sourire, tandis que, autour de nous, des enfants s'éclaboussent, leurs mères les grondent et des nageurs concentrés tentent de faire leurs longueurs.

Nous rejoignons le bord et nous y accoudons. Nous agitons les jambes en regardant les bateaux glisser sur le fleuve. Le genou de Jasper effleure le mien et nous nous rapprochons, notre désir est à fleur de peau, sur le point d'exploser. Nous nageons un peu pour dissiper la tension. J'ai conscience d'être trop vieille pour cette vie-là, trop vieille pour une telle insouciance. Je pensais qu'il était trop tard pour découvrir de nouveaux horizons mais, maintenant que je sais que c'est possible, je n'ai qu'une envie : en découvrir d'autres encore. Je prends la main de Jasper et nous flottons sur le dos, les yeux à demi-clos, au soleil et sous un ciel sans nuage.

La peau des doigts encore frippée, nous déambulons au gré des allées de stands de fringues vintage du marché aux puces préféré de Jasper. J'essaie un manteau Chanel et Jasper achète plusieurs jeans pour sa collection. Il prend une photo de moi assise sur un rocking-chair en rotin avec des grandes lunettes carrées qui me rappellent ma mère. Je lui parle d'elle, de son amour pour le rotin et de son envie désespérée de devenir célèbre tout en sirotant une citronnade.

– Est-ce que tout était mauvais ?

– Non, seulement certaines choses, dis-je parce que je ne veux pas gâcher l'ambiance. C'est pareil pour tout le monde, non ?

Avant de rentrer à l'hôtel, Jasper m'emmène dans un dernier endroit, un speakeasy caché derrière une porte quelconque devant laquelle j'ai déjà dû passer trois fois depuis que je suis là. À l'intérieur de ce bar sans fenêtre, le serveur l'accueille en l'appelant par son nom avant de nous installer dans un box au fond de la salle. Il nous décrit des cocktails élaborés et complexes dans un français rapide.

– Tu as envie de quoi ? me demande Jasper.

Le serveur a l'air si sérieux que je n'ose pas prononcer le mot « margarita ».

– Surprends-moi, lui dis-je.

Jasper discute longuement avec lui. Je finis par reconnaître quelques mots comme « pisco » et « orange bitters ». Je n'arrive pas à croire qu'on puisse parler aussi longtemps simplement pour commander des boissons. Vingt minutes plus tard, on m'apporte un cocktail d'un rose trouble dans un verre à whisky avec une tranche de papaye séchée. Je goûte ; on sent le sucre mais aussi le piment et la réglisse. Deux verres plus tard, nous migrons jusqu'à ma chambre d'hôtel, tellement épuisés par le soleil, l'alcool et la ville que nous nous endormons au-dessus des couvertures dès que nous nous allongeons, ma tête sur le torse de Jasper.

Au milieu de la nuit, il s'agite et me réveille en m'embrassant. Nos corps se trouvent et il me pénètre comme si c'était la chose la plus naturelle du monde. Nous restons dans cet état rêveur tout en faisant l'amour, à moitié endormis mais parfaitement conscients du plaisir de l'autre. J'entends les craquements du petit lit et réalise que nous avons toujours les yeux fermés. Nous avons fondu l'un dans l'autre, incapables de nous arrêter. Je finis même par me demander si tout ça est vraiment en train d'arriver ou si nous sommes tous les deux en train de faire le même rêve. Quand je jouis, une vague silencieuse me balaye, un frisson puissant qui commence dans ma poitrine et finit entre mes jambes.

Et puis le soleil perce à travers les fenêtres et Jasper s'excuse car il a une réunion aujourd'hui qu'il n'a pas pu annuler. Je devrais être déçue, mais non. Je suis soulagée d'avoir la journée pour moi. Il promet de m'envoyer un peu plus tard l'adresse de la soirée à laquelle il doit assister.

– J'ai hâte, dis-je.

Allongée sur le lit, je le regarde enfiler son T-shirt avant de se pencher au-dessus de moi et de dégager les cheveux de mon visage.

– Tu es si belle. Et tu es là… Je le dis à haute voix parce que je n'arrive pas à y croire.

Je souris et l'embrasse. La porte se referme et mes yeux également. Je retombe dans un profond sommeil.

Je me réveille à midi. Le soleil est à son zénith quand je sors de l'hôtel. Je traverse la rue jusqu'au kiosque et achète *Paris Match* et un journal anglais.

Je trouve une table à une immense terrasse près des Halles. Je m'installe à l'ombre des arbres et ouvre le journal. Je commande une omelette avec une salade et le serveur se montre gentil et patient avec mon français limité. J'essaie de me concentrer sur ce que je lis mais les cellules de ma peau frémissent à la seule idée de revoir Jasper. D'entendre sa voix. Mon téléphone vibre sur la table.

*Une surprise t'attend à l'hôtel.*

*Est-ce que c'est toi ?*

*Non. Moi c'est pour plus tard. On se retrouve à mon hôtel à 18 heures ? Puis la fête.*

*Parfait.*

*La surprise c'est uniquement si tu n'as rien à te mettre. C'est tenue de soirée obligatoire. Attends. Ne viendrais-je pas de gâcher la surprise ?*

Je souris et commande un autre café noisette, que je bois en regardant la terrasse se remplir. Un homme avec un chien minuscule jette des miettes à un pigeon sous le regard agacé du serveur. Je sors une carte postale pour Emmy et dessine tout ce que je vois en détail. Puis je règle l'addition et marche au hasard des rues. Mon décor est rempli de choses diverses et variées. Une affiche française, la croix verte lumineuse des pharmacies, tout est intéressant, j'aimerais tout comprendre – le jeu de mots de la pub pour le parfum, les conversations des gens derrière moi dans la queue de la pâtisserie, la blague du vendeur.

Je rentre à l'hôtel. La dame avec le tablier aux motifs cashmere semble de nouveau irritée en me voyant arriver. Elle me tend une énorme housse à vêtements. Je la remercie et monte l'escalier en nous imaginant Jasper et moi à la fête, tous les deux dans une salle pleine d'inconnus.

Une fois dans ma chambre, j'ouvre la housse et y découvre trois robes différentes. Elles sont toutes superbes ; une robe bustier noire, une autre en brocart argentée et, ma préférée, une robe en soie rouge avec une écharpe délicate autour du cou. Je lance la housse sur le lit et m'étonne de sa lourdeur. Je plonge la main dedans et trouve une boîte blanche avec un ruban en velours vert. À l'intérieur, deux culottes en dentelle noire et un soutien-gorge noir transparent. Je n'ai jamais rien porté d'aussi sophistiqué de toute ma vie.

Quand j'arrive devant la suite de Jasper, la porte est entrouverte. J'entre et me demande si je ne me suis pas trompée tellement l'endroit est grand. Il y a un piano à queue flambant neuf dans un coin et un bar dans l'autre. Épatée, je traverse la pièce jusqu'à la chambre. Jasper est calé sur un oreiller, déjà en smoking, ses longues jambes étendues devant lui, le visage halé de notre après-midi à la piscine. Il fouille dans les draps pour trouver une télécommande et ferme les rideaux à moitié. Il m'embrasse sur la joue pour me dire bonjour. Je file dans la salle de bains pour arranger mes cheveux – c'est soudain trop d'être dans la même pièce que lui.

– Jasper, dis-je à travers la porte ouverte. Bon sang, cette chambre…

– Je sais. On me l'a réservée. C'est too much mais je crois que c'était l'effet recherché.

Je retourne dans la chambre, il se lève et marche jusqu'à moi. Il regarde autour de lui, puis tend la main derrière moi pour attraper une bouteille de champagne déjà ouverte dans le seau à glace.

– Elle est encore fraîche. Qu'en dis-tu ?

– Pourquoi pas.

C'est une sensation à la fois nouvelle et familière, ses lèvres douces et pulpeuses contre les miennes. Mon désir monte, vite et fort – est-ce que j'ai déjà ressenti ça auparavant ? Impossible d'avoir déjà ressenti ça et d'avoir oublié. J'ai la tête qui tourne, je ne suis plus très sûre de savoir où je me situe exactement dans la pièce. Je recule pour m'appuyer contre le bureau, je sens le bord de la table se planter dans mon dos.

On sonne à la porte.

– Dieu merci, c'est le room service, rit Jasper en allant ouvrir.

J'ai envie de m'effondrer sur la moquette mais je retourne dans la salle de bains et me regarde dans les yeux. Je fais couler de l'eau froide sur mes doigts, me penche au-dessus du lavabo et bascule ma tête entre mes bras.

Jasper gratte à la porte.

– Entre.

– Je t'ai apporté plus de champagne, dit-il.

Je me retourne pour lui faire face, il fait glisser la bretelle de ma robe et effleure mon soutien-gorge. Puis il soulève le bas de ma robe et caresse la chair douce de ma cuisse. De l'autre main, il pose son verre sur le marbre du lavabo et m'attrape le menton. Puis il défait mes bas et longe du doigt l'élastique de ma culotte, tire dessus pour me l'enlever avant de la jeter par terre. Il se penche contre moi et ferme les yeux. Je peux sentir les battements de son cœur.

– Je ne sais pas si tu veux manger quelque chose avant mais il y a des fruits, du fromage, et quelques sandwichs, dit-il en faisant courir ses doigts sur ma peau et son souffle dans mon cou. De l'eau pétillante, aussi.

Il fait glisser l'autre bretelle puis tire sur mon soutien-gorge pour exposer mes tétons.

– Oh. Salut.

Il pose sa main sur mon sein, sa bouche sur la mienne.

Je donnerais tout pour sentir plus encore son souffle contre ma peau, mais j'ai l'impression que je ne dois pas bouger, que ses mouvements, légers et parfaits, nous hypnotisent tous les deux, qu'ils instaurent un rythme qu'on doit suivre. Il baisse les yeux vers mon téton, le fait doucement rouler sous son pouce.

– Ça va ? murmure-t-il en m'embrassant délicatement l'épaule sans me quitter des yeux.

– Oui, réussis-je à dire.

Il sourit et soutient mon regard.

– Peut-être que tu devrais y aller sans ça, dit-il d'une voix calme en dégrafant mon soutien-gorge, avant de le balancer sur le carrelage. Ni ça, continue-t-il en balayant du pied ma culotte. On peut revenir les chercher plus tard.

Il réajuste les bretelles de ma robe, mes tétons durs percent aussitôt la soie.

Il me retourne pour que je me voie dans le miroir et sourit.

– Je suis prêt quand tu veux.

La salle regorge de gens beaux en tenues de soirée. Une femme avec un long collier qui pend dans son dos nu et bronzé. Un homme en queue-de-pie fumant un cigare fin. Nous traversons cette foule de bijoux étincelants et de smokings noirs jusqu'à rejoindre une grande pièce qui donne sur une terrasse. *Qui sont ces gens si élégants ?* je me demande distraitement, bien que je n'aie pas la moindre envie de parler à qui que ce soit à l'exception de Jasper. Des femmes de tout âge portent des maquillages extravagants, avec des couleurs inhabituelles, du blanc sur les paupières et des lèvres sombres, des crèmes à paillettes autour et sur les sourcils. Selon le visage de chacune, c'est beau ou criard, mais l'effet général donne plus l'impression d'être à un bal masqué qu'à un cocktail chic.

Les musiciens sont installés au milieu d'une grande entrée voûtée. L'acoustique est atroce, on entend à peine la musique dans les autres salles. J'ai vaguement conscience que Jasper me guide de petits groupes en petits groupes, comme deux abeilles qui iraient de fleurs en fleurs, comme si toutes les conversations partaient d'un centre que je ne semblais jamais trouver.

– Ça, c'est pour me souvenir de choper Charlie et de lui demander ce qui est arrivé à Elvina… dit une femme à Jasper.

Je n'entends que des bribes de phrases avant que celles-ci ne s'évaporent. L'ambiance est si pesante que je doute que les invités s'écoutent vraiment.

Nous gravissons l'immense escalier en marbre quand le champagne commence à faire effet. J'ai l'impression que mes jambes sont en miettes et mes pieds en guimauve. Je m'excuse et redescends ; plus de la moitié des gens parlent en anglais mais personne ne me connaît donc on ne risque pas de me barrer la route pour engager la conversation. Je sors dans la cour. J'ai les aisselles en sueur, le cou aussi. Je me dis qu'une balade le long des balustres en pierre me fera du bien, le temps de reprendre mon souffle. J'ai beau prendre plusieurs grandes inspirations, je ne me sens pas dans mon état normal, c'est comme si j'avais perdu le contrôle. La végétation est si dense et l'odeur des fleurs, si entêtante que j'ai l'impression d'avoir changé de pays. Un homme et une femme fument en discutant à côté d'une énorme plante en pleine floraison. Elle lève les yeux vers moi. Même ce simple regard, c'est trop. Je décide de faire semblant de répondre à un appel.

– C'est moi, dis-je avec une énergie nouvelle dans la voix en tendant le cou pour profiter de la brise tiède qui soulève les feuilles. Je suis là, dans le jardin.

Je ne savais pas quoi dire d'autre. Je colle le téléphone éteint contre ma joue et relève la tête pour regarder la lune. J'aurais pu appeler Alicia ou L'Wren, mais je n'ai pas envie de parler, j'ai juste envie d'admirer le bleu de la nuit.

Je retourne à l'intérieur et m'arrête à côté d'un groupe près de l'entrée. De là, j'observe Jasper en pleine conversation avec une autre personne encore. Quand il vous regarde, il est entièrement présent, de façon électrique, comme s'il n'y avait rien ni personne de plus important que vous et cette conversation. Le monde autour pourrait s'effondrer que ça n'affecterait pas sa concentration. Même là, il est sur la pointe des pieds, en train de contracter légèrement ses doigts, avant de les serrer en poings et de faire tourner ses poignets. Il croise mon regard et sourit. Il est à côté de moi quelques secondes plus tard.

– Un dernier tour, dit-il.

Nous traversons rapidement chaque salle et nous éclipsons pour rejoindre sa voiture, puis son hôtel.

– Qu'est-ce que tu fais ? me demande-t-il avec un sourire que je connais bien.

– Comment ça ? je réponds en feignant l'innocence avant de laisser tomber ma robe par terre, à côté de mes sous-vêtements qui l'attendaient.

Le regard de Jasper s'enflamme et l'atmosphère devient électrique. Il s'appuie contre l'évier et continue à siroter son verre.

– Un bain n'est parfois qu'un bain, déclare-t-il.

– C'est vrai. Nous n'avons pas besoin de coucher ensemble, dis-je en rentrant doucement dans l'eau chaude.

– Non, confirme-t-il d'une voix presque dénuée d'émotion.

En réponse à sa provocation, je soulève ma poitrine à la surface de l'eau pour lui montrer mes tétons déjà durs. Jasper sourit et avale une grande gorgée de son verre.

– Mon Dieu…

Sa voix n'est qu'un murmure. Il ne me quitte pas des yeux. Il glisse doucement sa main jusqu'au bouton de son pantalon. Je fais courir mes doigts le long de ma poitrine, puis de mon ventre avant de les faire disparaître sous l'eau.

– Mais je n'ai pas envie que ce bain soit juste un bain.

Je penche la tête en arrière, l'eau chaude s'infiltre dans mes cheveux. Je pourrais passer ma vie ici. Dans cette chambre, avec lui.

– Jasper. Nous pourrions rester ici pour toujours.

Il plonge ses yeux dans les miens et toute ma vie disparaît. Notre attirance est si forte qu'elle a survécu pendant plus d'une décennie.

– Je peux rester dans mon coin, dit-il d'une voix douce. Je serais ravi de me contenter de regarder.

Je sors mon bras de la baignoire et lui fais signe de s'approcher. Il s'exécute. Je me redresse et déboutonne son pantalon. Je l'entends retenir son souffle quand je le prends dans ma main. Un son qui nous fait sourire tous les deux. Je le caresse doucement et il se mord la lèvre inférieure.

– Tu peux rester dans ton coin, dis-je pour le taquiner.

Je le lâche et m'immerge de nouveau complètement dans l'eau. Quand je ressors la tête, Jasper est là, son pénis bandé dans sa main. Il attend ma permission.

J'ouvre le robinet et active le pommeau de douche. Je m'accroche au rebord de la baignoire, soulève mes hanches hors de l'eau, et oriente le jet d'eau vers mon sexe, déjà gonflé de désir.

– Mon Dieu, que c'est bon, dis-je dans un soupir.

La pression de l'eau ajoutée au regard de Jasper électrifie chaque centimètre de ma peau.

Je ferme les yeux et rapproche le pommeau. Mes tétons frissonnent. La sensation de chaleur qui grandit entre mes jambes s'étend au reste de mon corps. Jasper commence à se caresser, lentement. J'ai tellement envie de lui que c'en est presque trop. J'ai besoin qu'il me remplisse. Je le veux partout.

– J'ai besoin de toi, je murmure.

Il se déshabille et me rejoint dans la baignoire. L'eau monte quand il s'assoit, formant une vague qui manque de déborder. J'éteins l'eau et il m'attire contre lui. Je sens son ventre nu contre mon dos et son érection qui pulse contre ma peau. Il m'embrasse le cou. Nos épaules se soulèvent en même temps, notre souffle s'emballe. Il tire ma tête en arrière et m'embrasse avec avidité. Sa langue dans ma bouche, ses lèvres chaudes contre les miennes, sa barbe naissante qui me pique la joue. Il attrape mes seins et caresse mes tétons durs. Je plonge la main dans l'eau derrière moi, entre ses jambes, et joue avec son gland en y traçant des cercles du bout des doigts. Il gémit dans mon cou, un gémissement rauque. Puis il m'attrape le poignet pour me forcer à arrêter.

– Dis-moi que tu es à moi ce soir.

L'intensité de sa voix, comme s'il allait me dévorer tout entière, me fait frissonner. Au lieu de lui répondre, je cambre le dos pour l'embrasser de nouveau. Je laisse ma langue jouer avec ses lèvres, ses dents, avant de pénétrer sa bouche.

Je recule pour reprendre mon souffle.

– Ce soir, je suis à toi. Mon corps est à toi.

J'attrape sa main, celle qui agrippe mon poignet sous l'eau. Je la glisse entre mes jambes, en les écartant au maximum. Son souffle est puissant et court, presque haletant. Il tend la main derrière lui, rouvre l'eau et s'empare du pommeau. Il soulève mes hanches à la surface de l'eau puis le place entre mes jambes. De son autre main, il s'occupe de la partie la plus brûlante de mon corps et glisse un doigt en moi avant de caresser mon point G.

Je laisse échapper un gémissement et me cambre un peu plus pour lui donner un meilleur accès.

– Plus profond, je le supplie.

Jasper glisse un deuxième doigt en moi, encore plus profond, et continue à masser en rythme. Mes hanches vont et viennent à la surface de l'eau, mes cuisses se contractent autour de sa main. Je n'ai jamais ressenti un plaisir comme celui-ci – le mouvement de ses doigts mélangé à la sensation de l'eau qui vibre contre ma peau. Jasper souffle fort dans mon cou, me mord l'oreille, je sens sa queue durcir un peu plus dans mon dos.

– Un autre, je le supplie.

Il m'ouvre un peu plus, suffisamment pour glisser un troisième doigt. Je sens les parois de mon vagin trembler au rythme de ses va-et-vient. Mon corps commence à se tendre. Je suis au bord du précipice, mon ventre se contracte, mes hanches cèdent sous ses caresses. Les mouvements de Jasper en moi créent des petites vagues qui viennent frapper mes seins.

– Je vais jouir.

Mes mots résonnent sur le marbre et c'est comme si les avoir prononcés à voix haute donnait la permission à mon corps. Les vannes s'ouvrent mais avant que je n'aie le temps de vraiment me laisser aller, Jasper sort ses doigts de moi.

– Attends. Je veux que tu jouisses sur moi. Partout sur moi. Je veux te voir.

Entendre ses mots fait monter mon orgasme un peu plus vite encore.

– Dépêche-toi.

Il sort de la baignoire à la hâte et s'allonge sur le sol en marbre. Je m'empresse de le suivre. Je m'installe sur son torse et glisse mes hanches jusqu'à sa bouche. Ça ne va pas assez vite pour moi. Mon orgasme est impossible à ralentir donc j'écarte mes lèvres toute seule, à quelques centimètres de sa bouche et commence à me doigter. Je ne peux pas m'arrêter. Le plaisir est trop intense, trop rapide, je n'ai plus aucun contrôle.

– Jouis sur moi. Je veux voir.

– Remets tes doigts en moi.

Putain, c'est tellement bon. Je continue à me déhancher autour de ses doigts jusqu'à sentir une montée intense. Je jouis. Une seconde de soulagement mais je n'ai pas eu le temps de reprendre mon souffle que la pression revient, encore plus forte. Je crie pour qu'on m'achève.

– Oh, mon Dieu.

En entendant sa voix, je jouis de nouveau sur sa poitrine. Il me tire jusqu'à sa bouche ouverte, dans l'espoir de me goûter.

– C'est si bon, putain, gémit-il entre mes cuisses.

Il me suce et la pression remonte. Cette fois, mes orteils se contractent et l'orgasme grimpe, de plus en plus fort, jusqu'à ce que j'explose. C'est comme si chacune de mes terminaisons nerveuses était en feu, balayée par une extase absolue. Mon corps éclate en mille morceaux, d'un seul coup.

– Putain… putain… dit Jasper en sentant son propre orgasme.

Il me serre dans ses bras et jouit sur son ventre. Je le sens tout tremblant contre moi. Nous sommes tous les deux exsangues. Je m'allonge à côté de lui, pour essayer de reprendre mes esprits et mon souffle. Mes jambes tremblent encore.

– Tu es une putain de déesse. Promets-moi que tu feras ça tous les jours où nous serons ensemble. Je suis sérieux. Promets-moi.

– Je ne sais pas si je serai capable de le refaire. C'est la première fois que ça m'arrive, dis-je en riant.

Je n'en reviens toujours pas de la façon dont a réagi mon corps.

– Tant mieux. Ne le fais avec personne d'autre.

– D'accord. Que toi.

Mes paupières sont soudain très lourdes et je les laisse se fermer, en essayant de faire taire la petite voix qui parle déjà de mon retour à la maison.

# TROISIÈME PARTIE

# Dallas, Texas

# Chapitre 9

Oliver n'a pas fini d'ouvrir la porte d'entrée qu'Emmy fonce droit sur moi et se jette dans mes bras.

– Maman !

Je serre son petit corps contre moi, elle a les cheveux encore mouillés de sa baignade dans la piscine de la résidence.

– Tu m'as tellement manqué !

Ça ne fait qu'une semaine mais je pourrais jurer qu'elle a grandi.

– Tu m'as rapporté un cadeau ?

– Emmy ! rit Oliver. Au moins trente secondes de câlins avant de montrer ton vrai visage.

Il est différent lui aussi. Les cheveux un peu plus longs, une barbe naissante.

– Hum, eh bien… dis-je en faisant semblant de fouiller mon sac méthodiquement. J'ai peut-être un truc qui traîne là-dedans ? Voyons voir…

Le visage d'Emmy s'illumine quand je lui tends ses cadeaux : un pyjama rose super doux avec des motifs de bébés chiens, emballé dans du joli papier de soie auquel elle prétend s'intéresser pendant au moins trois secondes ; une boîte à bijoux en forme de tour Eiffel, incrustée de strass étincelants, qu'elle met de côté ; et un livre sur les tigres qu'elle s'empresse d'ouvrir.

Elle s'installe par terre au milieu du salon d'Oliver et commence à le feuilleter, sans oublier, évidemment, de demander avant :

– Pas de bonbons ?

– Ouvre la boîte à bijoux.

Elle y trouve des fraises Tagada. Ses yeux s'écarquillent.

– Merci ! On peut jouer à cache-cache ?

– Ems, ta mère a fait un long voyage.

Oliver me demande si je veux boire quelque chose.

– Avec plaisir.

Emmy retourne à son livre, en traçant du doigt les illustrations et en lisant phonétiquement les mots écrits en français, tandis que je suis Oliver dans la cuisine.

– Tu as vraiment un bel appartement.

Il a accroché d'autres cadres depuis mon dernier passage. Une série de photos d'énormes radiocassettes vintage des années 1980.

– J'ai vraiment dû faire des efforts pour ne pas tomber dans les clichés de la déco.

– Lesquels ?

– Ceux du papa divorcé et déprimé.

En entendant le mot « divorcé », nous grimaçons tous les deux.

– Hum. Laisse-moi quand même vérifier ton congélateur. (Je l'ouvre et constate qu'il est rempli de fruits découpés et de grains de café, pas un seul plat préparé déprimant à l'horizon.) C'est bon, tu as passé le test.

Il sourit, un grand sourire sincère. Il presse un citron au-dessus de mon grand verre de thé glacé et me le tend. Il s'adosse contre la porte du frigo et nous sirotons notre boisson debout, aussi éloignés l'un de l'autre que cette cuisine de célibataire le permet. Moi qui étais si excitée de rentrer et de retrouver Emmy, maintenant que je suis là, j'ai le mal du pays – si mon pays était Alicia et L'Wren, Paris, ma petite chambre d'hôtel, et Jasper.

– Comment s'est passé ton voyage ? me demande Oliver.

Emmy nous interrompt avant que je n'aie le temps de répondre en venant se planter directement entre nous deux.

– Et maintenant, est-ce qu'on peut jouer à cache-cache ?

Elle me prend la main et me tire jusqu'à la chambre d'Oliver.

– Tu as le temps ? crie Oliver depuis la cuisine.

– Une partie rapide et on décolle.

– Cachez-vous ensemble tous les deux, nous ordonne Emmy.

– Ne fais pas l'idiote, on ne va pas se cacher ensemble ici, répond son père qui nous a rejointes dans la chambre.

L'espace d'une seconde, je me demande s'il a peur de ce que je pourrais y trouver. Mais nous sommes séparés, qu'aurait-il à cacher ?

– Papa et moi devrions nous cacher dans des endroits différents comme ça tu chercheras pendant plus longtemps.

– Non. Je veux que vous soyez tous les deux ici. Je compte, dit-elle en refermant la porte.

Nous cherchons un endroit. La pièce est petite, il n'y a pas de rideaux derrière lesquels se cacher et l'espace sous le lit d'Oliver est occupé par des tiroirs encastrés. Il ne reste plus que le placard. Il est à peine assez grand pour nous deux mais nous réussissons à nous y asseoir, serrés l'un contre l'autre dans le noir. La peau nue de son bras frôle le mien. Quelque chose de pointu s'enfonce dans ma hanche droite. J'ajuste ma position.

– J'étais assise sur une botte.

Il rit et se tourne pour qu'on se retrouve face à face et qu'on ait un peu plus d'espace.

– C'est mieux, non ? Raconte-moi Paris.

– Oh. Elle arrive…

La porte de la chambre s'ouvre. Nous écoutons les pas d'Emmy grincer sur le sol devant le placard. Puis reculer, quitter la pièce et remonter le couloir.

– Je suis perdu, murmure Oliver. C'est elle qui a choisi la *cachette*, non ?

– Em-my ! je crie.

Rien.

– Je m'inquiète pour sa mémoire à court terme.

– Laissons-lui une minute.

Il se décale encore une fois mais impossible de trouver une position plus confortable dans un endroit aussi petit.

– Est-ce qu'il a fait beau à Paris ?

– Superbe. Du soleil tous les jours.

– Diana…

Je laisse tomber ma tête entre mes genoux. Je connais la suite.

– Je ne veux pas parler de la photo.

– Quelle photo ?

Je lève les yeux vers lui, son expression est parfaitement neutre.

– Merci.

Nous nous taisons. Le silence entre nous n'est plus le même qu'avant. Il a quelque chose d'étrange. Je dirais même chargé. Mes yeux se sont ajustés à la pénombre et je distingue mieux son visage. Je vois la courbe de ses longs cils.

– Quoi ? demande-t-il.

– Rien. Le décalage horaire. (Je secoue la tête puis crie :) Emmy !

Silence. Et puis… dans le calme de l'après-midi, je reconnais les sons ténus d'une musique électronique et la voix familière qui demande aux enfants de ne pas oublier de "likes" et de s'abonner. Je colle mon oreille contre le mur du fond du placard d'Oliver.

– C'est MrBeast ! Elle regarde Youtube. Ta fille nous a enfermés dans un placard pour grappiller du temps d'écran.

– Bien joué, Emmy. Bien joué, sourit Oliver.

– On peut considérer qu'elle a déclaré forfait ? Tant mieux, j'ai des fourmis dans les pieds.

Oliver me regarde me lever, puis en fait autant ; son corps se retrouve un peu plus collé au mien.

– Est-ce que tu veux voir la maison que je rénove ? Elle est à côté du parc à trampolines. On pourrait y emmener Emmy pour l'épuiser puis je vous raccompagnerais toutes les deux à la maison.

– Je ne sais pas. Je ne sens vraiment pas bon. Je devrais probablement rentrer prendre une douche.

Il se penche pour me renifler.

– Tu passeras absolument inaperçue au parc.

Je retrouve des forces en courant après Emmy entre les allées de trampolines jusqu'à ce qu'on soit tous d'accord pour repartir. Nous ne sommes qu'à cinq minutes de la maison qu'Oliver restaure. Il se gare dans une allée de graviers et Emmy court dans le jardin pour y cueillir des pissenlits.

– C'est ma petite assistante. Enfin, quand je dis « assistante », je veux dire qu'elle promet de ne pas se plaindre pendant que je travaille puis elle me demande quand est-ce qu'on s'en va toutes les trois minutes.

Devant la maison, Oliver a arraché toutes les mauvaises herbes, ramassé les feuilles mortes et planté des rangées de zinnias colorés.

– Mes préférées, dis-je mais il évite mon regard.

– Bref, on peut désormais voir la façade, m'explique-t-il, ce qui est un gros plus pour la vente.

Il ouvre la porte d'entrée et impossible de ne pas être subjuguée par le charme de la maison – c'est tout ce dont rêve un jeune couple.

– J'ai trouvé ces vieilles fenêtres dans une décharge. Il m'a fallu une semaine pour les poncer et les peindre mais le résultat n'est pas trop mal.

Il me montre la cuisine, toujours en travaux mais avec de nouveaux placards et un îlot construit à partir d'une vieille table de drapier.

– C'est vraiment superbe, Oliver. Tu as fait tout ça tout seul ?

– J'ai un type qui m'aide pour l'électricité. Et deux autres qui s'occupent de l'isolation. Mais tout le reste, ouais. Il faut encore que je vernisse le parquet. Je vais choisir un vernis mat, je crois. Et je n'ai toujours pas reçu les robinets, donc il manque ça aussi.

Il respire la joie comme à l'époque où nous nous sommes connus, quand il passait ses nuits à dessiner des meubles et à imaginer les voyages que nous ferions. *Nous devrions aller à Stockholm*, disait-il. *Regarde cette architecture. Peut-être que je nous construirais un hôtel, un jour. Ou à Lisbonne. On pourrait rapporter des azulejos pour la cuisine. Ou bien un séjour en Italie ? Juste assez longtemps pour apprendre à parler italien et à faire une pizza décente.*

– J'étais nerveux à l'idée de te la montrer. Je suis content qu'elle te plaise.

À travers la fenêtre de la cuisine, j'aperçois Emmy allongée sur le dos, dans l'herbe.

– Je crois qu'on a réussi à l'épuiser.

De retour à la maison, Emmy et moi mangeons une omelette au cheddar avec des frites de patates douces en lisant son nouveau livre sur les tigres avec un très mauvais accent français. J'ai pris une douche avant mais je me fais couler un bain dès qu'Emmy est couchée. Je me glisse dans l'eau, elle est si chaude que ma peau devient aussitôt rouge écarlate. Je me force à y rester jusqu'à ce qu'elle refroidisse et, quand c'est enfin le cas, je plonge doucement sous la surface, afin que tout mon corps soit immergé. J'imagine le jeune couple qui achètera la maison d'Oliver. Je les imagine comme lui et moi étions, à rêver de leur avenir mais également convaincus que ce sentiment qu'on cherche tous est juste là, à portée de main – ce sentiment permanent d'être exactement là où l'on est censé être, cette confiance et ce contentement qui étouffent le moindre doute. Oliver devrait installer une baignoire sur pieds dans la nouvelle maison. Une suffisamment grande pour que le couple puisse y entrer à deux. L'eau devra être bien chaude, pour qu'ils y restent aussi longtemps qu'ils en ont envie.

# Chapitre 10

J'ai beau être chez moi, dans mon propre lit, je ne dors pas bien. À 5 heures du matin, je suis déjà debout et prête à aller travailler. J'attends qu'Emmy se réveille, puis la dépose chez ses grands-parents. Quand j'arrive au cabinet, un énorme panier garni contenant du bœuf séché, de la viande de cerf fumée et une bouteille de chardonnay m'attend sur mon bureau. Sur la carte, on peut lire :

*Merci d'avoir plaidé en notre faveur auprès de Petra. Allen.*

Je passe deux heures à traiter mes mails. De tous ceux que j'ai reçus, mon préféré est celui de Petra :

*Je suppose que tu as appris que j'ai décidé de laisser mon argent chez ces vieilles bites fripées ! On se voit au cabinet. Bisous.*

Puis je reçois un texto de Liam qui me demande si je suis dispo pour le déjeuner. Ça tombe à pic, je suis affamée.

Il propose de passer me prendre.

*Je veux te présenter quelqu'un.*

*Attends, c'est pas un rendez-vous arrangé, j'espère ? Je n'ai aucune intention de sortir avec un de tes potes.*

*Beurk, dégueu. Et non, je suis toujours traumatisé de t'avoir vue draguer au centre commercial. Tu te souviens ? Moi, oui, pour toujours.*

– Salut, dit Liam quand je monte dans sa voiture. Beurk. C'est quoi cette odeur ?

– C'est un cadeau de remerciement, dis-je en posant le panier garni sur ses genoux.

Il fronce les narines mais le fouille tout de même pour voir ce qu'il contient.

– Où allons-nous ?

– Pas très loin.

Je baisse ma vitre et il démarre. Nous traversons la ville, en ne nous arrêtant que quelques minutes au drive, pour prendre des burgers. Nous mangeons à la hâte dans la voiture. Il conduit vite, avec la radio à fond, et nous chantons en chœur, jusqu'à ce qu'il se gare devant une immense maison en brique recouverte de lierre.

– Tu quittes le sous-sol de L'Wren ?

– Et renoncer à mon approvisionnement à vie en San Pellegrino et au ton légèrement méprisant de mon père ? Tu es folle ? Jamais de la vie !

Il descend de voiture et je le suis. Il a un immense sourire aux lèvres.

– Liam. Dis-moi.

– Nous avons une nouvelle recrue. Pour le site.

– Tu as engagé quelqu'un ?

– En quelque sorte. Une stagiaire. Nous sommes chez elle.

– Liam…

Mais il sonne déjà à la porte et très vite une petite blonde vient nous ouvrir. Ella a un regard chaleureux mais ne sourit pas. Difficile de lui donner un âge, avec ses vêtements démodés. Elle fait glisser sa main parfaitement manucurée sur sa jupe beige qui lui arrive en dessous du genou. Son brushing est parfait, maintenu bien en place par des épingles et de la laque.

– Diana, je te présente Kirby, sourit Liam. On dirait qu'elle présente les infos sur une chaîne conservatrice, mais c'est juste son style.

– Liam, je le gronde.

– Pas de problème, sourit poliment Kirby. C'est vrai que je ne suis jamais entrée dans une boutique Un Jour Ailleurs sans avoir envie de tout acheter, explique-t-elle avant de me tendre la main. Je suis ravie de te rencontrer, Diana. Entrez.

Liam et moi la suivons à l'intérieur. La maison est propre et rangée, on a l'impression d'être chez le genre de personne qui utilise toujours des dessous de verres.

– Kirby a étudié la musique à l'université méthodiste du Sud.

– Les instruments de la famille des bois, à l'origine.

– Elle joue de la clarinette. C'est une tueuse.

– Puis je suis passée à la composition. J'ai pensé à étudier la thérapie musicale mais…

Elle grimace comme s'il était évident que l'idée était folle. Liam rigole.

– Maintenant, elle veut devenir sound designer. Je lui ai donc envoyé quelques entretiens de Dirty Diana.

Ce n'est pas tant le fait que Liam ait pris une initiative sans me demander mon avis qui m'inquiète, c'est plutôt que je n'arrive pas à cerner Kirby.

– Alors tu les as écoutés ?

– J'ai passé du temps sur deux d'entre eux jusqu'ici.

Son expression est complètement neutre.

Comme elle n'ajoute rien, je lui demande :

– Tu viens d'où ?

– Je suis un pur produit d'Highland Park mais mes parents sont originaires de River Oaks, à Houston. J'aurais dû étudier au lycée Kinkaid mais ma mère a finalement décidé de me faire l'école à la maison. Et quand je dis « ma mère », je veux dire la kyrielle de professeurs particuliers qu'elle employait pour m'éduquer-slash-m'élever.

– Tu vois ? dit Liam en me donnant un coup de coude dans les côtes. Elle peut totalement se permettre d'être stagiaire.

Si c'est une insulte, Kirby n'en est pas offensée. Elle nous guide jusqu'à une petite pièce insonorisée dans laquelle se trouvent deux grands écrans d'ordinateur et plusieurs claviers.

– Liam a pensé que je pourrais peut-être te montrer quelque chose. Si tu es d'accord ?

– Bien sûr.

Elle me tend un casque et agite la main vers le canapé. Liam et moi nous y asseyons.

– Le sound design m'intéresse, évidemment, mais la collaboration aussi. La rencontre entre art et commerce, surtout dans l'entrepreneuriat. Assister à la construction d'un projet, en partant de zéro.

Elle parle d'une voix réfléchie et confiante, à croire qu'elle a répété son discours. Jamais un « euh » ni un « bah ». Elle me donne envie de me tenir plus droite.

– Nous ne sommes pas vraiment une entreprise, lui dis-je.

– Pas encore, répond-elle en haussant les épaules.

– J'ai eu une idée pendant ton voyage, intervient Liam. Une façon d'améliorer certains des entretiens, d'essayer un truc nouveau. J'en ai parlé à Kirby et elle a complètement transformé mon idée et l'a rendue bien meilleure.

– Est-ce qu'on peut écouter ? suggère-t-elle.

J'enfile le casque. Au début, c'est bizarre d'entendre ma propre voix. Mais je comprends vite que Kirby a considérablement amélioré les entretiens. J'écoute attentivement, en essayant de disséquer ce qu'elle a fait exactement pour rendre le son aussi intime. Quoi que ce soit, c'est très subtil. L'audio a été nettoyé et Kirby a ajouté quelques transitions. Quand je relève la tête, elle est en train de me regarder. Pour la première fois, elle a l'air d'avoir exactement son âge, les yeux écarquillés, impatiente de savoir. Quand je lui dis combien j'aime ce qu'elle a fait et que j'ai hâte d'entendre le reste, ses épaules se détendent. Et quand Liam la regarde à son tour, elle ne peut pas s'empêcher de sourire.

J'ai à peine mis un pied dehors que je pose ma main au-dessus de mes yeux. Le soleil tape fort et, entre le décalage horaire et la petite pièce insonorisée de chez Kirby, j'ai l'impression de ne plus avoir de repères. Je ne sais soudain plus vraiment depuis combien de temps j'ai quitté le bureau. Je rejoins la voiture de Liam, désorientée.

Il m'ouvre la portière.

– C'est une bonne recrue, non ?

J'acquiesce et referme la portière ; ma tête flotte, je repense à ce que Kirby a dit sur la collaboration et à la façon dont elle a transformé mes enregistrements.

– Mon amie Petra m'a proposé des bureaux. Elle a tout un étage vide dont elle ne se sert pas. Peut-être qu'on devrait y réfléchir. Un endroit où on pourrait travailler tous ensemble de temps en temps.

– Donc, tu aimes bien Kirby ?

– Liam, je crois que c'est *toi* qui aimes bien Kirby.

– Quoooi ? rougit-il. Bon, c'est vrai. Mais ce n'est absolument pas réciproque. Le département RH de Dirty Diana n'a pas à s'inquiéter.

# Chapitre 11

La semaine suivante passe à une vitesse éclair. Une suite floue de longues heures au bureau, de longueurs à la piscine municipale, et de soirées chaudes et moites à attraper des lucioles dans le jardin avec Emmy.

Jasper est à Berlin, avec laquelle il y a sept heures de décalage. Il m'appelle tous les deux ou trois jours, en général quand je suis sur le point d'aller me coucher, pour jouer aux devinettes :

– Est-ce que je me lève ou est-ce que je viens seulement de rentrer ?

Je lui demande de me décrire la soirée qu'il vient de passer ou bien la journée qui l'attend. Il me mitraille de questions sur Emmy, sur ce que je pense et ce que je fais. Nous ne parlons jamais de quand nous nous reverrons, mais c'est un non-dit dont nous avons constamment conscience.

Dès que nous raccrochons, les textos fusent :

*Je pense à toi.*

*Tu te souviens de Marfa ? Quand on s'était arrêté au bord de cette route déserte ?*

*Mon Dieu, je t'adore. Où es-tu là ?*

Certains matins, je prends une route plus longue pour aller au travail afin de passer devant la maison que restaure Oliver. Je ralentis et l'aperçois parfois travailler dehors. Il bosse sur les marches du perron depuis deux jours. Au début, je trouvais ça inspirant de le regarder trimer pour construire quelque chose qu'il aime. Mais plus les jours passent, plus je m'inquiète de l'argent qu'il dépense. Depuis qu'il a quitté la maison, les factures s'accumulent, sans compter l'emprunt de notre maison à rembourser et le loyer de son appartement à payer. Ce matin, quand je passe devant la maison, il y a un énorme tas de pierres devant les zinnias – des pierres qui ont l'air différentes de celles qu'il posait jusque-là. J'ai la mauvaise impression qu'il va tout défaire pour recommencer à zéro.

Le week-end suivant, Liam, Kirby et moi installons nos affaires dans les bureaux vides de Petra, situés dans un bel immeuble en briques blanches de deux étages, juste au sortir de la ville. L'entreprise de relations publiques de Petra occupe le dernier étage et nous serons juste en dessous. Elle n'est pas là quand nous arrivons mais elle a demandé au gardien de nous attendre en bas, puis de nous guider jusqu'au premier étage. C'est un bel espace, lumineux, avec un parquet en chêne et une baie vitrée qui donne sur la rue. J'installe la vieille table à dessin d'Oliver et quelques toiles dans la lumière, près de la fenêtre. Kirby choisit un petit bureau rien que pour elle puis va aider Liam à insonoriser un coin pour les enregistrements. Liam a pris une table de l'autre côté de la pièce, près de la cuisine. Il apporte un café à Kirby et réchauffe leur déjeuner à tous les deux.

Une fois installée, j'attrape un carnet presque vide et m'assois sur le petit sofa bleu que Petra nous a prêté. Je réécoute un entretien et dessine la femme de mémoire. Je commence par ses traits les plus marquants – des lèvres pulpeuses, de beaux cheveux ondulés, un nez pointu, la courbe de sa nuque.

Quand je retire enfin mes écouteurs, j'entends Liam et Kirby rire. Elle est assise sur son bureau, ils regardent tous les deux la page de notre site, ouverte sur l'écran de l'ordinateur.

– Qu'y a-t-il de si drôle ? dis-je en me levant pour m'étirer.

– Nous lisons les commentaires.

– Où sont-ils ?

– T'as déjà consulté un site web dans ta vie, Diana ? Tu fais défiler vers le bas.

Il me fait m'asseoir sur sa chaise et se penche au-dessus de mon épaule. Il sent le café et la menthe, j'imagine que c'est pour Kirby.

– Certains ont de toute évidence été écrits par le fantôme de George Bush père mais la plupart sont vraiment cool. Regarde…

Il parcourt la page en lisant :

*J'adore l'honnêteté de ces entretiens. Pourquoi n'y en a-t-il pas plus ?*

*YES. Je vais les réécouter.*

*Les peintures sont très belles. Elles sont à vendre ?*

– Liam… Je vois bien que tu sautes tous les commentaires méchants.

Le lendemain, je dépose Emmy chez Oliver pour un week-end prolongé. Il l'emmène au barbecue que sa mère organise tous les ans pour la fête nationale du 4 juillet et je suis ravie de ne pas avoir, pour la première fois depuis longtemps, à passer l'après-midi sous les regards moralisateurs de Vivian et d'Allen.

– Je crois que ma mère cherche à m'arranger un coup avec la fille d'une de ses amies qui vient de divorcer, soupire Oliver. Une amie de son groupe des Daughters of the American Revolution[2], pour ne rien arranger.

Je ne suis pas surprise que Vivian m'ait aussi vite rayée de la carte mais ça me fait quand même un petit pincement au cœur. Je décide de changer de sujet.

– Comment avance la maison ?

2. Littéralement « Les filles de la révolution américaine ». Il s'agit d'une organisation composée de femmes qui peuvent prouver une filiation avec une personne, civile ou militaire, ayant participé à l'instauration de l'indépendance des États-Unis en 1776. Les affiliées sont souvent riches, patriotes à l'extrême et républicaines.

– Deux ou trois pépins, ici et là.

Comme je ne réponds pas tout de suite et me contente de fixer un point au-dessus de son épaule, il s'énerve :

– Diana, je t'en supplie. Pas maintenant.

– Quoi ?

– Quoi, *quoi* ?

– Oliver, je n'ai rien dit.

– Je sais parfaitement ce que tu penses.

– C'est toi qui réagis de façon exagérée, dis-je, agacée de constater qu'il peut encore analyser la moindre de mes réactions.

Et soudain, nous reprenons nos vieilles habitudes et nous disputons comme des enfants. Emmy reste là, à regarder ses bracelets d'amitié colorés, mais je vois bien qu'elle absorbe toute cette tension entre nous.

– Tu t'inquiètes pour l'argent et du temps que ça prend, dit Oliver en baissant la voix. Pourquoi tu ne peux pas simplement dire ce que tu penses ?

J'explose de colère.

– Tu me donnes des conseils en communication, là ? Après m'avoir caché que tu dépensais notre argent ?

– Au moins, j'essaie.

– C'est censé vouloir dire quoi, ça ?

Oliver gonfle les joues puis expire doucement.

– Je ne veux pas me lancer dans cette discussion. Pas maintenant.

– Bien sûr que non. Tu ne veux jamais. (Je lui jette un sourire hypocrite, les dents serrées.) Amuse-toi bien avec ta bourgeoise. Peut-être qu'elle te prêtera de l'argent.

Ma colère s'évapore sur le chemin du retour – tempérée par une couche glaciale de honte de m'être comportée de façon aussi immature. Je me dis que ce jour est quand même celui d'une grande victoire : ne pas avoir à passer l'après-midi dans le jardin de Vivian en mangeant des aliments qui baignent dans la mayo et ont macéré trop longtemps au soleil. Ça compte, non ? Mais la joie de la victoire ne dure pas. En approchant de la maison, je me souviens que je vais devoir y passer trois jours toute seule. Je pensais qu'après Paris je me sentirais différente, que ça ne me gênerait plus d'être seule chez moi et que je retrouverais le sommeil. Ce n'est pas le cas – la maison, sans Oliver ni Emmy, a quelque chose d'étrange. Quand je m'imagine les pièces vides, mon corps se tend.

Mais alors que je tourne dans l'allée, j'aperçois Jasper qui m'attend devant ma porte.

# Chapitre 12

Il est assis sur mon perron, la tête inclinée vers le soleil. Il sourit en me voyant. Je ne peux pas m'en empêcher : je m'assois aussitôt sur ses genoux et passe mes bras autour de son cou. Il est un peu débraillé, plus sexy que jamais, et mon cœur s'emballe. Je n'avais pas réalisé à quel point il me manquait.

Il me serre contre son torse puis dégage mes cheveux et m'embrasse le cou. Je me redresse et lui enlève ses lunettes de soleil afin de me perdre dans ses grands yeux marron.

– Qu'est-ce que tu fais là ?

– Nous partons en week-end, sourit-il. J'ai besoin d'une assistante. Un gros boulot, à quelques heures d'ici. Je me suis dit que tu pourrais m'aider.

– Ha ha !

Nous nous remémorons tous les deux ce matin à Santa Fe, il y a un million d'années, quand je l'ai trouvé congelé à faire les cent pas devant l'atelier où je travaillais, me suppliant de l'aider pour un shooting. Quinze ans plus tard, j'ai les mêmes papillons dans le ventre.

– Ce sera mieux qu'à Marfa, promis.

Il se lève et prend délicatement ma main dans la sienne.

– T'es sérieux ? Tu viens à peine d'arriver ici.

– Je suis juste passé pour venir te chercher. Allez, va faire ton sac, dit-il en me forçant à me lever. Deux nuits. Je te ramène en pleine forme lundi à la première heure.

Je recule d'un pas, en prétendant réfléchir ; je veux me faire désirer. Il referme aussitôt l'espace entre nous, attrape mon visage entre ses mains et m'embrasse doucement.

– Emmy ne revient que mardi, je murmure contre sa bouche.

– Trois nuits, sourit-il. Encore mieux.

La banquette avant de la Ford Bronco qu'a louée Jasper est si grande que j'ai l'impression qu'elle nous avale. Nous roulons pendant des heures puis nous arrêtons pour déjeuner et nous baigner dans une rivière cachée. Nous reprenons la route et traversons les paysages vallonnés de la campagne texane, où défilent les fast-foods, les centres de détention et les bretelles de sortie pour des petites villes. Nous roulons fenêtres ouvertes, sans la clim, la brise chaude de l'été caresse notre peau.

Nous nous arrêtons à Fredericksburg pour la soirée. Après avoir dîné, nous descendons la rue principale, main dans la main, en admirant les boutiques d'antiquités et les bâtiments historiques, et en se demandant à quoi pense l'autre. Alors que nous ralentissons devant la vitrine d'une boutique de clowns en céramique particulièrement terrifiants, je sens son regard se poser moi et me tourne vers lui en souriant. Dès que nos yeux se croisent, une douleur me saisit, l'envie irrépressible qu'il me touche. Nous nous arrêtons devant un camion de glace vintage et achetons un cône à la fraise à partager. Nous léchons la glace le plus vite possible avant qu'elle ne nous fonde sur les mains.

– Et maintenant ?

Je m'imagine un minuscule bed and breakfast avec des napperons brodés et un chat qui rôde.

– C'est un secret, répond Jasper tandis que nous remontons dans la camionnette.

Juste à la sortie de Fredericksburg, il tourne sur un chemin de terre et descend doucement une colline, au pied de laquelle se trouve un campement. Mon cœur se brise un peu à l'idée de ne pas avoir l'eau courante pendant trois jours et de me faire dévorer par les moustiques toutes les nuits. Mais nous continuons à rouler jusqu'à un lac à l'eau translucide, entouré de six cabanes triangulaires, perchées dans des arbres.

– On va dormir là ?

– Choisis celle qui te plaît.

Je choisis sans attendre – une superbe cabane avec une porte bleue – et m'empresse de grimper les marches raides qui y mènent.

– Un ami à moi les a construites quand il a pris sa retraite, pour inciter ses petits-enfants à lui rendre plus souvent visite. Mais il a fini par y renoncer et désormais, il les prête juste à ses copains. Attends de voir la vue depuis là-haut.

Nous posons nos sacs et faisons le tour du propriétaire. Derrière la chambre, tout en haut dans les arbres, il y a une terrasse éclairée par des guirlandes lumineuses qui donne sur le lac. Je me penche par-dessus la rambarde tandis que Jasper s'installe confortablement dans le hamac rayé blanc et jaune. Il s'étire et croise ses mains derrière sa tête, mais il ne semble pas complètement détendu. Il a gardé une jambe en dehors du hamac, pied à terre, prêt à bondir.

Il n'y a aucun bruit à l'exception des grenouilles qui discutent entre elles. Jasper se lève et s'approche de moi.

– Est-ce que je peux t'embrasser ?

– Oui.

Il pose son front contre le mien et expire.

– Enfin. Nous sommes réunis.

Il m'embrasse avidement, il suffit de sa langue dans ma bouche pour que ça parte. Nous ne pouvons pas nous retenir une seconde de plus. Nous avons à peine le temps de comprendre ce qu'il nous arrive qu'il est déjà en train de déboutonner ma robe et moi de glisser mes mains le long de son torse pour attraper sa boucle de ceinture.

– Tu m'as manqué, lui dis-je.

– Ne restons plus jamais aussi longtemps loin l'un de l'autre.

J'acquiesce, et nous chassons tous les deux de nos esprits enfiévrés les questions du genre *Mais comment ? Comment pourrions-nous concrètement vivre nos vies si éloignés et se voir plus souvent ?*

Il me soulève, me porte jusqu'à la chambre et me pose sur le lit. Je lève les bras au-dessus de ma tête pour l'inviter à explorer mon corps. Je sens le matelas s'enfoncer tandis qu'il s'installe à califourchon sur moi. Il se penche lentement et m'embrasse partout – mes seins, mes épaules, mon cou.

– Tu es encore plus belle que la dernière fois que je t'ai vue, dit-il.

– Ce n'était pas il y a *si* longtemps.

Ses baisers ne font qu'accentuer mon désir. J'ai tellement envie de le sentir en moi. Cette sensation, si familière et si nouvelle à la fois de lui qui s'enfonce en moi, qui me remplit complètement.

J'attrape le bas de son T-shirt et tire doucement dessus, une requête silencieuse pour qu'il l'enlève. Il s'exécute aussitôt. Je caresse ses bras nus. Dehors, le soleil de l'été s'est couché et la pièce n'est éclairée que par la douce lumière orangée de la petite lampe de chevet.

– Enlève-le, dis-je.

– Quoi ?

– Tout.

Je me déshabille moi aussi et me glisse entre les draps frais. Puis nous nous trouvons, nos corps nus s'étreignent.

– Mon Dieu, que tu m'as manqué.

Je l'attire contre moi. Il sourit et m'embrasse tendrement. Je soulève mes hanches pour le supplier de me pénétrer. Il ne me fait pas attendre. Il s'enfonce en moi et le plaisir nous tombe dessus comme une enclume. Instantané et inflexible. Je sens ses lèvres et son souffle chaud dans mon cou. Sa barbe est rugueuse. Sa queue est dure et épaisse et chaque mouvement me rapproche un peu plus de l'orgasme. Je m'abandonne au plaisir. Je chasse la petite voix agaçante qui me rappelle combien ce bonheur est temporaire. Qu'il s'envolera, avec Jasper, à Londres ou à Paris, à tout moment, sans moi. Cette voix, je l'étouffe. Je me concentre sur mon corps. La sensation de Jasper qui va et vient en moi. Il incline son pelvis vers le haut, encore et encore.

– Tout ça, c'est pour moi, dit-il d'une voix rauque.

Son ton relève plus de l'émerveillement qu'autre chose.

Je souris contre le muscle tendu de son épaule.

– Tout est pour toi.

Il continue ses mouvements et je resserre mes jambes autour de sa taille. Nous alternons entre faire l'amour et baiser. Nous nous regardons dans les yeux et bougeons ensemble, lentement et délibérément. Nous agrippons n'importe quelle partie du corps de l'autre, avec avidité, jusqu'à devenir un enchevêtrement affamé de membres en sueur. Tout au fond de moi, le plaisir devient furieux.

– Je vais jouir, dis-je, le souffle court.

Mon corps entier commence à frissonner, au fur et à mesure qu'une sensation délicieuse me parcourt.

– Mon Dieu, que tu es belle.

Le son de sa voix me fait frémir. J'appuie fort mon bassin contre le sien et il continue de me chevaucher, la mâchoire contractée, il va et vient tandis que des petites lumières blanches apparaissent autour de moi.

– Je suis toute proche, lui dis-je.

Et dans un dernier mouvement, je bascule. Je crie d'extase. Il s'arrête, bouche ouverte, et je le sens trembler tandis qu'il jouit en moi.

Toujours en moi, il roule sur le côté. Nous restons là, l'un contre l'autre, à tenter de reprendre notre souffle.

– Restons ici pour toujours, me dit-il et nous rions tous les deux, en imaginant vivre dans cette bulle.

Quelques minutes plus tard, nous nous emmitouflons dans la couverture et rejoignons la terrasse. Assis au milieu de la nuit noire, nous écoutons les grenouilles en partageant une bière fraîche.

– Comment le sexe peut-il être aussi bon ? demande-t-il.

Je souris.

– C'est super. Ça a toujours été super entre nous, et ça l'est toujours.

– Super ? répète-t-il. Hum. J'ai l'impression que « super », c'est à peine un cran au-dessus de « bien ». (Il prend une grande gorgée de bière.) Moi, je veux du *incroyable*.

– Eh bien, nous avons tout le week-end.

– C'est vrai.

Il m'embrasse et je vois bien qu'il n'est absolument pas rassasié. Il suffit de ses lèvres sur les miennes pour que je sente cette pression familière entre mes jambes. Je suis donc soulagée de l'entendre dire :

– Mais nous ferions mieux de ne pas perdre de temps.

J'enlève la couverture de nos épaules et l'étale par terre. Il me regarde m'allonger sur le dos, appuyée sur mes coudes.

– Viens ici.

J'observe son visage, délimité par le bleu de la nuit, puis glisse mes bras autour de son cou pour l'attirer contre moi. Je sens son érection grandir, écrasée contre ma cuisse. Sa peau qui a la douceur de la soie. Je caresse son gland charnu, en approche ma bouche et l'effleure avec mes lèvres. Puis avec mon visage. J'embrasse doucement l'intérieur de ses cuisses et remonte, en léchant et en suçant sa peau.

– Diana…

Ma langue parcourt le bout gonflé de sa queue puis je le suce doucement tout en faisant glisser mes doigts de haut en bas. Je le prends plus profondément dans ma bouche, jusqu'à ce que mes lèvres atteignent la base de son sexe, puis je remonte doucement jusqu'au gland, en suçant.

– Oh mon Dieu, gémit-il. Comme ça…

Je m'arrête et me redresse pour le regarder. Il me sourit, incrédule, sa respiration de plus en plus irrégulière. Alors que ma langue glisse de nouveau le long de son membre, il avance doucement le bassin pour se glisser dans ma bouche. Je l'avale tout entier et il m'agrippe les cheveux. Je serre mes doigts autour de la base, fermement, puis fais glisser ma main de bas en haut, en suçant son gland. Il agite les hanches.

– Diana… (Il est proche, je le sens.) Je veux être en toi.

Je le veux en moi, moi aussi. Désespérément. Je m'installe à califourchon au-dessus de lui, mes mains posées sur son torse pour garder l'équilibre. Je résiste à l'envie d'aller trop vite et de le prendre entièrement en moi. Je ralentis le rythme. J'ondule mes hanches autour de son gland, qui est à peine en moi, puis je m'assois sur lui jusqu'à ce qu'il soit complètement en moi. Encore et encore. Nous continuons comme ça pendant ce qui me semble être des heures. Aucun de nous deux ne veut s'arrêter.

– Laisse-moi te regarder, me dit-il.

Je m'allonge à côté de lui. Nos épaules se touchent, nous sommes en sueur et hors d'haleine mais tellement à l'aise avec nos corps nus et notre désir. Il me caresse la joue.

– Tu es si belle, tu me rends dingue.

J'ai besoin d'une sensation encore plus forte. Je me retourne sur le ventre et lui souris en guise d'invitation. Il se place au-dessus de moi, je sens son torse musclé et lisse pressé contre la courbe de mon dos. Je soulève mes hanches, comme une question.

– C'est de ça dont tu as envie ? me demande-t-il la voix pleine de désir.

– Oui, et mon corps se détend dès qu'il me pénètre. Je te veux partout.

J'agrippe la couverture sous moi, serre les poings, et nous bougeons en rythme jusqu'à ce qu'aucun de nous deux ne puisse tenir une seconde de plus. Il plonge en moi et le plaisir est plus que ce que nous pouvons supporter. Son corps se contracte et nous jouissons ensemble, tandis qu'il gémit dans le creux de mon cou.

La matinée touche à sa fin et nous sommes toujours au lit à boire un café. J'ai des courbatures et l'impression que mon corps vibre encore de la nuit qu'il vient de passer. Jasper n'est sorti qu'une fois de la cabane, pour aller nous acheter du café et des donuts. Quant à moi, je n'ai pas mis un pied dehors.

– Où aimerais-tu habiter ? me demande-t-il le menton posé sur mon ventre nu, avec sa barbe qui me chatouille. Si tu pouvais vivre n'importe où.

– Je ne sais pas. J'ai adoré Paris. Peut-être le Brésil. Ou Tokyo.

– Je veux t'emmener à Majorque. Pour au moins six mois.

– Je ne peux pas partir comme ça.

– Pourquoi ?

– J'ai une fille. Et une vie à Dallas.

– On l'emmènera. Elle apprendra l'espagnol.

– Peut-être.

– Est-ce que tu peins en ce moment ? Tu as des photos ?

– Quelques-unes. J'expérimente avec d'autres entretiens de Dirty Diana.

J'attrape mon téléphone et réalise que j'ai deux messages vocaux de Petra. Je les ignore en notant tout de même dans un coin de ma tête de la rappeler dès que je rentre. Puis, j'ouvre la page de mon site et Jasper et moi le parcourons ensemble. Je lui montre une peinture terminée et une autre sur laquelle je travaille.

– Diana.

– Oui ?

– J'ai vraiment du mal à me concentrer.

Il me prend mon café des mains et le pose sur la table de nuit puis tire mes hanches, d'un geste sec et rapide, pour que je me retrouve à l'horizontale. Mon téléphone tombe par terre tandis qu'il s'installe au-dessus de moi.

– C'est quoi ton fantasme ? Je le connais ?

– Non.

– Dis-moi.

– Et toi, c'est quoi ?

– Bien tenté. Dis-moi.

– Peut-être que c'est ça mon fantasme. Une cabane dans les arbres, tout ça.

Je tourne la tête et nos lèvres se touchent, nous débordons tous les deux de désir malgré la fatigue.

– Mon fantasme, c'est de t'avoir constamment dans ma poche, dit-il en s'allongeant sur moi, les avant-bras de chaque côté de mon visage. D'avoir un accès total à ton corps.

– Donc, de me garder prisonnière ?

– Mmm. D'une façon amusante et consensuelle. Là, par exemple. Dans cette chambre. J'ai l'impression que tu m'appartiens.

– C'est le cas. (Je l'embrasse profondément, avant de nous faire basculer pour me retrouver sur lui et de relever ses bras au-dessus de sa tête.) Et tu m'appartiens.

– D'accord, murmure-t-il entre deux baisers. Et nous vivons à Majorque et parlons espagnol. Quoi d'autre ?

– Qu'est-ce que tu ferais en Espagne ?

– J'arrêterais de bouger. Je serais heureux et j'arrêterais totalement de bouger. Pour une fois.

– Toi ? Ne pas bouger ?

– Tu m'apaises. Être près de toi. Je pourrais dormir mille heures d'affilée ce soir.

– Tu ne dors jamais.

– Maintenant, si. Avec toi. (Il me serre contre lui, ma tête contre son torse.) Regarde-moi. Regarde-moi fermer les yeux et ne plus jamais bouger.

# Chapitre 13

Oliver jette un coup d'œil à ma valise toujours intacte devant la porte.

– Tu es partie ?

– À Fredericksburg.

Notre discussion est légère, voire un peu froide. Nous nous testons mutuellement pour déterminer si nous sommes toujours fâchés.

– Qu'y a-t-il à Fredericksburg ? Attends, rectifie-t-il en levant les mains. Peu importe. Ça ne me regarde absolument pas.

– Comment c'était avec la bourgeoise ?

– Elle s'appelle Katherine. Sympa, à vrai dire. Étonnamment sympa.

– Tant mieux.

Pas tant mieux du tout, mais c'est quand même ce que je dis.

– Ce n'est pas vraiment une bourgeoise.

– C'est quoi alors ?

– C'est une baronne.

Sa phrase suffit à dissiper ce qu'il restait de tension entre nous et nous sourions.

– Ta mère doit être au comble du bonheur.

Il sourit et rougit un peu. Il aime vraiment bien Katherine. Je suis heureuse pour lui, heureuse qu'il ait rencontré quelqu'un de sympa. Mais ma peau brûle quand même de jalousie. Cette même peau qui sent encore Jasper et le sexe.

– Diana, dit-il avant de s'en aller.

– Oui ?

– Je me disais, et si on retournait en thérapie ?

– Vraiment ?

Je le lui ai suggéré pendant des semaines après notre séparation, et puis j'ai fini par renoncer.

– Je sais. Je n'aurais jamais cru prononcer ces mots moi non plus. Mais je me disais que ça pourrait aider avec la transition ? Je ne veux pas qu'on se dispute. Ou pire, qu'on ne se dispute pas et que l'ambiance soit bizarre et tendue pour Emmy comme pour nous. Peut-être qu'il existe des trucs pour faciliter tout ça ? Surtout si nous fréquentons tous les deux, tu sais, d'autres gens. (Il fourre ses mains dans ses poches et me regarde derrière ses grands cils.) Ou peut-être que je devrais simplement arrêter de te poser des questions sur Fredericksburg ?

Son expression a quelque chose de doux, elle me dit « j'essaie ».

– C'est une bonne idée, dis-je. Pour être sûr de bien faire les choses.

– Parfait.

– Surtout avec la nouvelle année scolaire qui commence.

– Ouais, on devrait retourner voir la psy, dit-il en se balançant sur ses talons. Pour Emmy.

J'ai couché Emmy il y a des heures mais je me retourne encore dans mon lit en pensant à Jasper. Il a décidé de rester au Texas une semaine de plus. « Je dois organiser quelques réunions. J'ai des gens à voir. Surtout toi. »

Puis je pense à Katherine. Je me demande à quoi elle ressemble. Puis à Oliver et à la dernière fois qu'il était ici dans cette chambre. La fois où nous avons presque couché ensemble avant qu'il ne me souhaite bonne nuit en m'embrassant les cheveux à travers une couverture. Je brûle de honte rien qu'en y repensant.

Je repousse les draps d'un coup de pied et descends dans la cuisine. Je veux me sentir de nouveau bien dans cette maison, sans Oliver. Je veux m'endormir facilement et me réveiller reposée après un long sommeil réparateur. Mais au lieu de ça, je fixe le plafond et somnole pendant ce qui me donne l'impression d'être dix minutes avant que mon réveil ne se mette à sonner. Puis je m'extirpe tant bien que mal de mon lit et me traîne jusqu'au bureau comme un zombie.

Je me prépare une tasse d'un thé qui promet de me faire dormir et allume mon ordinateur. Je vais sur la page de mon site et scrolle directement jusqu'aux commentaires.

*Je me suis totalement laissée aller ! Merci !*

*Empouvoirant !*

*Je ne supporte pas cette voix rauque. Est-ce que quelqu'un peut filer une pastille pour la gorge à Diana !*

*Où sont les vidéos ? Pourquoi un truc aussi cheap ?*

Je lis tout, le bon comme le mauvais, jusqu'à atteindre plusieurs commentaires écrits par la même personne. Et là, je découvre que quelqu'un a raconté son fantasme en cinquante-trois commentaires. Le premier dit simplement :

*J'ai envie de baiser mon psy.*

Mais les autres sont plus longs et s'étendent sur plusieurs pages.

*Je lui ai menti en lui faisant croire que j'étais accro au sexe. Mais ce n'est pas vrai. Pour être honnête, je n'ai presque plus aucun vrai vice. Mes deux seules addictions ces temps-ci, ce sont les bretzels nappés au chocolat et mon envie de baiser mon psy.*

*Il s'appelle Henry. C'est un homme sensible et gentil de presque cinquante ans qui collectionne les pièces de monnaie rares. Je lui ai dit que je sortais avec pleins de garçon, ce qui n'est pas vrai non plus. Je lui ai également dit que je m'inquiétais d'avoir trop de relations sexuelles. Un autre mensonge. Il a donc décidé de me donner des règles à suivre :*

*Pas de sexe oral au premier rendez-vous. Pas non plus de pénétration. Je n'ai le droit de coucher qu'à partir du cinquième rendez-vous. Si j'arrive jusque-là. On ne se masturbe pas devant la personne avec qui on sort. Je lui dis que, même si ça semblait évident, ça m'aidait d'avoir ses principes écrits noir sur blanc. J'ai le droit d'embrasser au troisième rendez-vous. Je n'ai pas le droit d'aller chez quelqu'un qui m'enverrait un message me demandant « Tu dors ? » après 22 heures. Le sexe ne me donne aucun pouvoir sur personne. Le sexe n'augmente pas ma valeur. Je lui explique que j'ai un problème. Que je dois suivre les règles.*

*Je ne lui ai jamais dit que je voulais coucher avec lui. Je suppose que s'il est un tant soit peu bon dans son métier, il doit avoir compris à ce stade. Et il est bien meilleur que les autres. J'ai besoin de quelqu'un de strict. D'un psy avec un vrai point de vue. Les règles sont là pour m'aider.*

*Dans mon fantasme, j'appelle Henry à 3 heures du matin et je lui dis que c'est une urgence. Que je dois le voir immédiatement. Que ça ne peut pas attendre. Il accepte d'une voix endormie et me dit de le retrouver à son cabinet dans un quart d'heure. Je l'entends s'excuser auprès de sa femme, elle n'est pas contente qu'il s'en aille.*

*Henry est déjà là à m'attendre quand j'arrive. Il porte une chemise blanche, un pantalon gris, une veste chiffonnée et des lunettes en métal. Il est beau d'une façon un peu empotée, à la Hugh Grant. Je souris en le voyant vêtu de son uniforme habituel. J'ai pris une douche mais je suis toujours en chemise de nuit.*

*Quand je m'installe sur le divan rayé face à lui, il sort immédiatement son carnet en cuir et baisse les yeux. Il ne me regarde jamais dans les yeux durant nos séances, il se concentre en général sur ses notes.*

*La tête penchée en avant, il m'annonce que c'est la dernière fois qu'il me reçoit aussi tard. Exactement comme il me l'a dit la dernière fois que j'ai fantasmé sur lui. Mais ça semblait urgent, dit-il. Donc.*

*C'est un rêve que j'ai fait.*

*Un rêve ? Pas un cauchemar ? demande-t-il.*

*Non. Un rêve agréable. Je tombais. Du haut d'un immeuble. Mais je savais que je ne m'écraserais pas par terre, jamais.*

*Il griffonne quelque chose.*

*Je continue. J'étais nue dans mon rêve. Et l'air était si doux. Et la chute m'excitait. Elle ne me faisait pas peur, lui dis-je.*

*Pas besoin de faire peur pour être un cauchemar. Est-ce que vous avez fini par vous écraser ?*

*Non. C'était frustrant. Ça durait et durait et je n'atterrissais jamais. Je ne faisais que tomber.*

*Comment vous sentez-vous maintenant ?*

*Chaude comme la braise.*

*Henry ne réagit pas. Il se contente de noter.*

*Pour être sincère, ce rêve me donne envie de me caresser.*

*Il relève la tête, surpris, avant de la rebaisser aussitôt.*

*Ce serait inapproprié dans ce bureau, dit-il.*

*Ça ne me prendra pas longtemps. Je mouille constamment depuis mon rêve.*

*Nous en avons déjà parlé.*

*J'entends une légère panique dans sa voix.*

*Vous n'aurez même pas à regarder, Henry. Contentez-vous de fermer les yeux et je vous dirais quand les rouvrir. Je tire ma culotte de côté et écarte les cuisses, face à lui. Je veux qu'il regarde. J'ai besoin qu'il regarde.*

*De quoi devrais-je me servir, Henry ? De mes doigts ?*

*Je vous en prie. Vous savez que ce n'est pas bien. Ça suffit.*

*D'accord, mes doigts. J'en glisse deux en moi et commence le spectacle. Oh, mon Dieu, Henry. Oh, mon Dieu. C'est si bon.*

*Arrêtez, s'il vous plaît. Je vous demande de vous arrêter.*

*Vous n'en avez pas vraiment envie, n'est-ce pas ?*

*Si. Il est perdu. Je ne peux pas.*

*D'accord. Mais ça ne fonctionne pas pour moi. J'ai besoin de plus. Je glisse mes doigts hors de ma chatte, jambes écartées. Vous voyez ?*

*Je ne conduis pas mes séances de cette façon.*

*Je vais partir. Mais à une condition. Est-ce que je peux la voir ?*

*Voir quoi ?*

*Votre queue.*

*Henry rougit.*

*Personne ne le saura, promis.*

*Il me regarde quelques secondes puis soupire. Nous avons développé une stratégie pour les moments où vous vous sentez comme ça. Quand vous éprouvez le besoin de dominer. Souvenez-vous des règles.*

*Montrez-moi votre queue. Et je m'en irai.*

*Voulez-vous un verre d'eau ? me propose-t-il, de plus en plus mal à l'aise.*

*Non. Je veux voir votre queue. Je vois bien que vous êtes dur. Le tissu de votre pantalon est tout tendu.*

*Henry croise les jambes et se tourne sur le côté. Je vous montre et vous partez ?*

*Promis.*

*Henry vérifie que la porte est bien fermée à clé puis défait sa braguette et sort sa queue. Elle est encore mieux que ce que je m'imaginais. Lisse et grosse. Tremblante d'excitation.*

*Voilà. Vous l'avez vue.*

*S'il vous plaît, laissez-moi la sucer.*

*Absolument pas.*

*Mais vous êtes si dur. Je crois que vous avez envie de savoir ce que ça fait d'être dans ma bouche. Ou bien je peux me contenter de m'asseoir sur vos genoux ? Est-ce que ça vous irait ?*

*Il ne répond pas.*

*Henry.*

*J'ai rendez-vous très tôt avec un patient.*

*Je serai rapide.*

*Il se laisse retomber dans son fauteuil et je m'installe sur ses genoux, en le chevauchant – comme ça, s'il décide de me laisser aller plus loin, je serai prête.*

*Nous sommes si proches, autant le faire, je murmure au creux de son oreille.*

*Je l'embrasse et il entrouvre la bouche, juste assez pour que je puisse y glisser ma langue. Il gémit doucement. Il commence à céder. Il n'aura bientôt plus la force de dire non.*

*Je pourrais perdre ma licence, murmure-t-il. S'il vous plaît.*

*Alors pourquoi votre bite est-elle si dure ? Je vais la glisser en moi et vous me dites non si vous voulez que je m'arrête.*

*Je le guide en moi et il gémit de plus en plus fort. Humm… hummmm. Mais il ne dit pas non.*

*S'il vous plaît.*

*S'il vous plaît oui ou s'il vous plaît non ?*

*Ses yeux s'écarquillent un peu plus quand je me cambre pour prendre toute sa bite en moi. Il grogne fort et commence à me caresser doucement les cuisses comme s'il prenait enfin vie. Il ne peut plus se retenir. Il en a envie. Je l'embrasse et relève le bassin jusqu'à n'avoir plus que son gland gonflé en moi, puis lentement, extrêmement lentement, je redescends.*

*Oh mon Dieu.*

*Oh merde.*

*Et enfin, il m'embrasse lui aussi. Partout. Mon cou, mes lèvres, mes nichons. Il agrippe mon cul et je le chevauche comme une dingue.*

*Ce n'est pas bon pour vous, dit-il. Nous ne devrions pas…*

*Trop tard.*

*Nous baisons comme ça pendant ce qui me semble être des heures. Henry me soulève et me lâche, en variant la vitesse et la profondeur de ses coups de reins jusqu'à devenir fou et plus dur que jamais en moi.*

*Je vais jouir. Je vais jouir.*

*Je chevauche son membre de plus en plus vite. De bas en haut jusqu'à ce que nous commencions tous les deux à voir des étoiles.*

*Mon Dieu, ça vient.*

*Alors je murmure à son oreille : j'adore la sensation de votre queue en moi. J'adore que vous ayez fait ça. Je pourrais passer ma vie à vous avoir en moi.*

*Henry renverse la tête en arrière d'extase, sa queue se met à trembler en moi.*

*Dis-le. Dis-moi à quel point tu aimes ça. Combien tu en as toujours eu envie. J'écrase mes hanches contre son pubis pour qu'il soit au plus profond de moi et contracte mon vagin autour de sa queue.*

*Je ne vois plus que le blanc de ses yeux, il a la bouche grande ouverte, à bout de souffle.*

*Ne vous arrêtez pas, dit-il.*

*Dis-le-moi.*

*Vous êtes la meilleure baise de toute ma vie, et je sens son orgasme exploser au fond de moi. En le voyant jouir, je me sens plus puissante que jamais. Je suis totalement satisfaite.*

*Je me relève et ouvre la porte du bureau avant qu'il ne puisse m'en empêcher. Sa femme est juste derrière. Elle nous aperçoit et hurle. Elle se rue vers la sortie. Il y a des patients dans la salle d'attente. Ils dévisagent Henry avec dégoût.*

*Henry appelle sa femme mais elle ne répond pas. Il trébuche en remontant son pantalon. Puis il se tourne vers moi, paniqué. Qu'est-ce que je dois faire ? Dites-moi quoi faire. Il me supplie. Il semble brisé. Brisé pour toujours.*

*Et je réalise que je viens de perdre le meilleur psy que j'ai jamais eu de ma vie.*

*Je ne sais pas, je lui dis. Je ne peux pas t'aider.*

*Mais vous resterez avec moi. Nous serons ensemble, n'est-ce…*

*Non, Henry, dis-je. Ça irait à l'encontre des règles.*

# Chapitre 14

Oliver et moi patientons dans la salle d'attente du cabinet de Miriam.

– Merci, chuchote-t-il par-dessus le bruit des bulles de la fontaine à eau. Merci d'être venue.

Petra m'appelle de nouveau mais je la renvoie vers la messagerie, en réalisant que j'ai complètement oublié de la rappeler après mon week-end à Fredericksburg.

– Merci d'avoir obtenu un rendez-vous aussi tôt.

Nous sommes tous les deux excessivement polis l'un envers l'autre – et j'espère secrètement qu'il en sera de même pendant toute l'heure à venir. En préparation de cette première séance, j'ai téléchargé une nouvelle appli de calendrier familial et acheté un agenda et des stylos de couleurs. Je me suis permis de rêver d'un jour où je pourrais déposer Emmy chez Oliver sans ressentir cet horrible sentiment de panique quand je retourne à ma voiture, cette impression de laisser quelque chose d'important derrière moi.

– Je ne sais pas ce que ça va donner, dit Oliver, mais peut-être que Miriam nous aidera avec des trucs latents qu'il faut qu'on démêle.

– Des trucs latents ?

Mon cœur se serre. On s'éloigne des plannings multicolores. La porte du cabinet s'ouvre et Miriam nous dit bonjour. Nous entrons et reprenons nos places habituelles, chacun à une extrémité du canapé – ce même endroit où nous nous disputions il y a quelques mois encore, juste avant qu'Oliver ne quitte la maison. Je m'attends presque à ce que ma place soit encore chaude.

– Je suis ravie de vous revoir, dit Miriam en s'asseyant sur son fauteuil avant de croiser les chevilles. Quand il a pris rendez-vous, Oliver m'a expliqué que vous étiez en pleine séparation ?

– Oui. Nous aurions aimé quelques conseils pour bien faire les choses, dis-je. Enfin, s'il existe une bonne façon de les faire. Pour Emmy.

– Bien sûr. C'est admirable de votre part de vouloir continuer à entretenir la relation la plus saine possible. Mais vu que ça fait un petit moment que nous ne nous sommes pas vus, résumez-moi la situation. Vous allez chacun me dire ce que vous ressentez, assis ici aujourd'hui l'un à côté de l'autre.

De toute évidence, je me faisais des illusions en m'imaginant pouvoir retourner chez la psy sans avoir à parler de mes sentiments. Et pourtant… je peux sentir la partie de moi qui n'était là que pour parler calendriers et éducation s'effacer lentement pour laisser place à la partie qui est à fleur de peau, celle qui doit gérer la tristesse du divorce.

À côté de moi, Oliver soupire comme si on venait de lui crever sa bulle à lui aussi.

– Je me sens triste, dit-il. Et j'ai aussi un peu l'impression d'être un connard. Qui a commis beaucoup d'erreurs.

Je lève les yeux vers lui, surprise. D'habitude, ce canapé est synonyme de reproches et d'accusations, pas d'excuses.

– Je crois que nous avons tous les deux commis de nombreuses erreurs, ajoute-t-il. Diana aussi.

Ah voilà. Je me redresse, croise les jambes et m'assois au bord du canapé.

– D'accord, mais restons sur vous une minute, Oliver.

*Merci, Miriam.*

Oliver se tortille, clairement mal à l'aise.

– J'ai été si malheureux pendant si longtemps qu'une partie de moi pensait que c'était la faute de Diana. Et ce n'était pas juste.

– Et aujourd'hui ? Qu'en pensez-vous ? continue Miriam en prenant des notes. Quelle est selon vous la source de votre malheur ?

– Je ne sais pas. J'ai passé tellement de temps sans comprendre. C'était juste quelque chose que je ressentais. Et puis un jour… (Sa voix se noue et il se frotte le visage comme il le fait quand il est fatigué.) Un jour, en arrivant au bureau, mon cœur s'est mis à battre à toute vitesse. Je suis retourné à ma voiture en trébuchant, je respirais la bouche grande ouverte comme un poisson et je me suis dit que j'étais en train de faire une crise cardiaque. J'avais des sueurs froides, comme il paraît que ça arrive dans ces cas-là. J'étais paralysé. J'étais vraiment pathétique, accroupi tout seul au milieu du parking du bureau, agrippé au pare-choc de ma voiture, convaincu que j'allais mourir. Et tout ce que je me disais c'était : *Pitié, faites que Diana ne me voie pas comme ça.*

– Oliver, c'était quand, ça ? Tu ne m'en as jamais parlé…

Il secoue la tête.

– Ce n'était pas une crise cardiaque. C'était une crise d'angoisse.

– Vous avez dû avoir très peur, souligne Miriam d'une voix calme.

– Ça a été une révélation. J'ai compris qu'il fallait que je fasse quelque chose. Comme si je venais de faire exploser la vie que je menais pour créer un chemin qui me permettrait d'en sortir.

– Donc, vous aviez besoin de changer, mais vous ne saviez pas comment.

– Pourquoi tu ne m'en as jamais parlé ?

– Je voulais démissionner depuis longtemps. Ne plus travailler pour mon père. Mais je continuais à croire que je réussirais à l'impressionner un jour. Comme si un beau matin j'allais découvrir la formule magique et enfin l'apprivoiser. Je sais, c'est ridicule. Tu le connais, il ne change jamais d'avis sur qui que ce soit.

– Oliver, ton père est fier de toi…

Je les revois dans le bureau d'Allen à travers les vitres transparentes. Le fils, les épaules courbées, qui se fait gronder par son père pour Dieu sait quoi.

– Oliver, qu'entendez-vous quand Diana dit ça ?

– J'apprécie sa gentillesse. Mais ce n'est pas vrai.

– Et quoi d'autre ?

– Ça me perturbe. Emmy pourrait m'impressionner rien qu'en sifflant. Même mal. Le simple fait qu'elle essaie m'impressionne. Sincèrement. Je n'ai jamais compris pourquoi mon père, lui, ne pouvait rien me donner. Pas même le minimum syndical.

– Il t'aime, Oliver.

– Non. Il me fait peur. Et ça, ce n'est pas de l'amour.

– Bien sûr qu'il t'aime.

– S'il te plaît, arrête. Arriver jusque-là était déjà suffisamment difficile.

– Comment ça, jusque-là ?

Oliver s'arrête une seconde, avant de reprendre :

– Mon père ne m'aime pas particulièrement, c'est tout. Rien de ce que je ferai ne sera jamais assez bien pour lui.

Mon cœur se serre. J'ai passé des années à regarder Oliver essayer de satisfaire son père. Des années à prendre toutes les petites preuves d'affection pour les transformer en grandes victoires dans l'espoir qu'Oliver ne prononce jamais cette phrase de sa vie.

J'essaie d'imaginer les milliers d'admissions minuscules mais douloureuses qu'il a fallu à Oliver pour en arriver à cette conclusion. J'ai toujours encouragé leur relation. Je n'ai jamais pris le parti d'Oliver, pas une seule fois. Sans doute parce que c'était trop triste à admettre.

– J'ai couru pendant si longtemps après un amour qui n'a pour ainsi dire jamais existé. Et ça m'a brisé. Je me voyais comme il me voyait lui.

– Comment votre père vous voit-il ? insiste Miriam.

– Comme un échec. Une déception. Et c'est ce que je suis devenu. Au bureau. Dans mon mariage. J'ai beau avoir essayé de toutes mes forces d'impressionner mon père, ça n'a jamais marché. Donc j'ai arrêté. J'ai arrêté d'essayer. J'ai démissionné et je me sens beaucoup mieux. La situation n'est pas simple bien sûr, mais j'étais horriblement triste. Et je me disais que ça ne devait pas être très sexy. Je détestais mon boulot. Je détestais aller au bureau. Je n'étais que l'ombre de moi-même, et pourtant j'attendais de Diana qu'elle me couvre d'attentions.

– Que ressentez-vous, Diana, en entendant ça ?

Je ne m'attendais pas du tout à ça.

– Désolée, j'essaie juste de tout intégrer. Oliver… Pardon, dis-je en essayant de retrouver mes esprits. Je pensais qu'on était là pour parler d'Emmy et de comment l'aider à traverser…

– Oui, bien sûr, intervient Miriam. Mais vous ne pensez pas que ça aiderait… de comprendre pourquoi votre mariage arrive à sa fin ?

Je me tourne vers Oliver, qui me regarde déjà avec ses yeux doux et pleins d'espoir. Il veut comprendre. Et moi, je pensais que j'avais compris.

– Diana ?

Ils attendent tous les deux une réponse. Et là, je fais un truc que je ne me serais jamais attendue à faire dans ce cabinet : je dis la vérité.

– Oui, moi aussi, j'aimerais comprendre.

En arrivant au bureau, je croise Allen dans la cuisine.

– Mon Dieu, Diana, est-ce que ça va ?

– Ça va. J'ai juste fait une petite insomnie.

*Ah oui, et j'ai pleuré toutes les larmes de mon corps dans ma voiture après ma séance de thérapie avec ton fils.*

– Laisse-moi t'offrir une tasse de café, dit-il en remplissant mon mug avec la cafetière du bureau.

Sa blague préférée. Je n'ai pas le temps de lui dire merci que Doug, son lèche-bottes du moment, fait irruption dans la pièce.

– Monsieur. J'ai fait une copie du portfolio de Petra.

Mes oreilles se tendent en entendant ce nom.

– Diana, Petra t'a conviée à une réunion, m'annonce Allen en fouillant dans une boîte de donuts qui semble traîner là depuis plusieurs heures. Il en attrape un glacé au sucre, le fourre dans sa bouche et l'avale en le mâchant à peine. Allons-y.

– Maintenant ?

– Maintenant.

Petra est déjà dans la salle de réunion, avec une eau pétillante et un sourire détendu.

– Diana, je n'ai pas cessé d'essayer de t'appeler.

– Je suis vraiment désolée, Petra. J'étais sous l'eau.

Je m'assois en face d'elle et réarrange mes cheveux.

*Ça va ?* me demande-t-elle en bougeant les lèvres en silence.

J'acquiesce tandis qu'Allen prend la parole.

– Petra, je sais que je parle au nom de tous…

– C'est votre activité préférée, Allen, l'interrompt Petra.

Nous rions tous poliment, Allen plus fort que les autres.

– Difficile de ne pas parler pour tout le monde quand nous sommes tous si excités de vous voir aujourd'hui et d'échanger des idées.

– N'est-ce pas formidable ? Eh bien, j'ai justement un projet très excitant.

– Merveilleux, dit Allen. L'une des opportunités immobilières que nous vous avons présentées ? Acheter des terrains reste une valeur sûre.

– Non, c'est plus de la… tech.

– La tech ? Je ne savais pas que cela faisait partie de la liste de nos propositions. Doug, est-ce une chose dont nous avons parlé ?

Je regarde Doug paniquer en fouillant ses papiers, comme s'il allait y trouver un nouvel élément.

– Ce n'est pas exactement de la tech en tant que telle, précise Petra. Il s'agit plus d'un secteur. Le secteur du bien-être féminin, au sens large.

– Des recettes, du fitness, ce genre de choses ?

– Pas vraiment. C'est un site web. Pour les femmes.

Je sens mon estomac se retourner.

– Bien sûr, d'accord. Il existe tout un tas de start-up prometteuses que nous pouvons étudier…

– Pas la peine. J'ai déjà fait mes recherches.

Petra croise mon regard et me sourit. Je sens mon cœur s'emballer.

– C'est un site érotique pour les femmes.

Doug réprime un rire en toussant. Allen, lui, semble juste ne pas comprendre.

– Je suis désolé mais je ne vous suis pas.

Doug se penche vers lui.

– Je crois qu'elle parle de pornographie.

– Oui, ça j'avais compris, merci. J'essaie juste de comprendre l'intérêt d'un tel investissement.

– Petra rigole, dis-je en sentant ma chemise coller à mon dos. De toute évidence.

– Je ne rigole pas du tout, Diana. Je pensais que toi, tu comprendrais.

– Vous voulez investir dans un site porno ?

– Je crois que le mot « érotisme » est plus adapté. Mais je n'ai jamais aimé les étiquettes.

Je feuillette le portfolio, celui que Doug a mis des semaines à préparer, et je sens mes joues me brûler.

– Je crois qu'un investissement plus traditionnel te conviendrait mieux.

Après une longue pause, pendant laquelle je sens son regard sur moi, elle dit :

– Au contraire, je trouve que ça me correspond parfaitement. Mitch aurait été d'accord.

– Donc tu connais ce… site érotique, Diana ? me demande Allen.

– Honnêtement, il n'y a pas grand-chose à voir, intervient Petra. *Pour l'instant.* C'est ce qui en fait une si bonne opportunité. Pour le moment, c'est juste un embryon d'idée. S'il reste en l'état, le site circulera au cœur d'un petit groupe d'amies et gagnera probablement un peu d'audience grâce au bouche-à-oreille. Mais après ? Tout ce travail pour que ça s'évapore comme de l'éther sur un marché saturé ? Une autre bonne idée qu'on peut jeter à la poubelle ? De ce que j'ai vu, ils n'ont pas encore de véritable stratégie pour un lancement digne de ce nom, et pas de capital pour des dépenses marketing et RP. Ce sera un vrai défi, c'est sûr. Mais je suis prête.

– Petra ! je crie alors qu'elle s'apprête à monter dans sa voiture.

Elle se retourne avec un sourire jusqu'aux oreilles. Comme si nous étions convenues ensemble de ce qui vient de se passer en salle de réunion.

– Je sais. *Je sais.* Ça va être marrant.

– Non, Petra, dis-je en secouant la tête. Allen est mon beau-père.

– Diana, sans déconner. Tu ne comprends vraiment pas ? Tu n'aurais plus à bosser dans ce club de vieux croûtons. Nous pouvons travailler ensemble, je peux te verser un salaire. Enfin, tu seras ta propre patronne.

– Tu aurais dû m'en parler avant, dis-je en serrant les poings et en sentant mes ongles s'enfoncer dans ma peau.

– Tu ne m'as jamais rappelée, se justifie-t-elle en posant la main sur mon épaule.

– Pardon. J'avais l'intention de le faire.

– Que se passe-t-il ? Qu'est-ce qui ne va pas ?

– Rien. Je vais bien, Petra. J'ai simplement été super occupée et je ne dors pas très bien en ce moment mais je vais trouver une solution, ce sont juste des petites insomnies et Oliver et moi… Petra, je sais que tu veux m'aider mais je vais bien.

– Diana, tu as vraiment un don pour aboyer tes émotions aux pieds des mauvaises personnes. Tu passes tout à ton beau-père et tu t'énerves contre moi sans raison. Je suis là pour t'aider et tu n'es pas capable de le voir.

– Je travaille ici depuis très longtemps.

– Je sais, Diana, je comprends. Mais je ne suis pas sûre que toi tu comprennes.

Je décide de marcher un peu dans le jardin de nos locaux, pour éviter Allen. Je m'arrête à l'ombre de mon érable préféré et appelle Alicia. Elle décroche à la quatrième sonnerie.

– Est-ce que tout va bien ? murmure-t-elle.

– Oh merde, pardon, tu es en cours ?

– Ne t'inquiète pas, je suis dans le couloir. On visionne les courts-métrages des premières années et ils sont tous convaincus d'avoir réalisé *Nosferatu* alors que je n'ai aucune putain d'idée de ce qu'ils essaient de dire avec leurs films.

– Retournes-y. Je t'aime.

– Je t'aime aussi. Appelle L'Wren.

– Pourquoi ? Qu'est-ce qui ne va pas ?

– Appelle-la.

Elle a peut-être appris que je bossais avec Liam. Je me sens hyper mal, j'aurais dû lui parler du site de Dirty Diana depuis longtemps. J'avais l'intention de le faire à Paris, bien sûr, et puis je ne l'ai pas fait. J'ai voulu lui dire plein de fois mais je voulais que le site soit parfait avant d'en parler à mes proches, avant de faire face à leur jugement. Je l'appelle. Je réfléchis à ce que je compte lui dire pendant que ça sonne mais elle décroche et hurle avant que je n'aie le temps d'en placer une :

– Je divorce !

– Quoi ?

– Je sais, Diana. C'est horrible. Je sais exactement ce que tu as ressenti. On ne peut pas comprendre avant que ça nous arrive, n'est-ce pas ?

– Attends. Explique-moi. Ça s'est passé quand ?

– Même si je savais au fond de moi que c'était la direction qu'on prenait, je crois que mon cœur avait besoin de temps pour s'y faire. Puis nous avons vu notre psy de couple et elle nous a carrément encouragés à nous séparer. La vérité, c'est que Kevin n'était pas heureux lui non plus. Il ne le disait pas mais, au fond, personne ne peut travailler autant sans vouloir fuir quelque chose. Mon Dieu, j'ai l'impression d'être une idiote, un échec. Mais même les idiots réussissent à rester ensemble. Pourquoi pas nous ?

– Parce que ce n'est pas la bonne personne. Ni lui pour toi, ni toi pour lui. Peut-être que ça l'a été à une époque mais plus maintenant.

– Nous avons juré devant Dieu. Ça devrait valoir quelque chose. Surtout au Texas.

– Je suis désolée, L'Wren.

– Diana ? je l'entends renifler. Je sais que c'est un horrible club auquel appartenir mais je suis heureuse qu'on y entre ensemble.

– Je ne suis pas encore officiellement divorcée.

– Oui bah, moi non plus, mais tu sais… nos navires voguent tous les deux en direction de ce port-là.

– Tu veux que je passe te voir ?

– Non. Ça va. Kevin est encore là. Il est très blasé à propos de toute cette histoire. Comme si ça faisait partie de notre plan de vie depuis le début.

– Je suis désolée, dis-je encore une fois.

– Mais qu'est-ce que je voulais ? Qu'il me supplie ? Non, pas vraiment. Enfin peut-être un peu ? J'ai l'impression qu'il me considère comme une de ses start-up qui n'a simplement pas marché. Il est tellement terre à terre par rapport à tout ça. Mais c'est peut-être une bonne chose.

*

Je passe le reste de la matinée derrière mon bureau, à penser à L'Wren et à lui envoyer des textos pour lui rappeler qu'elle n'est pas seule et que ça ira mieux avec le temps. Mais mon mensonge me prend à la gorge. Je me sens tellement seule depuis ma séparation. Et, certains jours, je suis si paumée que j'ai du mal à respirer. Puis je me souviens qu'il y a une personne que je peux appeler. Une personne qui me fait couler des bains et me commande à manger dans des hôtels cinq étoiles : Jasper.

– Salut, dis-je quand il décroche. J'ai eu une de ces journées !

– Il est 11 heures du matin, s'amuse-t-il. Raconte-moi tout.

– C'est long et compliqué... (Et l'idée de devoir tout détailler me donne la migraine.) J'ai juste envie de te voir.

– On peut se retrouver à mon hôtel. Je dois prendre un café avec un collectionneur que le patron de la galerie me force à rencontrer. Mais je peux faire vite et être là dans une heure.

– Ouais ?

– Ouais. J'ai ajouté ton nom à la chambre donc tu peux demander une clé à la réception. Diana ? Je suis vraiment content que tu m'aies appelé.

Alors que je suis en route pour l'hôtel, je reçois un texto de Petra.

*Est-ce que c'est le bon moment pour te parler du prototype de vibro Dirty Diana que j'ai fait fabriquer ?*

Difficile de rester fâchée longtemps contre Petra.

*Très drôle. Et non, si jamais tu n'étais pas en train de blaguer, ce n'est pas le bon moment. Je suis désolée pour tout à l'heure.*

*Ne t'inquiète pas. Je ne t'écris pas pour te convaincre. Tu dois avancer à ton rythme.*

*Merci.*

*Mais je pense que tu devrais au moins avoir un dossier de presse. Avec une photo correcte de toi – dont tu te serviras ou non.*

*OK. Mais j'ai d'abord besoin de tout avouer à quelques personnes.*

*Besoin de tout avouer ? En voilà un super slogan.*

La première chose que je remarque en entrant dans la chambre de Jasper, c'est un sac plastique rempli de produits capillaires posé sur le comptoir de la salle de bains. Je m'empresse de fouiller dedans et y trouve une huile très chère, une crème texturisante et une mousse. Est-ce qu'il utilise vraiment trois produits différents tous les matins ? Ah non, quatre – il y a également un spray anti-frisottis. Puis je décide de prendre un soda dans le mini-frigo mais n'en trouve aucun, ils ont tous été remplacés par des jus verts. Les trois premiers sont marqués *Prep*. J'en attrape un et dévisse le bouchon, ça sent le brocoli et le cumin. J'entends les roulettes du chariot d'une femme de chambre et fonce dans le couloir pour lui demander de l'eau. Elle me tend gracieusement trois des plus petites bouteilles en plastique que j'ai jamais vues de ma vie. Je les bois toutes d'un coup, comme si c'étaient des shots. À midi et demi, comme Jasper n'est toujours pas là, je sors mon ordi et me mets à travailler. Il m'envoie un texto à 13 h 30 :

*Désolé, tout prend plus de temps que je ne l'espérais. Commande à déjeuner. Et ne t'en va pas !*

Je lui dis de ne pas s'inquiéter et que j'en suis à mon troisième verre de *Prep*.

*Femme !* blague-t-il. *Ne t'approche pas de ma trousse de toilette.*

À 14 h 45, je reçois un autre message :

*Désolé. Des tas de gens sont passés à notre réunion… Que des pipelettes. J'essaie de m'éclipser asap.*

Je lui redis de ne pas s'inquiéter, même si je ressens un léger vent de panique en me souvenant de l'attente que cette relation m'a toujours imposée. Quand nous vivions à Santa Fe, Jasper acceptait tout le temps de me retrouver à une soirée avant de m'annoncer, un peu plus tard, qu'il n'avait finalement pas envie d'y aller. Quand il venait, il se contentait d'être le centre de l'attention pendant un quart d'heure puis s'éclipsait, en attendant de moi que je le rejoigne plus tard. J'avais l'impression d'être attachée à lui par une corde invisible sur laquelle il tirait quand ça lui chantait et qu'il laissait complètement à l'abandon le reste du temps. Et au lieu de partir, moi je cherchais à comprendre comment faire de l'endroit où je me trouvais le seul endroit où il ait envie d'être. Je pensais que si je réussissais à tenir la corde fermement entre mes mains, je pourrais créer un équilibre entre nous. Ce n'est qu'à la fin que j'ai réalisé qu'il ne jouait même pas au même jeu que moi. Après notre rupture, j'ai passé des mois à tenter de déterminer s'il m'avait réellement fait les promesses qu'il n'avait pas tenues. Et aujourd'hui ? Il va rester dans cet hôtel deux jours encore, puis il repartira. Je panique à l'idée de ressentir le coup sec qui me fera lâcher la corde.

On frappe à la porte et je reprends espoir – oui, aussi vite que ça. Mais ce n'est pas Jasper. Une masseuse vêtue d'une blouse blanche immaculée entre dans la chambre avec sa table et me lance un grand sourire.

– Vous devez être Diana ?

– Oui.

– Je m'appelle Sybil. Jasper m'a demandé de bien m'occuper de vous.

Une heure plus tard, allongée sur la table de massage, je suis dans un tel état d'extase que même lorsque je me force à penser à tout ce qui me préoccupe – à Jasper, à Oliver, à Emmy – ces inquiétudes s'envolent aussitôt, balayées par l'odeur de l'huile d'amande douce et les doigts de fée de Sybil. Toutes mes contrariétés au bureau, tous ces torrents de colère que j'éprouve contre Allen – tout disparaît. Personne ne peut prédire l'avenir. Jasper et moi sommes des personnes différentes de celles que nous étions à Santa Fe, aucun doute. Pourquoi ai-je besoin d'avoir toutes les réponses ? Sybil fait courir ses doigts le long de mes tempes pendant que j'inspire doucement et profondément, jusqu'à m'endormir.

Je me réveille emmitouflée dans un peignoir tout doux, sous des draps en coton égyptien, entourée d'oreillers moelleux. Près de la porte, j'aperçois une nouvelle valise et plusieurs sacs de boutique. Jasper a dû se racheter des vêtements quand il a décidé de prolonger son séjour ici.

– Salut ma belle, dit-il, assis à côté de moi sur le lit.

– Combien de temps ai-je dormi ?

– Une heure ? Peut-être plus. C'était un bon massage ?

– Un tournant dans mon existence.

Jasper a déjà dîné mais il propose de me commander quelque chose. Je m'éclipse pour prendre une douche, puis renfile mon peignoir.

– J'aime l'idée de prendre soin de toi ce soir, dit-il en me regardant manger. Comme je le ferais si on était ensemble. Quand tu passes une journée difficile, je suis à la maison à t'attendre. Si tout ça c'était pour de vrai.

J'avale une bouchée d'un délicieux plat de pâtes. Jasper m'a commandé un peu de tout dont un milk-shake à la fraise pour le dessert.

– Tu n'es pas d'accord ? Ce serait bien ?

– Qu'entre nous deux ça soit pour de vrai ? (J'ai envie de lui dire : *Oui, je veux que ça soit pour de vrai entre nous deux.* Mais difficile d'affirmer ce genre de choses dans une suite à quatre mille dollars la nuit où on nous apporte de la nourriture et où une femme de chambre nettoie après nous.) D'accord, je me contente de dire.

Entraînons-nous.

Il sourit.

– Salut chérie, comment s'est passée ta journée ?

Je songe à lui faire un inventaire de tout ce qui s'est mal passé aujourd'hui, mais je n'ai aucune envie de polluer notre cocon.

– J'avais juste vraiment envie de te voir. De voir si tu pouvais m'aider à me sentir mieux.

– Je crois que je peux. J'en suis même convaincu.

– Prouve-le, dis-je en aspirant mon milk-shake à travers la paille.

Jasper m'observe pendant quelques secondes, et son regard suffit à faire monter la chaleur de mon corps. Il se lève et me prend le milk-shake des mains puis me pousse sur le lit. Mon peignoir s'ouvre en partie. Il tire sur la ceinture, jusqu'à ce que je sois complètement exposée. Il se penche au-dessus de moi, sans me quitter des yeux, puis m'écarte les cuisses avec son genou.

– Qu'est-ce que tu fais ?

– Je te le prouve.

Il incline le verre de milk-shake au-dessus de ma poitrine.

– Jasper…

Il en verse un peu sur mes seins, doucement. Je retiens mon souffle en sentant le liquide glacé couler sur mes tétons. Puis la chaleur de sa bouche tandis qu'il lape la crème, en traçant des petits cercles délicats autour de mes mamelons. Je me cambre, en gémissant de plaisir sous cette sensation de chaud-froid.

Il lèche mes seins jusqu'à ce qu'ils soient de nouveau propres. Mais il n'a pas fini. Il se redresse et verse cette fois un peu de milk-shake sur mon ventre, mes côtes, autour de mon nombril et le long de mes hanches. Je retiens mon souffle quand il écarte un peu plus mes jambes et y verse le reste du liquide, lequel se glisse dans tous les recoins de mon sexe. J'ai du mal à respirer. Il plonge la tête entre mes jambes, agrippe la chair douce de mes cuisses avec ses mains, et se met à lécher la crème glacée. Lentement, d'abord autour de mon clito, puis il descend et plonge sa langue profondément en moi.

– Mon Dieu, c'est délicieux.

– Là… dis-je en attirant sa main plus près. Il y a plus de…

Jasper sourit et me reprend dans sa bouche, sa langue me caresse en traçant des cercles avec une lenteur agonisante.

– Oui, dis-je. Juste là.

Je soulève mes hanches vers lui, attrape ses cheveux et tire dessus. Je veux être partout sur son visage. Mes gémissements envahissent la pièce.

– J'ai besoin de te sentir en moi, dis-je la voix étranglée avant de la retrouver pour m'écrier : Maintenant !

Je me tourne et me mets à quatre pattes. Il m'attrape les hanches et me caresse avec sa queue, me provoque par-derrière, en ondulant son bassin sans jamais me pénétrer. Je sens sa bite dure approcher puis plonger en moi.

– Oui, oh oui.

Mes jambes se mettent à trembler tellement j'en ai envie. Envie que son corps m'appartienne. Je suis pleine et prête à jouir mais je ne veux pas. Je veux savourer. Je veux le sentir en moi, encore et encore.

Ses hanches s'écrasent contre mes fesses et je retiens mon souffle. Il se penche sur mon dos, je sens sa joue sur mon omoplate. Je me cambre pour lui donner un meilleur accès encore. Ça n'est pas suffisant. Je veux plus de lui. J'ai besoin de plus de lui en moi.

Comme s'il lisait dans mes pensées, il accélère le rythme. C'est plus intense. Plus brut.

– C'est ça que tu voulais ?

– Oui.

Je te veux toi tout entier.

Jasper ralentit, va et vient en moi tandis que je gémis d'extase. Je m'agrippe à la tête de lit et fais onduler mes hanches pour contrôler le mouvement. Mais la pression est trop forte. Elle monte en moi et je m'accroche un peu plus fort jusqu'à ce que nous abandonnions et nous mettions à crier tous les deux.

Allongés l'un à côté de l'autre, ma tête sur son épaule, Jasper m'embrasse passionnément tandis que nous reprenons notre souffle.

– Tu ne peux pas rester plus longtemps ? je lui demande.

– Encore deux jours, puis je dois faire un saut à New York et après je reviens à Dallas.

Mais tout ce que j'entends c'est : « Je reviens à Dallas. »

# Chapitre 15

La semaine de Jasper à New York se transforme en deux. Après quoi, il devra finalement faire un saut de dernière minute à Oslo. Pour l'instant, pas de retour à Dallas.

– Tu devrais venir avec moi, me dit-il quand il m'appelle depuis New York. Tu me rejoins ici. On passe la soirée en ville puis on part ensemble en Norvège.

– Ça serait génial mais je ne peux pas partir en douce.

– Qui a parlé de partir en douce ? Tu ne peux pas simplement dire à Oliver que tu prends des vacances ? Tu dois bien avoir des jours que tu n'as pas posés au boulot ?

C'est encore étrange pour moi, d'entendre le nom d'Oliver dans la bouche de Jasper.

– La prochaine fois. On fera en sorte de s'organiser.

Je ne lui raconte pas les détails de la rentrée des classes ni la liste des choses que je dois absolument faire avant la fin de la semaine : inscrire Emmy au foot, répondre à la tonne de mails de boulot, aider pour la foire d'adoption de chats organisée par L'Wren, et trouver un truc, n'importe quoi, qui m'aidera à dormir. J'ai testé une étagère entière de compléments alimentaires de la pharmacie, sans succès.

Après avoir déposé Emmy pour son premier jour de classe, je prends ma matinée et vais travailler au studio, seule, sans la moindre distraction à part le bruit de la pluie battante contre les vitres. Je n'ai pas commencé à peindre depuis cinq minutes que mon téléphone se met à sonner trois fois de suite : une notification d'une chaîne d'infos, un texto de ma belle-mère qui veut que je lui envoie le planning des vacances d'Emmy et un rappel du calendrier du bureau. J'éteins mon téléphone et m'enfonce confortablement dans le canapé. Je parcours mon carnet de croquis à demi terminés. Je passe une heure à peaufiner mes dessins, j'ajoute un détail à l'œil d'une femme, corrige la façon dont les cheveux d'une autre tombent sur son visage… Puis je me lance dans un nouveau croquis, une femme de dos cette fois. Je finis par faire une pause pour m'étirer et rallume mon téléphone. Une ribambelle de textos de L'Wren apparaît aussitôt.

*Je l'ai fait.*

*J'ai embrassé Arthur.*

OMG.

*Appelle-moi.*

*Et tu as compris que quand je dis « embrassé », je veux dire bien plus.*

Avant d'avoir eu le temps de composer son numéro, je reçois un texto d'Alicia :

*Je suis rentrée de ma retraite silencieuse ! Dieu merci. Je n'aurais jamais dû accepter. Je suis toujours sous le choc. Je n'ai quasiment pas parlé pendant CINQ JOURS. Je dois VIDER mon sac. T'es dispo ?*

Suivi immédiatement de trois autres messages de L'Wren :

*C'était incroyable.*

*Où es-tu ?*

*Appelle-moi !*

Laquelle devrais-je appeler en premier ? Mon téléphone ne me laisse pas le temps de réfléchir et affiche désormais un message d'Oliver.

*C'est quoi le nom de famille de la maîtresse d'Emmy ? J'essaie de lui transférer de l'argent sur son e-Wallet pour la foire aux livres mais tout ce que j'ai c'est Miss Pat. C'est un nom de famille, Pat ?*

Puis un autre texto d'Alicia :

*ATTENDS. QUOI ? L'Wren a couché avec l'homme-chat ? Incroyable. Elle est en train de faire exploser mon téléphone. On devrait se faire un call à trois. Appelle-nous.*

Puis de Liam :

*Mauvaise nouvelle. Il y a eu un problème de son sur le dernier entretien. On va probablement devoir réenregistrer.*

*T'es dans le coin ?*

Nouveau message d'Oliver, cette fois accompagné d'une photo :

*Ces rougeurs te semblent genre banales ou genre inquiétantes ? Emmy en a partout sur le gros orteil.*

J'ai une furieuse envie de jeter mon téléphone à l'autre bout de la pièce juste pour entendre le craquement satisfaisant de son explosion sur le sol. Je réponds d'abord à Oliver, puis à Alicia, puis à Liam et puis j'appelle L'Wren et l'écoute attentivement tout en continuant à dessiner ma femme de dos. Je dessine son cou et son profil qui regarde par-dessus son épaule. Sa tête tournée de cette façon, elle se révèle enfin à moi ; je trace alors soigneusement le contour de mon propre nez, la forme de mon oreille et l'ourlet de mes lèvres.

– Le problème, ce n'était pas notre mariage, dit Oliver et je sors de ma torpeur en essayant de me redresser sur le canapé de Miriam. Le problème, c'était nous.

– Vous êtes d'accord avec ça, Diana ?

– On peut tous améliorer certains aspects de nos personnalités, dis-je.

– Pas juste des aspects. On ne parle pas de bonnes résolutions pour la nouvelle année comme boire plus d'eau ou être plus gentil. Il y a de vrais traumas entre nous, que nous faisions semblant de ne pas voir.

Miriam gribouille plus vite que d'habitude.

– Pouvez-vous donner un exemple, Oliver ?

– Oui, se racle-t-il la gorge en se redressant. Le sexe.

Mon pouls s'accélère, j'ai l'impression d'être trahie par mon propre corps. Par ma propre duplicité. Ma malhonnêteté. Comment puis-je interroger d'autres femmes sur leurs désirs quand je ne suis même pas capable de parler de sexe ici ? Avec Oliver.

– Tu vois ? Tu ne veux même pas en parler.

Ça doit se voir à ma tête.

– Heureusement, ce n'est pas nécessaire. Nous divorçons.

– Tu simulais tes orgasmes.

– Quoi ?

– Tu simulais tes orgasmes quand nous couchions ensemble et je le savais.

– Comment ?

– Je le savais, c'est tout.

– Ce n'est pas vrai.

– Je n'avais pas la sensation que tu jouissais. Ton corps, je veux dire. Rien ne changeait. J'avais l'impression que tu donnais un spectacle pour moi. Pour que je jouisse plus vite.

Je dois me concentrer sur autre chose. Je fixe les étagères derrière Miriam, déçue d'y trouver plus de quartz et de petites horloges que de livres.

– Est-ce que vous simuliez vos orgasmes, Diana ?

Qui suis-je pour juger Miriam et sa décoration ? Je suis le plus grand imposteur de cette pièce. Je pense à toutes ces personnes qui sont passées ici, qui se sont assises sur ce canapé et qui ont honnêtement avoué leurs secrets et partagé leur chagrin. Je me force à ne pas mentir.

– Oui.

– Pourquoi ?

– Je ne sais pas.

– Si, tu sais.

– Je pensais que tu te sentirais mieux.

– Ce n'était pas le cas.

Moi non plus ça ne me faisait pas me sentir mieux. Mon plaisir m'échappait un peu plus à chaque fois que je mentais. Mes besoins n'étaient pas assouvis. Et mon mari se sentait vide sans savoir pourquoi.

– Diana ! Comment vas-tu ? s'exclame Katherine en me serrant dans ses bras.

Ce n'est que la troisième fois de ma vie que je la vois mais impossible de ne pas lui rendre son accolade. Et ni par réflexe, ni par politesse : la vie est sincèrement plus belle dans les bras de Katherine. Avec son grand sourire et ses yeux en amande, elle exsude un optimisme magnétique. Pas difficile de comprendre pourquoi Oliver est tombé amoureux d'elle aussi vite.

– Bonjour Katherine. Ravie de te voir.

– Tu es superbe, comme d'habitude. (Elle se penche avec décontraction contre l'encadrement de la porte d'entrée d'Oliver.) Chez qui fais-tu tes soins du visage ?

– Les patchs purifiants pour le nez de chez Bioré ?

– Ha ha ! Tu es vraiment drôle. Emmy me fait beaucoup rire, elle aussi. Elle a ton sens de l'humour. J'avais envie d'emmener les filles au zoo le week-end prochain, est-ce qu'Oliver t'en a parlé ?

Ajoutez « prévenante » à la liste croissante des qualités de cette femme. Vivian doit être aux anges.

– C'est une super idée. Merci.

– Je vais chercher Emmy. Elle et Taylor ont joué à la marchande toute la matinée – mais elles ne vendent que des perroquets et des pansements.

Katherine apporte également une copine de jeu pour Emmy – Taylor, sa fille de six ans, une mini-version de sa mère, tout aussi adorable.

– Pas de problème. Dis-leur que je prends un perroquet à emporter !

J'essaie d'être à la hauteur de sa bonne humeur naturelle mais ma blague tombe un peu à côté.

Katherine disparaît au moment même où Oliver surgit avec le sac de gym d'Emmy et ses peluches.

– Bouteille d'eau et tenue à l'intérieur, précise-t-il. J'allais lui dire qu'elle n'avait pas besoin de mettre une culotte sous son justaucorps parce que ça fait des plis bizarres et qu'aucune des autres filles ne le fait mais en y réfléchissant, je me suis dit que c'était mieux si c'était toi qui lui suggérais.

– Compris.

En me tendant le sac, sa main frôle la mienne et un courant électrique me parcourt, une sensation à laquelle je ne m'attendais pas.

– Ça va ?

– Oh, ouais, je me rattrape. Je ne dors pas beaucoup en ce moment.

– Tu n'as pas Emmy, je pensais que tu dormirais pendant des heu… Oh. Je vois. J'ai vraiment mis les deux pieds dans le plat, hein ?

– Ce n'est pas ça. (Je refuse de lui avouer que je n'arrive pas à dormir à la maison sans lui.) J'ai beaucoup de travail…

Voyant que je ne trouve pas de meilleure excuse, il change de sujet.

– Comment va L'Wren ?

– Mieux.

– Je pensais sincèrement qu'ils s'en sortiraient.

– Ah bon ?

– Enfin, je ne pensais pas qu'ils divorceraient. Que s'est-il passé ?

– Je crois qu'ils ne s'aiment juste plus.

Oliver se mord l'intérieur de la joue.

– Je devrais appeler Kevin. Ça fait trop longtemps. De toute évidence.

– Oui. Je suis sûre que ça lui ferait plaisir.

J'ai une envie soudaine de le serrer dans mes bras – de lui faire un énorme câlin comme ceux de Katherine – et de lui dire combien tout ça est dur. Que j'ai beau entendre Emmy jouer joyeusement avec Taylor dans la pièce d'à côté, c'est quand même dur. Les choses n'étaient pas censées se passer comme ça. Par une journée ensoleillée et sans nuage, nous avons juré devant une pièce remplie de gens que notre amour vivrait pour toujours. Et puis il s'est envolé. Nous l'avons posé une minute – ça a duré un minute, pas plus, non ? – et quand nous nous sommes retournés, il n'était plus à l'endroit où nous l'avions laissé. Nous pouvions nous disputer pour savoir qui l'avait mis où et dire à l'autre « mais enfin ce n'était pas là qu'il fallait le mettre ! », quelle différence cela ferait ? Se battre sur l'endroit où ranger les choses ne les a jamais fait réapparaître.

# Chapitre 16

— J'ai l'impression d'être au lycée, s'amuse L'Wren en appliquant une couche supplémentaire de mascara sur mes cils. Mon Dieu. C'est génial. Je suis nerveuse. Et aussi excitée. J'éprouve mille émotions en même temps. Ce soir, tout peut arriver !

– J'aime te voir comme ça, lui dis-je en me regardant dans le miroir de ma salle de bains.

– Dieu merci, nous traversons cette histoire de divorce ensemble. Je n'aurais pas été capable de faire quoi que ce soit sans toi. Et j'ai vraiment hâte de rencontrer Jasper.

– Je crois qu'il te plaira.

Je n'ai pas vu Jasper depuis des semaines et il n'est ici que pour deux soirs mais il m'a assuré que ça ne le gênait pas de dîner avec L'Wren et son véto.

– Et toi, tu vas adorer Arthur. Enfin, j'espère. Mon Dieu, et si tu ne l'aimais pas ? Tu ne me dis rien dans ce cas-là, d'accord ?

– Je suis sûre que je vais l'adorer.

– De quoi j'ai l'air ?

Elle tourne sur elle-même dans sa robe rose pâle.

– Sublime et naturelle.

– Les talons, c'est trop ? Trop hauts ? Ça faisait longtemps que je ne m'étais pas souciée de mon apparence. (Elle défroisse sa robe et ajoute un jonc doré à ceux qu'elle porte déjà.) Enfin, non. J'ai toujours fait attention. Mais tu comprends ce que je veux dire.

– Oui, les deux sont vrais. Tu es époustouflante.

À peine sommes-nous entrées dans le restaurant, un petit café vegan dont Arthur nous a dit grand bien, que L'Wren attrape mon coude et le serre.

– Ohmondieu. Il est déjà là. Il n'est pas trop beau ?

– Où ça ?

– Les cheveux ondulés, la veste noire et les lunettes. Et le beau petit cul.

Arthur nous aperçoit et sourit.

– Nous avons couché ensemble pendant sa pause déjeuner. J'ai constamment envie de lui. Ne t'inquiète pas, j'ai pris une douche.

Il n'est pas du tout comme je me l'imaginais. Quand L'Wren était avec Kevin, on avait toujours l'impression d'un léger décalage entre les deux. Elle était charismatique et belle et lui, pataud et austère.

Quand Arthur voit L'Wren, ses yeux s'illuminent. Son sourire est sincère. On sent tout de suite qu'il n'a envie d'être nulle part ailleurs qu'ici, avec elle.

– Diana, je te présente Arthur. Arthur, Diana.

– Ravi de te rencontrer, dit Arthur d'une voix rassurante en prenant ma main entre les siennes avant de m'embrasser sur la joue.

Je panique soudain à l'idée que Jasper soit en retard. Ou qu'il ne vienne pas du tout. Mais c'est précisément à ce moment-là que je sens ses bras glisser autour de ma taille et m'attirer fort contre lui. Il serre la main de tout le monde et je vois qu'il plaît tout de suite à L'Wren.

Une fois que nous sommes installés à table, il l'écoute attentivement raconter sa rencontre avec Arthur.

– C'est récent à quel point ? Vous deux ? demande-t-il, sincèrement investi dans la genèse de leur histoire d'amour.

– Officiellement ? demande Arthur. Pas longtemps. Mais nous nous connaissons depuis des années. L'Wren m'a amené plus de chats que n'importe quelle autre bénévole qui fréquente mon cabinet. Est-ce que je peux leur dire combien tu as dépensé l'année dernière ?

– Absolument pas.

– Disons juste que L'Wren aurait pu s'acheter une deuxième maison à la mer.

Elle lui donne un coup sur l'épaule.

– Une maison modeste, précise-t-il. Pas directement sur la plage.

– Tu as de toute évidence un très grand cœur, L'Wren, dit Jasper en riant.

– Seulement quand il s'agit d'animaux, sourit-elle.

La serveuse nous interrompt pour nous énumérer les plats du jour. Jasper propose :

– Les boulettes vegan aux graines de tournesol et aux noix de cajou n'ont pas l'air mal. Qu'est-ce que vous en pensez, les amis ?

– J'espère que cet endroit vous convient. C'est dur de manger des animaux quand on est vétérinaire, explique Arthur. C'est un peu comme être un pompier pyromane.

– Je me sens dix fois mieux depuis que je ne mange plus de viande rouge, reconnaît L'Wren.

– Ça nous tue tous à petit feu, vraiment. Et j'ai besoin que tu restes en vie. Tu sais, pour continuer à financer ma clinique…

Elle lui donne un léger coup de poing, amusée.

– Tu es le meilleur vétérinaire de Dallas. Tu t'en sortirais très bien sans ma caravane de chats errants pleins de puces. Les cheeseburgers de chez P. Terry me manquent quand même un peu, soupire-t-elle. C'est plus fort que moi.

– Tu pourrais ne manger de la viande que le lundi ?

– Peut-être.

Ils s'embrassent de nouveau, cette fois sur la même longueur d'onde. Je regarde Jasper sourire derrière son menu.

– Désolée. On est à vomir. Arthur a décidé de prendre soin de ma santé. J'adore et je déteste ça à la fois.

– Et toi tu m'as initié au pickleball et aux pédicures. Donc nous sommes quittes.

Ils s'embrassent de nouveau. J'ai l'impression de regarder un reportage sur ces adorables animaux touffus qui traversent des déserts entiers pour se retrouver. Jasper me serre la main sous la table mais le geste semble un peu forcé, comme si nous essayions de les rattraper. Ce n'est pourtant pas nécessaire, me dis-je. Nous avons des années d'alchimie indéniable derrière nous. Nous sommes heureux nous aussi.

– Donc. Jasper. Comment était Diana quand vous viviez à Santa Fe ? Je veux tout savoir.

– Elle était… humm…

Je vois l'étincelle dans son œil et secoue la tête.

– Quoi ? Tu étais… aventureuse. Mais pas aussi sûre de toi. Pas aussi mature qu'aujourd'hui.

– Arf, mon Dieu, Jasper, ne dis jamais à une femme qu'elle est « mature », s'amuse L'Wren. T'inquiète, je sais ce que tu veux dire. Diana a vraiment les pieds sur terre. J'ai toujours aimé ça chez elle. Mais j'aimerais beaucoup rencontrer la Diana de Santa Fe un jour. Elle a l'air amusante.

Jasper rit.

– C'était une incroyable artiste. C'est toujours une incroyable artiste. Tu as vu ses peintures ?

J'entends le téléphone de Jasper sonner dans sa poche et il se lève de table avec un petit sourire désolé mais sans plus d'explication. Il sort et je le regarde marcher nerveusement sur le trottoir, son téléphone collé à l'oreille.

– Une urgence ? demande L'Wren.

– Je ne suis pas sûre, dis-je, inquiète que son comportement soit perçu comme malpoli.

– Je l'aime bien, ajoute-t-elle. Il est très beau.

– Oui, il l'est, dis-je même si j'aurais préféré un compliment fondé sur quelque chose d'autre que son physique.

Après que j'ai déplacé plusieurs fois un pancake aux germes de blé dans mon assiette pour donner l'impression de l'avoir mangé, Jasper revient à table avec un grand sourire.

– Le livre s'est vendu.

– Quel livre ? demande L'Wren.

– Un grand livre de photographies sur lequel je travaille depuis un moment. J'ai montré quelques images à une éditrice la semaine dernière, sans penser qu'il en ressortirait quelque chose, et elle vient tout juste de me faire une offre. Maintenant, il faut que j'aille en Islande pour le shooting de la couverture. Et de quelques autres paysages que j'aimerais inclure…

Je peux voir son cerveau mouliner ; son esprit plane déjà quelque part au-dessus de Reykjavik.

– Tu as vraiment vendu un livre ? demande Arthur épaté.

– Qui veut aller en Islande ? blague Jasper.

– Oh, moi ! dit L'Wren en levant son verre.

– Tu vas y rester combien de temps ?

Je sais que je devrais commencer par des félicitations mais, apparemment, ce ne sont pas ces mots qui me viennent instinctivement.

– Je ne sais pas encore. Pas très longtemps, je suppose.

Je sens le regard de L'Wren sur moi et me force à sourire. Elle comble le silence pour moi.

– À Jasper !

Et nous trinquons.

Après le dîner, nous passons à une fête organisée par une amie de Jasper dans le quartier Cedars.

– Heureusement que je n'ai pas apporté de cadeau pour notre hôtesse, vous imaginez ? dit L'Wren en observant les gens superbes autour de nous – quasi tous plus jeunes. Moi qui débarque avec une bougie parfumée ? Tu es sûr que nous ne sommes pas trop vieux pour être ici ? murmure-t-elle à Jasper en lui touchant l'épaule.

– Non ! Renee est incroyable. Ils travaillent tous à la galerie depuis un bail. Et ils adorent les vieux !

L'Wren sourit et nous traversons tant bien que mal la pièce pleine à craquer. Les corps se serrent les uns contre les autres, les gens dansent sans inhibition et leur énergie est contagieuse.

Nous trouvons un endroit où nous asseoir tandis que Jasper et Arthur proposent d'aller nous chercher à boire.

– Une margarita pas trop chargée pour moi ! précise L'Wren avant de se retourner vers moi en écarquillant les yeux. C'est fou !

– C'est amusant, n'est-ce pas ?

– Est-ce que tu es triste que Jasper s'en aille ?

– Non. Un peu ? C'est super. Pour le livre. C'est vraiment super.

– Tu as le droit d'être déçue.

– C'est notre façon de faire. En tant que couple, dis-je en essayant de garder un ton détaché. C'est comme ça que nous fonctionnons.

L'Wren acquiesce, sans conviction. Arthur réapparaît et lui tend son verre.

– Ils n'avaient pas de margarita, crie-t-il par-dessus la musique, mais ils avaient du whisky Coca.

– Je n'ai pas bu de whisky Coca depuis… le lycée ?

– Santé ! crie Jasper en levant sa bière. Aux nouveaux amis.

Nous avalons nos premières gorgées et Arthur reçoit un coup de téléphone de son secrétariat d'urgence. Il s'excuse car on a besoin de lui immédiatement à la clinique. Les yeux de L'Wren s'illuminent dès qu'elle le voit entrer en action.

– Je t'emmène !

Jasper et moi nous retrouvons seuls. Nous restons assis, à observer les gens sur la piste de danse. Il finit par me prendre dans ses bras et me serrer fort contre lui.

– J'aime bien tes amis.

– Jasper ! s'exclame une petite femme aux cheveux gris coupés en un carré élégant avant de l'embrasser sur les deux joues. Je suis *choquée* de voir que tu es venu.

– Bien sûr que je suis venu, dit-il en se tournant vers moi. Je te présente Irena. Elle dirige la galerie Bluestone.

– Vous devez être Diana, dit-elle sans me tendre la main.

– Enchantée.

Elle regarde Jasper.

– Tu veux réseauter un peu ce soir ?

– Pas vraiment, répond-il en scannant la foule.

– Tant mieux. Moi non plus. La scène artistique de Dallas est vraiment gênante parfois. Mais bon, moi aussi, dit-elle d'un ton si neutre que c'en est presque charmant. Que faites-vous dans la vie, Diana ?

– Je travaille dans la finance, dis-je en même temps que Jasper répond : « C'est une artiste. »

Irena incline la tête.

– Sur mon temps libre, je précise.

Elle n'insiste pas et reste concentrée sur Jasper.

– Si tu n'as pas envie de dire bonjour à Joseph et à ses lèche-bottes, je le ferai pour toi.

– Merci.

– Ils ont pris de l'ayahuasca de toute façon, donc ils ne se souviendront pas de qui ils ont vu ou non.

Puis elle se faufile entre deux personnes qui dansent et disparaît dans la foule.

– Je crois que je l'aime bien ?

– C'est le grand mystère d'Irena. Tu ne *sauras jamais*. Je vais nous chercher un autre verre.

L'alcool commence à faire son effet et je me sens plus détendue. Je me dis que Jasper et moi pourrions tout à fait être le genre de couple qui se voit quand il se voit, sans planifier, d'une façon spontanée mais synchro. Nous pourrions nous retrouver dans des endroits exotiques et emmagasiner suffisamment de sexe pendant trois jours pour tenir plusieurs mois. Je serai bientôt divorcée et c'est l'avantage de la garde partagée, non ? Des jours entiers pour moi et la liberté de voyager. Mais je finis par admettre que ça me fatigue rien que d'y penser. Les retrouvailles et les séparations. S'assurer que tout le monde a tout ce qu'il faut avant de partir et rattraper mon retard à chaque fois que je reviens. J'ai l'impression que ma vie m'échappe.

– Tu as la tête d'une fille qui a fait une bêtise, me dit Jasper un verre dans chaque main avec l'expression de quelqu'un qui sait quelque chose que je ne sais pas.

– Et toi tu as la tête d'un garçon qui s'apprête à en faire une.

– Une boisson spéciale, ça te tente ?

– Spéciale comment ?

– Spéciale MDMA.

– Tu en as pris ?

– Il y a une seconde. Tu n'es pas obligée si tu…

Je lui prends le verre des mains et l'avale cul sec. Je veux me sentir aussi jeune et insouciante que toutes ces personnes qui m'entourent. Je veux partager plus d'expériences avec Jasper, ça nous aidera à tenir lors de nos inévitables séparations.

– Est-ce que la Diana de Santa Fe vient juste d'émerger des ténèbres ? demande Jasper en écarquillant les yeux. L'Wren va être dégoûtée de l'avoir loupée.

Je ris et l'attire sur la piste de danse bondée. Au bout de quelques minutes, je sens la musique monter de la plante de mes pieds au sommet de mon crâne et faire vibrer mon cuir chevelu. C'est la musique la plus magique que j'ai jamais entendue de ma vie. Comme si elle avait été composée spécialement pour nous tous ici, à cette fête. Moi et mes nouveaux amis. Je sens la MDMA sillonner mon corps et j'attire Jasper encore plus près, comme si nous étions dans une bulle que j'avais peur de percer en m'éloignant trop de lui. Nous existons l'un pour l'autre, me dis-je, comme si c'était une évidence. Un sentiment de gratitude me submerge et j'ai envie de le remercier à haute voix, de lui dire combien tout ça compte pour moi et combien ça m'a aidée.

– Merci, je murmure au creux de son oreille, ma joue collée à la sienne.

– Je t'en prie, répond-il.

C'est comme s'il comprenait toujours ce que j'essayais d'exprimer, peu importe la complexité. Une chanson laisse place à une autre et nous dansons sans nous arrêter, le visage rouge et en sueur. Rien ne m'encombre l'esprit, il n'y a plus que la sensation du contact du corps de Jasper.

Je ne sais pas depuis combien de temps le type torse nu avec son pantalon en cuir danse à côté de nous. Ses pupilles sont dilatées au possible, probablement comme les nôtres.

– Je voulais juste vous dire, c'est beau de vous regarder tous les deux. Vous êtes si amoureux l'un de l'autre que je peux le sentir à l'autre bout de la pièce. Ça te dérange si je te masse la main pendant qu'on discute ?

– Je t'en prie, dis-je en lui tendant ma main comme si c'était la meilleure idée de tous les temps.

– Je veux être comme vous quand je serai vieux. Vraiment. Vous êtes si beaux.

Il nous embrasse chacun à notre tour puis disparaît dans la foule. Jasper rit et m'attire contre lui. Il respire mon parfum.

Je lève les yeux vers lui. La pièce penche un peu mais bizarrement ça me rassure, comme si c'était l'intention originelle de l'architecte. Jasper replace une mèche de mes cheveux en sueur derrière mon oreille.

– Est-ce que tout ça est vrai ? je lui demande.

– Est-ce que nous sommes pour de vrai, là maintenant ? répond-il. Je veux qu'on soit pour de vrai.

– Nous sommes pour de vrai.

Il me sourit, me redresse le menton et m'embrasse passionnément.

– Je t'aime, Diana. Je t'aime vraiment.

– Ce n'est pas juste la drogue qui parle ?

Mes pensées sont d'une clarté incroyable mais j'ai l'impression que mes bras s'agitent dans de la gelée.

– Putain, on s'en fout. Viens là. (Il me serre fort.) Tu es incroyable. Ton visage. Ton cerveau. Tes jambes. Tes lèvres. C'est pour moi. C'est toi qu'il me faut.

J'adore la sensation de son corps contre le mien.

De ses doigts plantés dans mon dos. J'éprouve une tendresse infinie pour lui à cette seconde.

– Je t'aime aussi.

Le lendemain matin, tout me fait mal. J'ai la mâchoire ankylosée et je n'ai jamais eu autant la nausée de ma vie. Jasper dort profondément à côté de moi. Cela fait trois heures que nous nous sommes évanouis dans les bras l'un de l'autre, après avoir flotté jusqu'à sa chambre d'hôtel et pris une douche de quarante-cinq minutes. Nous nous sommes ensuite assis sur le banc en mosaïque pour nous masser mutuellement les pieds jusqu'à ce que les effets de la drogue se dissipent. Puis j'ai réglé mon réveil sur 8 h 30. J'ai promis à Petra de la retrouver au studio à 9 h 30 pour la séance photo que j'ai déjà reportée deux fois. Il va falloir que je décolle dans pas longtemps si je veux être à l'heure.

Jasper se met à bouger. Je me tourne pour le regarder et la pièce se met à tanguer.

– J'éprouve toujours la même chose. Je t'aime, dit-il d'une voix endormie avant de se coller à moi. Ce n'était pas la drogue, ni le DJ, s'amuse-t-il en m'attirant contre lui pour m'embrasser sur la joue. Je pensais ce que j'ai dit hier soir. Nous sommes toujours pour de vrai. Toujours désespérément amoureux.

Je me redresse et m'assois au bord du lit en tentant de garder l'équilibre. Il tourne la tête vers moi. Il attend une réponse. Mais j'ai peur de notre déclaration mutuelle d'hier soir. J'ai peur d'être « pour de vrai ».

À la lumière du matin, nous imaginer trouver une place dans la vie de l'autre semble difficile, voire impossible. Sa valise est par terre à mes pieds, à moitié faite. Il repart dans deux jours mais quand reviendra-t-il ? Nous habitons chacun un monde, en dehors de notre bulle – et ces mondes ne tiendront jamais dans une chambre d'hôtel ni dans trois jours passés ensemble. Et le voulons-nous au fond ? *Voulons-nous vraiment coller une étiquette sur tout ça ?* ai-je envie de lui crier. Oliver et moi n'avons jamais eu à déclarer que nous étions « pour de vrai ». Nous l'étions et c'est tout.

Je veux remettre mes lunettes teintées à la MDMA, pour que la proximité délicieuse de la peau de Jasper suffise de nouveau à mon bonheur. Il est toujours aussi beau, peut-être même plus encore avec sa barbe de trois jours et ses cheveux ébouriffés. Peut-être que mon euphorie est encore là, enterrée sous les couches épaisses de ma gueule de bois.

– Rien n'a changé pour moi non plus.

Et avec ce mensonge, je me lève et m'éloigne de la chaleur de son corps.

Au studio, il y a du bruit de tous les côtés. Je vais aux toilettes et m'asperge le visage d'eau froide. Je ne ressemble à rien. Tout me fait mal. Je me penche au-dessus de la cuvette des toilettes, secouée par une puissante montée de nausée.

Petra frappe à la porte.

– J'arrive tout de suite.

Je me rince la bouche et ouvre. Petra est là devant moi, parfaite et fraîche comme une rose, avec sa combinaison Prada, ses Louboutin de dix centimètres et son brushing de ce matin. Je pose la main sur ma poitrine pour tenter de cacher la tache de café sur mon chemisier.

– Tu n'as pas oublié, n'est-ce pas ?

– Je suis prête.

Elle semble dubitative.

– L'une des meilleures photographes de Dallas est en train de monter l'escalier, alors aie l'air d'être en vie. C'est elle qui a pris la photo de la couverture de mon livre et c'est un génie.

La porte du studio s'ouvre et quatre personnes entrent d'un pas décidé. Aucune d'entre elles ne me regarde en passant à côté de moi, tellement il semble impensable que je sois leur modèle pour aujourd'hui.

Liam débarque quelques minutes plus tard, me jette un coup d'œil et ressort aussitôt acheter des sandwichs à l'œuf et du Gatorade.

– Tu vas en avoir besoin. Bois, me dit-il une fois revenu.

Je m'installe sur une chaise et ferme les yeux tandis qu'un homme adorable qui sent le gardénia me maquille.

– T'inquiète pas, chérie. On va arranger ça.

Il me pose des faux cils, dessine mes lèvres au liner, homogénéise mon teint avec du contouring et je reprends vie.

– Nous avons prévu trois looks, m'informe Petra. Un : tu sors de la douche, un miroir embué, tu ne portes rien d'autre qu'une serviette, tu viens juste de te faire baiser. Deux : une sorte d'after du Met Gala, ton maquillage a coulé, tu viens de te faire baiser. Trois : la fille d'à côté sexy, en jean et vieux T-shirt, qui vient juste de se faire baiser par son voisin.

– Pourquoi je viens toujours juste de me faire baiser ?

Elle agite la main.

– C'est juste une façon un peu paresseuse de décrire la vibe que tu dois dégager, rien de plus. Pas besoin d'en faire des tonnes.

– Donne-moi une seconde.

Prise d'un haut-le-cœur, je cours aux toilettes et me penche au-dessus de la cuvette. Non mais à quoi je pensais, hier soir ? Je suis bien trop vieille pour être dans un état pareil.

Quand je réémerge, Petra me dévisage.

– Grosse soirée hier ?

– Non, ça va.

Elle plisse les yeux.

– On pourrait croire que tu es enceinte…

– Non !

– … mais tu grinces des dents. Donc si tu veux mon avis, ça devait être une assez grosse soirée.

De façon surprenante, c'est grâce à Liam que nous tenons le planning. Il nous aide à enchaîner les looks tout en gardant constamment un œil sur l'heure, comme s'il avait peur que je vomisse si la séance traînait trop. Kirby s'assure que nous ayons tout ce qu'il faut, notamment à manger, et Petra essaie de me mettre à l'aise. La photographe a une voix douce, mais dès qu'elle brandit son objectif vers moi, mon corps entier se contracte. Je suis incapable de me souvenir comment une femme se tient et toutes les postures que je prends sont mauvaises. On dirait un lapin pris dans les phares d'une voiture.

– Commençons par ton visage, Diana. Ça sera un gros plan donc ne t'inquiète pas pour ton corps. Des tout petits mouvements. Pose simplement ton doigt sur ta bouche. Ooooh, c'est parfait. Tu es faite pour ça.

Au bout d'une heure, j'enfile le vieux T-shirt et commence enfin à me détendre. J'ai les cheveux en bataille – comme toujours, mais là on pourra dire que c'est parce que je viens juste de baiser. En tout cas, j'ai presque l'impression d'être moi-même dans cette tenue. Des habits confortables dans lesquels je peux bouger à ma façon et pas trop révélateurs (je n'ai pas à m'inquiéter qu'un sein déborde ou un truc comme ça).

Je ne pense plus ni au fait de poser, ni à l'appareil photo. Ni à ce qu'Oliver dirait s'il me voyait. Ou Jasper. Je me replonge dans mes entretiens, dans cette ambiance de confidences. Je m'imagine raconter un fantasme secret, dont je n'ai jamais parlé à personne, et je suis aussitôt envahie par cette sensation de légèreté qu'on ressent juste après des aveux.

– J'adore ! s'exclame Petra qui voit bien que quelque chose a changé, que mon corps exsude une nouvelle sensualité et une nouvelle liberté.

Sans réfléchir, j'enlève mon T-shirt et me retrouve seins nus puis je tourne le dos à la photographe avant de regarder par-dessus mon épaule, droit vers l'objectif.

– Diana. C'est bon. On la tient.

Après le shooting, je fonce à la maison rejoindre Oliver et Emmy, toujours coiffée et maquillée.

– Waouh ! dit Oliver en me voyant descendre de voiture. Tu es magnifique.

– On dirait une poupée LOL Surprise, confirme Emmy avant de disparaître dans la maison.

– J'étais sur le point de me nettoyer le visage.

– Tu étais à un évènement ?

– Non… non… Je me suis laissé embarquer dans une séance de relooking au centre commercial. La maquilleuse s'est un peu emballée.

Mentir est devenu une seconde nature.

– Tu es belle.

– Merci.

– J'ai une grande nouvelle.

– Ah oui ?

*Katherine emménage. Ils se sont fiancés. Katherine est enceinte ?*

– J'ai vendu la maison de Frontier Lane avec une plus-value de trois cent mille dollars. On a signé ce matin.

– Oliver ! dis-je en éprouvant un tsunami de soulagement (et un petit pincement de honte). C'est formidable.

– L'argent va retourner directement sur notre compte. Plus le profit.

– Waouh ! Félicitations. (Je me dis que je devrais l'inviter à entrer mais ma tête me fait toujours aussi mal.) C'est quoi ton projet suivant ?

– Trouver une autre propriété. Recommencer. Avec mon expérience d'homme mûr.

– Félicitations, je répète. C'est énorme.

– Je me suis dit qu'on pourrait peut-être aller dîner pour fêter ça. Avec Emmy.

– Tous ensemble ?

– Tu as autre chose de prévu ?

– Non. C'est juste que…

– Tu as raison. C'est une mauvaise idée.

– Non. Je couve juste quelque chose. (Une gueule de bois de MDMA.) Je comptais me coucher tôt, dès qu'Emmy serait au lit. Mais on remet ça ?

– Ouais. Bien sûr.

Il se tourne pour s'en aller puis s'arrête.

– Diana ?

– Oui ?

– Est-ce que c'est trop ? Tout ce qui se passe chez la psy ?

– Non… Je crois que c'est… Je suis juste vraiment fatiguée.

Après son départ, je fais le bilan de tous les mensonges qui sont sortis de ma bouche aujourd'hui. J'ai menti sur le fait de couver quelque chose alors qu'en réalité j'ai juste une énorme gueule de bois. J'ai menti à Petra à propos d'hier soir et j'ai menti à Oliver à propos de la séance photos. J'ai menti au sujet de la thérapie en disant que ce n'était pas trop. Je déteste y aller et c'est trop, du moins c'est l'impression que ça me donne.

Et pire que tout, la journée a commencé sur un mensonge :

*J'éprouve toujours la même chose. Je t'aime.*

*Rien n'a changé pour moi non plus.*

Nous avons tous les deux menti.

# Chapitre 17

— C'est bien noté, dis-je en serrant l'accoudoir du canapé de Miriam.

Oliver soupire, penche la tête en arrière et fixe le plafond.

– Pourquoi tu ne prends pas ça au sérieux ? Tu voulais reprendre la thérapie et maintenant que nous sommes là, tu dis des trucs du genre « c'est bien noté » ?

– Nous divorçons, Oliver. C'est un peu tard pour une putain de thérapie.

– Tu étais d'accord !

– Pour le divorce ou la thérapie ? Parce qu'à vrai dire je ne suis pas sûre d'avoir donné mon accord ni pour l'un, ni pour l'autre. Et maintenant tu veux en plus décider de ce dont je dois parler ?

– De quoi aimeriez-vous parler, Diana ? intervient Miriam.

– Tu veux parler de notre vie sexuelle ? D'accord. (Je lui tourne le dos pour faire face à Miriam.) Peut-être que nous devrions nous demander pourquoi mon mari a continué à me faire l'amour exactement de la même manière s'il savait que je simulais ?

– Était-ce vraiment important ? demande Oliver.

– Apparemment pas.

– Je ne voulais qu'une chose : te satisfaire. Te rendre heureuse. Et le sexe était un rappel constant que je n'en étais pas capable.

– Dans ce cas, il fallait dire quelque chose ! Tu aurais pu me parler. J'étais juste là.

– Moi aussi.

– Tu aurais dû regarder un tuto sur Youtube. (Un coup bas. Oliver s'enfonce dans le canapé. Demi-tour.) Ou peut-être que tu aurais dû poser des questions à la personne avec qui tu couchais.

Oliver ne répond pas.

– Je ne pouvais pas, finit-il par dire.

– Pourquoi ?

– Je ne sais pas. Je me sentais déjà tellement nul. Comme un moins-que-rien.

Je plante mes ongles dans mes paumes.

– Diana ? Vous avez l'air de vouloir dire quelque chose ?

– J'ai envie de hurler.

– D'accord.

– Mais je ne peux pas. Parce que si je crie, Oliver va se sentir encore plus mal et après on se sentira mal tous les deux. C'est comme ça que ça fonctionne. C'est pour ça que je n'ai jamais rien pu dire, parce que j'aurais été prise dans ce cercle vicieux de toujours le faire se sentir plus mal.

– Oliver ? Qu'entendez-vous quand Diana dit ça ?

Il ne la regarde pas. Il me regarde moi.

– Tu sais à quoi je repense constamment ? À la première fois que nous avons couché ensemble. Dans ma chambre chez mes parents. Je t'ai demandé si tu avais joui. Et tu m'as répondu que oui. Une partie de moi ne t'a pas crue. Mais ça me semblait idiot de remettre ta parole en doute. Et pour mon ego, j'avais besoin d'y croire. Mais ça a instauré un précédent.

Je repense à cette nuit-là. Je me suis toujours sentie en sécurité avec Oliver, dès que je l'ai rencontré. Il était stable quand tout autour de moi partait dans tous les sens. J'étais en plein chagrin d'amour, fauchée, et seule dans une ville que je ne connaissais pas. Et le sexe entre nous était tendre et agréable mais jamais génial et je n'avais pas d'orgasmes. J'ai menti et rementi. Et puis, toutes ces choses qui me faisaient me sentir en sécurité, j'ai commencé à les lui reprocher. Mes besoins avaient changé et les siens aussi ; nous le savions tous les deux mais nous étions tout de même incapables d'avoir une putain de conversation à ce sujet.

– Tout ce que je voulais, c'est que tu me désires, dit-il. Que tu me désires vraiment. Je voulais que tu m'arraches mes vêtements.

– J'aurais dû être honnête avec toi.

– Ça aurait ressemblé à quoi ? Si vous aviez été honnête avec Oliver ?

Je le lui dois. Je lui dois la vérité.

– Nous avons fait l'amour de la même façon pendant si longtemps. Et pour une raison incompréhensible, ça me semblait inapproprié d'en suggérer une autre. Comme si c'était sale. Comme si j'avais peur de te choquer. Ou de te décevoir.

– Tu voulais faire quoi ?

– Ce n'est pas que je voulais essayer telle ou telle position ; c'était une sensation, une façon d'envisager le sexe. Le sexe avec toi, c'est du sexe à l'ancienne. Comme si tu étais trop vieux. Ou trop jeune. L'un ou l'autre.

– Je ne suis pas coincé, Diana. Pas autant que tu le penses.

– Mais quand... quand je t'ai fait écouter le fantasme...

– Quel fantasme ?

Je m'aventure sur un terrain glissant et je le sais.

– L'enregistrement que je t'ai fait écouter un soir au lit, quand Miriam nous avait dit de partager un secret. Je t'ai fait écouter une femme qui parlait de sexe...

– Mais ce n'était pas toi. Ce n'était pas ton fantasme...

– Ça aurait pu ! Mais la tête que tu as faite...

– J'avais l'impression que tu me tendais un piège. Je ne savais pas ce que tu voulais que je te dise.

– Peut-être pas que c'était « glauque ».

– Je n'ai jamais dit que c'était glauque.

– Ce n'était pas nécessaire, Oliver. Je l'ai bien senti.

– Mais ce n'était pas toi !

Je me tourne vers Miriam. *Bingo*. Oliver n'avait aucun problème à juger les autres femmes. À juger leurs désirs. Leurs fantasmes. Ça allait parce que ce n'était pas moi. Mais ça me donnait encore plus envie de me réfugier dans ma coquille. Et moi, j'avais le droit à quel genre de fantasmes ? Et pourquoi avais-je l'impression d'avoir besoin d'une autorisation ? C'était comme si une version de mon désir avait été actée depuis si longtemps que toute déviation devenait une forme de trahison, un obstacle sur lequel nous allions trébucher si nous ne faisions pas tout pour l'éviter.

La séance terminée, je fonce à l'école retrouver L'Wren. Nous assistons à une réunion interminable dans un auditorium rempli de parents exaltés qui tentent de décider quel sera le thème du gala de charité de la rentrée après l'annulation désastreuse du club de golf dans lequel nous étions censés organiser un tournoi.

C'est la neuvième mission bénévole à laquelle je participe depuis le début de l'année scolaire. Au moins désormais, quand les autres mamans bavent sur Oliver et moi, elles sont obligées d'évoquer tout ce que je fais pour la communauté. *Tu veux dire Diana, celle qui organise la foire aux fleurs ? Quel dommage que son mariage n'ait pas tenu !*

Après un nombre incalculable de brainstormings, d'hésitations et de très mauvaises idées (des enchères silencieuses, un spectacle de magie donné par l'ancien directeur qui doit avoir quatre-vingt-quinze ans, ou une parodie du type les *Housewives de Rockgate*), l'un des papas suggère d'écrire une lettre à Cher pour voir si elle accepterait de donner un concert à l'école. Pour L'Wren, c'est la goutte d'eau qui fait déborder le vase. Elle décide de prendre les choses en main.

– Organisons une soirée juste pour les parents. On appellera ça « le Bal de la bonne cause » et ce sera comme un bal de promo des années 1980, donc tout le monde prépare des tonnes de laque et un minimum de tissus. Ça vous va ?

Après un vote unanime en sa faveur, L'Wren me raccompagne jusqu'à ma voiture.

– Mon Dieu. Pourquoi les parents d'élèves ne peuvent-ils pas juste admettre que ce qu'ils veulent vraiment, c'est une excuse pour se bourrer la gueule un soir de semaine ? Au revoir, Penny. Désolée que ton thème Pat'Patrouille n'ait pas été retenu. On se serait éclaté. (Elle glisse son bras au creux du mien et me demande des nouvelles de Jasper.) Alors, vous allez vous voir avant l'Islande ?

– Il vient ce week-end et il a décidé de me préparer le à dîner. Juste nous deux.

– À l'hôtel ?

– Non. Il a loué un Airbnb, cette fois. Juste pour le week-end.

– Ça me semble être un pas dans la bonne direction. Bientôt, ça sera un meublé, puis un vrai bail, puis…

– Ça va. J'ai compris.

– Dommage qu'il ne soit pas là pour le bal de promo ! On aurait pu y aller avec Arthur et Jasper et là, Radio ragots aurait explosé…

Elle s'arrête devant ma voiture.

– Je tiens juste à le redire, je suis vraiment ravie qu'on traverse tout ça ensemble. Je serais perdue si ce n'était que moi et toutes ces autres mères divorcées complètement dépressives. Ce n'est pas juste de dire ça, je sais. Mais tu vois de quoi je parle. *Penny*, ajoute-t-elle en murmurant.

– Est-ce que tu as dit à Kevin que tu voyais quelqu'un ?

– Hum. Peut-être que son assistante le fera ?

– L'Wren !

– Quoi ? Je la paierais si besoin. Je veux dire, elle le connaît mieux que n'importe qui d'autre. Tu sais, il m'arrivait d'espérer qu'ils aient une aventure. Sincèrement. Parfois, tout au fond de mon cerveau, je me disais *Ça ne serait pas génial qu'il baise quelqu'un d'autre, comme ça je pourrais rompre de façon claire et nette ?* (Elle soupire, en regardant le parking de l'école se vider.) Mais non. Donc maintenant, nous passons notre temps à diviser nos biens en évitant de parler de quoi que ce soit de personnel. Il y a une maison à vendre juste au bout de notre rue et Kevin a fait une offre. On se dit que ça serait bien qu'il vive à côté. On est les champions du divorce.

– Waouh. Vous avancez hyper vite.

– Ça fait partie des réunions de médiation. Vous en avez aussi, n'est-ce pas ?

Comme je ne réponds pas, elle plisse les yeux.

– Vous avez au moins rempli les papiers ? Diana ! Mais qu'est-ce que tu attends ?

J'essaie de changer de sujet.

– Je trouve que c'est super pour Halston, que vous restiez voisins.

– À vrai dire, je préférerais habiter chez Arthur. Son appartement est super cosy. Et facile à nettoyer, il n'y a que nous.

– Et combien de chats ?

– Sept.

– Oh mon Dieu, je plaisantais.

– Détends-toi. Seulement trois sont permanents. Les autres, c'est temporaire.

– L'Wren. Je ne sais pas si je dois t'éloigner de lui ou remercier le ciel que tu aies trouvé une version masculine de toi-même.

– Deux d'entre eux sont incontinents. Tu sais à quel point le cœur d'un homme doit être immense pour qu'il active manuellement la vessie d'un chat au beau milieu de la nuit ?

– Assez immense.

J'ouvre ma portière mais L'Wren ne bouge pas. Elle se mordille un ongle puis ajuste son sac à main, nerveuse.

– Depuis que nous sommes rentrées de Paris, je n'arrête pas de me dire qu'on a vraiment de la chance, toi et moi. Notre vie continue, tu comprends ? J'avais l'impression que… c'était fini. Que c'était ça mon quotidien, pour toujours. Heureuse mais pas heureuse. Et le truc, c'est que je veux la même chose pour Kevin. Je veux qu'il tisse un lien incroyable avec quelqu'un et qu'il sache que quand c'est pour de vrai, c'est totalement différent.

# Chapitre 18

La langue de Jasper va et vient en moi. Allongée sur le dos, je fixe une tache sur mon plafond, juste en dessous de la baignoire d'Emmy. Il faudra que j'appelle le plombier.

C'est le deuxième plafond que je fixe depuis que Jasper est arrivé. Nous avons d'abord pris une douche ensemble, ce qui a vite dégénéré en séance de pelotage contre l'évier : le plafond de la salle de bains est en bon état, juste un petit morceau de peinture qui commence à s'écailler dans un coin. Nous voilà désormais nus sur la table de la salle à manger, Jasper entre mes jambes. J'essaie de me concentrer sur mon plaisir, sur le délice de sa bouche contre mon sexe, mais à chaque fois qu'il suggère d'aller dans une autre pièce de la maison, je perds le fil et la sensation agréable qui va avec.

– Est-ce que tu es à l'aise ? s'inquiète-t-il en levant les yeux vers moi. Allons sur le canapé. C'est la dernière fois qu'on bouge. Promis.

Il me prend la main et me traîne jusqu'au salon. Nous nous laissons tomber sur le canapé. Il m'embrasse le ventre, s'arrête sur la peau de mes cuisses. Je me contracte autour de sa tête, pour le maintenir en place.

– C'est ça. Juste là.

Je ne regarderai pas le plafond. Je n'ajouterai pas « ampoules à chandelier » à ma liste de courses.

– Continue…

Jasper sait que je suis proche et glisse ses doigts en moi. Je laisse échapper un cri étouffé.

– La cuisine, me dit-il. Finissons dans la cuisine.

– Jasper…

– Quoi ? Nous n'avons jamais baisé dans ta cuisine. Mon Dieu, tu es parfaite. Je n'ai jamais eu autant envie de faire jouir quelqu'un de toute ma vie.

– Je suis prête…

– Attends. Pas encore.

Il me guide jusqu'à la cuisine, débarrasse l'îlot et m'attrape par les hanches.

– Allonge-toi.

– Jasper. Je crois que j'aimerais juste arrêter.

– Mais tu n'as pas joui.

– Tu vas vouloir baiser dans la chambre d'amis après, non ? Je n'aurai qu'à jouir à ce moment-là.

– Ça me plaît, dit-il en m'embrassant le cou, puis l'épaule. De découvrir ta maison.

– Tu marques ton territoire avant de partir pour l'Islande.

– Non. Ça me plaît vraiment. C'est excitant. D'être là. C'est vrai. Allez, on n'a pas fini.

Il me prend dans ses bras et me porte jusqu'à la chambre. Il y a quelque chose de frénétique dans ses mouvements, de désespéré. Ça me rappelle les fois où je dis à Emmy qu'il ne lui reste que cinq minutes pour jouer au parc et qu'elle se met à courir furieusement sur chaque structure, pour essayer de caser une dernière balançoire, un dernier toboggan. J'essaie de chasser cette pensée. Jasper et moi avons le temps.

Au lit, nous sommes doux l'un avec l'autre. Jambes enlacées et corps serrés, nous ne nous quittons pas des yeux. Il dégage mes cheveux de mon front, embrasse chaque centimètre de mon visage tout en s'enfonçant en moi et nous jouissons ensemble. Je pourrais faire ça pour le restant de mes jours. Et c'est ce pour quoi tout ça est déchirant au fond. Notre temps se mesure en voyages d'affaires et en week-ends. Jamais en une vie.

Il m'embrasse le menton, collé à moi.

– Voilà, tu as fait le tour du propriétaire, dis-je en souriant.

– Bel endroit, murmure-t-il le nez enfoui dans mon cou.

– Allons prendre une douche. Une vraie, cette fois.

– Attends. Viens là. Restons allongés encore une seconde. Je veux te montrer quelque chose.

Il se lève, disparaît quelques secondes, puis revient avec un nouvel appareil photo.

– Je m'en suis servi tout l'après-midi.

– Je croyais que tu ne jurais que par ton Leica ?

– Bien sûr. Mais celui-là est vraiment différent. On ne dirait même pas un appareil. J'ai l'impression que c'est une extension de moi.

– C'est surtout qu'il est nouveau.

– J'adore la nouveauté.

– Moi, je suis nouvelle.

– Et familière. De la meilleure façon qui soit, précise-t-il en m'embrassant les doigts. Je te connais là. Et là. Je te connais comme ça…

– Aucun de nous deux n'est tout à fait celui qu'il était avant. C'est nouveau, ça, nous, ici.

– Oui. Tu es si flambant neuve que je dois te baiser dans tous les sens pour me remémorer à quel point tu es parfaite.

– Et après ?

– Comment ça ?

– Après que tu m'as baisée dans tous les sens. Que se passe-t-il ?

– Je recommence. Encore et encore. Pour le restant de mes jours.

– Et si je tombe malade ? Ou en dépression ? Ou que je perds mes dents ?

Jasper se redresse sur un coude, l'air sérieux.

– Qu'est-ce qui se passe ?

– Rien. Ça pourrait arriver.

– Dis-moi…

– Jasper. Ce n'est pas comme si je n'avais pas déjà dû te courir après.

– C'était il y a un million d'années. Ne revenons pas sur une vieille dispute.

– Ce n'est pas une dispute.

– C'est l'impression que ça me donne.

– Je vais me doucher.

Je me lève mais il m'attrape la main.

– Je veux connaître chaque partie de toi. Je veux savoir ce que tu penses, ce que tu crées et ce que tu rêves de créer. Je veux tout savoir sur ta vie, ta maison, ta fille, son école, ses amis, son art, ce qu'elle crée et ce qu'elle rêve de créer.

Je me radoucis. Il m'attire lentement à lui.

– Diana. Il y a encore tant de choses à découvrir… (Je cède et me rallonge à côté de lui.) Par exemple, pourquoi perdrais-tu tes dents exactement ?

Je ris et il s'allonge sur moi pour me clouer au matelas. Il est prêt pour le deuxième round. Mais je ne peux pas passer à autre chose.

– Tu pars ce soir ?

– Mon vol est à 20 heures. Il n'est pas trop tard. Je peux encore te glisser dans ma valise.

– Il est trop tard.

– La prochaine fois alors ?

– Avec plaisir.

Mais cette sensation, nous la sentons tous les deux. L'enclume qui vient de nous tomber sur la tête. Jasper tente de nous faire remonter à la surface.

– Et cet été ? On pourrait se retrouver à Paris ? Plus longtemps cette fois.

– Ça serait super.

L'été, c'est dans huit mois. Est-ce que nous essayons de nous avouer sans le dire qu'on ne se verra avant ? Nous fixons le plafond, nos bras se touchent mais aucun de nous ne dit quoi que ce soit.

Je tourne la tête, pour lui faire face.

– Ferme les yeux.

– Pourquoi ? demande-t-il pour comprendre à quel jeu j'essaie de jouer.

– Jasper.

Je pose ma main sur ses yeux.

– Ils sont fermés, je promets.

Il pose sa main calleuse et chaude sur la mienne.

– Qu'est-ce que tu vois ?

– La dernière photo que j'ai prise.

– Décris-la-moi.

– Toi, dans une robe bleue, dans ton jardin. Tu es pieds nus. Tes jambes le sont aussi. Tu ne regardes pas l'objectif, peut-être quelque chose dans l'herbe. Ta main est toute proche de ton visage, sur le point de replacer tes cheveux derrière ton oreille.

Après une longue pause, je retire ma main de ses yeux. Il s'empresse de l'attraper pour la poser sur sa poitrine.

– Est-ce que c'est mon cadeau d'adieu ? me demande-t-il.

Je souris.

– C'est toi qui as pris la photo. Elle est à toi.

– Et toi, tu es à moi ?

– Cette photo sera toujours à toi. À mon tour.

J'attrape sa main et la pose sur mes yeux. Il ne dit rien pendant un instant, comme s'il ne voulait plus jouer. Puis il demande avec une voix éraillée :

– Qu'est-ce que tu vois ?

Je ferme les yeux un peu plus fort.

– Ce n'est pas une image. Plutôt un film.

– Ah oui ?

– Oui. Mon sujet est trop agité pour rester en place pour une photo. Il bouge trop, dans tous les sens.

– Je vois, rit-il. Il a l'air… je suppose qu'il est sublime.

Je ris à mon tour.

– Comment as-tu deviné ?

– C'est évident quand on entend ta voix.

– Il est sublime. Et j'aime sa façon de bouger, sa façon de marcher, sa façon d'apparaître et de disparaître d'un endroit. Il n'en est que… meilleur.

La main de Jasper sur les yeux, tout me semble si calme ici, dans cette chambre.

– Est-ce qu'il est seul ? Dans ton film ?

– Non, dis-je en secouant la tête. Pas tout le temps. Il y a une femme. Elle va et vient, mais il ne se sent jamais seul. (J'enlève sa main de mes yeux et embrasse ses doigts.) Il est heureux.

– La robe bleue, elle existe pour de vrai. Et la photo aussi.

– Et le film également. Tout comme mon fantasme de nous.

Jasper me serre contre lui. Je pense à Paris et à nos retrouvailles là-bas. Ou peut-être pas. Mes yeux se remplissent de larmes et je les laisse couler contre son torse.

– Je ne comprends rien. Vous avez rompu ou pas ? me demande L'Wren pendant que nous ramassons nos balles sur le court.

– C'est notre truc. On fonctionne comme ça.

– Votre truc ? Vous dire adieu ? Je n'aime pas ça.

– Ça ne pouvait pas durer pour toujours.

– Diana. Je sais. Ce n'est pas parce que je suis amoureuse que je vis dans une comédie romantique. Mais toutes les fois où je vous ai vus ensemble, j'ai senti cette espèce d'électricité entre vous.

– Et je suis reconnaissante d'avoir pu la ressentir à vingt ans et de nouveau à quarante.

Je dis ça pour me convaincre, mais c'est vrai. Je suis reconnaissante.

– Donc, est-ce que tu serais avec Jasper si tu pouvais ? Si le timing était le bon ?

– Oui.

– Mais tu veux également être avec Oliver ?

– Non ! Non. Ce n'est pas ça.

– Tant mieux, dit-elle et je vois son corps se détendre. Parce que sinon je te tue. Je veux célébrer nos divorces en même temps. On devrait peut-être organiser une fête ? Ce n'est pas ce que font les gens aujourd'hui ?

– Pourquoi faudrait-il célébrer quoi que ce soit ?

– Parce que personne d'autre que nous n'écrira notre histoire.

– Tu n'as pas dit à Kevin que tu emménageais avec Arthur, n'est-ce pas ?

– Non. Je me suis laissé embarquer dans l'organisation du bal. Il nous faut vraiment beaucoup de dons et je ne sais pas comment il va le prendre. Cette sorcière de Penny lève toujours une tonne de fonds. L'année dernière, lors de la vente de papier cadeau, elle m'a atomisée. Donc j'ai bien l'intention de récolter cent mille dollars minimum pour lui faire ravaler son sourire arrogant.

– Tant que tu le fais pour les bonnes raisons.

– Tu me comprends.

– Et donc, tu comptes l'annoncer à Kevin après le bal ?

– Oui. Juste après. Après avoir encaissé son chèque.

– Et tu vas au bal avec Arthur ?

– Non. Ouais. Je veux dire, non. Je veux dire, il… (Elle jette la dernière balle dans la trémie.) Il a déjà un truc… il n'est pas dispo.

Elle ment vraiment comme un pied.

– L'Wren, ce n'est pas parce que je suis célibataire et que j'y vais seule que tu n'as pas le droit d'y aller avec ton nouveau mec sexy.

– Quoi ? Non. Il a genre une convention sur la stérilisation animale. Il ne sera pas à Dallas et je serai totalement seule… Je te jure.

Je plisse les yeux mais elle ne flanche pas.

– L'Wren, est-ce que tu es en train de me demander d'être ta cavalière pour le bal ?

– Je vais nous louer une limousine !

– D'accord. Mais je te préviens, je ne coucherai pas avec toi.

– On verra, dit-elle en me donnant un petit coup de raquette sur les fesses. Je peux être très convaincante après trois Malibu-ananas.

– Devrions-nous reprendre là où nous nous sommes arrêtés la semaine dernière ? demande Miriam.

Comme Oliver ne dit rien, je mens.

– Je ne me souviens plus où nous en étions. Mais on peut peut-être partir sur un nouveau thème ? J'ai remarqué que récupérer Emmy chez Oliver le dimanche soir rendait parfois la transition un peu difficile et je me demande s'il n'y a pas une meilleure solution…

– Tu disais que tu redoutais de devoir coucher avec moi, nous rappelle Oliver. Voilà où nous en étions.

– Soit.

– Est-ce que vous voulez approfondir, Diana ?

– Eh bien. Oliver a déjà admis que nous étions au plus mal. En tant que personnes et en tant que couple. Et les personnes qui vont mal n'ont pas envie de coucher ensemble. Je ne trouvais pas Oliver attirant parce qu'il n'allait pas bien.

– Moi je te trouvais toujours attirante.

– Tu voulais toujours coucher avec moi. Ce n'est pas tout à fait la même chose. Toi, tu es capable d'avoir une relation sexuelle, peu importe le contexte. À un enterrement. Après que j'ai vomi. Avec notre fille dans le lit.

– Ce n'est pas juste. Emmy n'était qu'un bébé.

– Peu importe. Je comprends que toi, tu peux coucher n'importe quand. Mais moi j'ai besoin de plus.

– Tu ne me trouvais plus attirant.

– Tu ne te trouvais plus attirant.

Oliver se tait. Il sait qu'il y a du vrai dans ce que je viens de dire.

– J'ai commencé à avoir l'impression que c'était un remède, une prescription médicale. Quand tu étais de trop mauvaise humeur ou que tu broyais du noir, je savais que le sexe te rendrait plus supportable. Mais dès que nous couchions ensemble, tu ignorais complètement mon plaisir. C'est comme si pour toi ça allait du moment que tu jouissais.

Miriam note quelque chose avant de demander :

– Oliver ? Qu'est-ce que vous ressentez en entendant ça ?

– Je suis mal à l'aise, je suppose. Mais je ne veux pas l'être. C'est une des raisons pour lesquelles nous sommes ici. Pour parler de notre vie sexuelle. J'ai poussé Diana à aborder le sujet. Sauf que maintenant, tout ça me donne envie de me lever et de claquer la porte.

– Pourquoi croyez-vous qu'en parler vous met mal à l'aise ?

– Est-ce qu'en général les hommes qui viennent dans votre cabinet aiment entendre leurs femmes dire qu'elles redoutaient de devoir coucher avec eux ?

– Vous prenez une posture de victime.

– Non. C'est juste difficile à entendre.

– La bonne nouvelle, c'est que nous n'avons pas besoin d'en parler. Genre, plus jamais. Franchement, pourquoi continuer à se torturer ? dis-je.

Mais Oliver continue.

– Je ne sais pas. Je ne pensais pas que le sexe était une chose dont j'étais censé parler.

– Pourquoi ça ? demande Miriam.

– J'ai été élevé comme ça. Le sexe fait partie de la vie mais il ne faut pas en parler. Ça sert à faire des enfants. La masturbation est un péché. Toutes ces conneries qu'on vous raconte…

– Comment vous sentiez-vous quand vous vous masturbiez adolescent ?

– Je ne le faisais pas.

– Aujourd'hui non plus ?

– Si. Bien sûr. Je ne veux pas être comme mes parents. Je ne veux pas être comme ça. Je sais à quel point c'est vieux jeu. Vous épousez la fille bien sous tous rapports et vous fantasmez sur une autre…

– Qui est cette autre ?

– Pas votre femme.

– Est-ce que vous aviez l'impression de pouvoir expérimenter au lit avec Diana ou est-ce que ce n'était pas permis ?

– Non. Nous n'expérimentions pas vraiment.

– Diana ? me demande Miriam.

– Non. La majeure partie du temps, nous couchions ensemble de la même façon, je réponds honnêtement.

– Et ça vous plaisait de coucher avec Diana ?

– Le sexe, c'était le sexe. Ça allait. Je pensais que ça me plaisait. Enfin à l'époque, admet Oliver.

– Et donc plus maintenant ? Pourquoi ?

– Parce que depuis que nous sommes séparés, j'ai eu de meilleures expériences sexuelles. Des expériences qui me plaisent plus.

– Waouh !

– Ne le prends pas mal.

– Et comment suis-je censée le prendre ?

– Eh bien, tu as dit que tu n'aimais pas particulièrement coucher avec moi et la vérité c'est que moi non plus. C'était correct. Mais ça peut être bien mieux. Je le sais, désormais.

– Je suis ravie que tu aies une vie sexuelle aussi géniale, Oliver. C'est aussi mon cas.

– Tant mieux. Parce que je veux que tu t'amuses. Le sexe, c'est bien mieux quand la femme s'amuse.

– Oh vraiment ? Tu l'apprends tout juste ?

– Diana, tu te contentais de rester allongée là sans bouger. C'était comme coucher avec un oreiller.

– Va te faire foutre ! Vraiment. Va te faire foutre, Oliver ! Je restais allongée là sans bouger parce que je voulais que ça se finisse.

– Je le sais, putain. Tu m'as dit cent fois à quel point tu détestais coucher avec moi. Il s'avère que je peux faire jouir une femme. Et c'est une putain de sensation formidable.

– Je suis ravie que Katherine ait des orgasmes incroyables. Je t'en prie, dis-m'en plus.

– Je peux la faire jouir avec mes doigts, avec ma putain de bite. Je peux même la faire jouir quand je la prends par le cul.

Silence. Je ressens la honte d'Oliver ; il sait qu'il a dépassé les bornes. Ce n'est pas nous, ça. Nous ne nous disputons jamais. Nous ne sommes passionnés à propos de rien. Les veines du cou d'Oliver pulsent. Il a la mâchoire et les poings serrés. J'ai enfin l'impression que nous sommes vivants.

– Ne nous égarons pas trop. Ce que j'entends, Oliver, c'est que vous auriez aimé que Diana apprécie plus le sexe avec vous parce que quand une femme fait passer son plaisir en premier, vous en éprouvez plus vous aussi.

– Je veux juste en parler. Ce n'est pas tabou. Il n'y a pas de honte. Ce sont nos corps, putain. Nous étions mariés. Je devrais connaître tous les recoins de son corps. Tous les putains de recoins et ce n'est pas le cas. Et j'en ai envie.

*J'en ai envie*, il a parlé au présent. C'était un lapsus ? Ne voulait-il pas dire *j'en avais envie* ? Quand nous étions ensemble ?

Comme si elle l'avait remarqué elle aussi, Miriam lui demande :

– Que diriez-vous à Diana si vous pouviez remonter le temps ?

– Je lui dirais que moi aussi je pensais au sexe. À des choses que nous aurions pu faire ensemble. Des choses que je ne lui ai jamais dites.

– Ah bon ?

– Tout le temps. Mais je les ai gardées pour moi. J'avais même peur d'y penser en me masturbant. Comme si ça faisait de moi un pervers.

– Quoi par exemple ?

Oliver rougit d'embarras.

– Oliver, le rassure Miriam. Avoir des fantasmes est une chose très saine.

Il ne dit rien, toujours hésitant.

– Je peux te garantir que j'ai déjà tout entendu… ou lu.

Oliver se tortille sur le canapé.

– Je voulais te menotter au lavabo de la salle de bains. Et t'y enfermer. Je voulais que tu portes des collants avec un trou au niveau de l'entrejambe. Je voulais que tu sois mon jouet. Je voulais contrôler quand tu jouirais. Je voulais te punir.

En un instant, l'atmosphère de la pièce change du tout au tout.

– Est-ce que c'est quelque chose que vous auriez bien voulu essayer, Diana ?

Je sens mon corps chauffer, le sang me monter à la tête.

– Hummm, dis-je en me raclant la gorge pour essayer de prendre le même ton assuré qu'Oliver. Oui. J'aurais accepté. Ça m'aurait plu.

# Chapitre 19

Octobre touche à sa fin mais il fait toujours aussi chaud et humide à Rockgate. Assise derrière mon bureau, l'air conditionné à fond, je travaille tant bien que mal quand Allen passe la tête dans l'embrasure de la porte.

– Toc-toc.

Juste une fois, j'aimerais qu'il toque vraiment au lieu de se contenter de le dire.

– Occupée ? me demande-t-il même si on sait tous qu'il s'en moque.

– Une pause est toujours bienvenue. Entrez.

Mon bureau est si petit que m'y retrouver avec quelqu'un a toujours quelque chose d'intime. Je peux sentir l'haleine d'Allen parfumée au sirop d'érable qu'il a mangé avec ses gaufres ce matin. Il attrape la photo encadrée d'Emmy à deux ans, sourit comme s'il ne l'avait pas vue un million de fois, puis la repose.

– Je crois que tu as vu la dernière ruine qu'Oliver s'est mis en tête de refourguer à quelqu'un.

– Oui. Ça a l'air très prometteur.

– Vraiment ? s'étonne-t-il en se laissant retomber sur le dossier de sa chaise. Je suppose que sa première vente l'a encouragé.

– Il est doué. Et ça le rend vraiment heureux.

– Pour le moment. Voyons à quel métier il va s'essayer la semaine prochaine.

– Diana, nous interrompt Talia depuis le seuil de la porte. J'ai l'école d'Emmy en ligne. Le monsieur dit que c'est important.

Quand j'arrive comme une furie à l'école après avoir violé toutes les limitations de vitesse, Oliver est déjà en train d'attendre devant le bureau du proviseur. Le voir me calme aussitôt. Il est là, debout, comme un roc, et je comprends que je ne suis pas seule dans cette histoire.

– Elle va bien, Diana. C'est par rapport à son… comportement.

Son comportement ? Emmy ? Depuis sa première année de maternelle, toutes les réunions parents-professeurs ont toujours commencé par des éloges de ma fille, qui écoute, suit les consignes et que toutes les maîtresses considèrent comme un don du ciel.

Le principal Vance ouvre la porte de son bureau. C'est fou à quel point il ressemble au Père Noël.

– C'est juste une réunion pour faire le point, dit-il. Aucune urgence.

– Vous avez demandé à nous voir tout de suite.

– Emmy n'a pas d'ennuis. Et vous non plus. Je ne sais jamais qui sont les plus nerveux en entrant dans mon bureau, les enfants ou leurs parents. J'ai vraiment tout vu, rit-il, mais tout ce que j'entends c'est un « ho-ho-ho » de Papa Noël.

Je regarde Oliver qui fronce les sourcils.

– Nous n'avons jamais eu de réunion de ce genre. Ça doit donc être un petit peu important.

M. Vance pose ses mains jointes sur son bureau. Il semble savourer le fait d'être le seul dans cette pièce à avoir le droit d'être calme, le seul à savoir pourquoi nous sommes ici.

– C'est un cliché, je sais. Mais je fais ce métier depuis des décennies et je suis obligé de vous poser la question. Se passe-t-il quelque chose à la maison dont je devrais avoir conscience ?

– Pourquoi ? je demande. Est-ce qu'il y a eu un incident ? En classe ?

Il ouvre un dossier rouge devant lui et en sort une feuille A4 avec un dessin au pastel, noir uniquement. On y voit une petite fille et une voiture. La fille a des couettes, elle est sur le point de s'écraser sur le sol parce que la voiture l'a renversée.

– Oh, je me contente de dire.

Oliver prend le dessin pour l'étudier.

– C'est censé être ma voiture ?

Je plisse les yeux.

– On dirait plus celle de L'Wren.

– C'était le premier signal d'alarme.

– Il y en a d'autres ? Du même ordre ? je demande.

– Emmy semble plus repliée sur elle, cette année. Elle ne joue plus avec son groupe d'amis habituel et ne termine presque jamais son déjeuner.

– Elle n'a jamais très bien mangé, dis-je. Elle ne finit jamais vraiment…

– Donc je voulais juste faire le point. Nous sommes là pour Emmy et nous voulons tout faire pour nous assurer qu'elle s'épanouisse. Comme vous le savez, je prends ma retraite l'année prochaine mais je refuse de laisser un seul élève sur le carreau. Y a-t-il quelque chose que je devrais savoir qui pourrait m'aider à aider Emmy ?

– Nous ne vivons plus ensemble, crache Oliver les yeux toujours rivés sur le dessin. Emmy vit moitié chez l'un, moitié chez l'autre.

– D'accord. C'est une nouvelle information.

J'aperçois une brève et minuscule lueur révulsée de *Je me disais bien* dans ses yeux bleus.

– Oui, dis-je.

*Oui, Sherlock, bravo, t'as résolu le mystère en deux secondes chrono.*

– Est-ce qu'Emmy a pu en discuter avec quelqu'un ?

– Un psy, vous voulez dire ?

– Nous, oui. Mais… pas Emmy, répond Oliver.

– D'accord, d'accord. Eh bien, nous avons des ressources…

Il ouvre un autre dossier, vert cette fois, et nous tend un prospectus. Sur la première page, il y a un dessin d'une tarte aux pommes sous lequel on peut lire : *Rejoignez les pâtes brisées ! Tous les mercredis ! Pour les enfants dont les parents divorcent ou ont divorcé !!* Je fixe les deux points d'exclamation. De toutes les activités extrascolaires que j'ai pu envisager pour Emmy, celle-ci ne faisait vraiment pas partie de la liste.

– C'est un club formidable, créé par une ancienne mère d'élève. Raleigh, vous la connaissez ?

Pas besoin de regarder Oliver. Je peux l'entendre se tortiller d'inconfort sur sa chaise.

Je prends le prospectus et le plie en deux.

– De ce que nous avons pu observer, dis-je, Emmy a l'air d'aller plutôt bien. Nous faisons attention, et sommes prêts à agir si la situation évolue.

J'ai l'impression d'être une ratée rien qu'en prononçant ces mots. Comment ai-je pu ne pas remarquer ces changements ? Ou alors est-ce que j'ai refusé de les voir ?

– Elle donne vraiment le change. Et je suis certain qu'elle va bien. Mais peut-être qu'elle garde tout à l'intérieur pour ne pas vous faire de mal. Pour vous protéger.

Oh mon Dieu, j'ai l'impression soudaine que tout se télescope. M. Vance parle comme Miriam et Emmy se comporte comme moi en commettant l'erreur de vouloir protéger les sentiments d'Oliver. Cette fois, c'est moi qui me tortille de honte sur mon siège.

Oliver me raccompagne à ma voiture et j'essaie de ne pas pleurer avant d'être montée dedans mais j'échoue lamentablement : des larmes coulent avant même que j'aie appuyé sur le bip pour déverrouiller les portes. Oliver me serre dans ses bras.

– On l'a totalement foutue en l'air, dis-je le nez contre son épaule. Elle mange à peine.

– Diana, soupire-t-il avant de se redresser et de me tendre son mouchoir bleu ciel brodé à ses initiales (un de ses côtés old school qui me manquent). Elle a englouti trois bols de Cheerios chez moi ce matin. Ce type, c'est un père Noël de pacotille qui connaît à peine notre fille.

– T'y as pensé toi aussi ?

– Évidemment. Il en rajoute, franchement. Un gilet rouge par cette chaleur ? Sérieux ?

Je ris et me mouche en même temps. Mais mon répit est de courte durée. M.Vance vient de taper dans le mille de ma plus grande peur : nos failles à nous en ont créé d'autres chez Emmy.

– Emmy adore ses amis. Pourquoi ne joue-t-elle plus avec eux ?

– Qui sait ? Peut-être qu'elle en a eu marre, certains sont franchement relous. Prends l'autre, là… Addie. Elle donne des noms étranges à toutes ses peluches.

– Tu veux dire Minou Chouchou à la crème d'amour ?

– Arf. Ne m'en parle même pas.

– Mais tout ça doit bien l'affecter. Ça nous affecte, nous. Énormément. C'est comme un tsunami qui s'abattrait sur nous. Imagine ce que ça doit faire à une gamine de sept ans.

– Je ne savais pas que ça te faisait encore l'effet d'un tsunami.

– Bien sûr que si. C'est terrible.

– C'est vrai. C'est terrible.

– Et si elle n'avait jamais de relations saines à cause de nous ?

– Est-ce que je peux te confier un truc très triste ?

– Quoi ?

– Ne flippe pas, je te le raconte parce que c'était triste mais aussi très mignon.

– Dis-moi.

– En mangeant ses Cheerios ce matin – son deuxième bol, soit dit en passant – elle avalait ses céréales par deux. Chaque cuillerée contenait du lait et deux Cheerios. À chaque fois.

– Pourquoi ?

– Elle m'a dit que c'était parce qu'elle ne voulait pas qu'il y en ait un qui se retrouve tout seul dans son estomac.

– Ohmondieu.

– Ça a pris un temps fou, mais elle s'est enfilé trois bols comme ça.

– Mon Dieu. Et on n'a même pas eu l'idée de l'emmener chez le psy, elle. On la laisse gérer sa douleur avec un bol de céréales.

– Je vais trouver quelqu'un, aujourd'hui même.

– On ne peut pas la foutre en l'air. C'est la meilleure chose qu'on ait faite.

– On ne l'a pas foutue en l'air. Elle est parfaite. Et intéressante. Elle va s'en sortir et elle n'en sera que plus forte.

– Et si ce n'était pas le cas ? Si ça lui laissait une blessure que nous ne pourrons jamais guérir ?

– Je n'en sais rien. Mais je suis avec toi. Tu n'as pas à te sentir seule dans cette histoire.

Il me regarde, un long regard appuyé, et c'est trop pour moi : trop près, trop intense, trop tentant pour que je le laisse me réconforter comme il le faisait avant. Je détourne les yeux.

– Il faut que j'y aille. Je dois retourner au bureau.

– N'y va pas. Pas aujourd'hui.

– Il le faut, Oliver.

– Allons chercher Emmy. Tous les deux, maintenant. On peut passer chez Buc-ee's[3] puis au Surf Park de Waco. Au diable l'école ! Notre fille est formidable.

Sur le trajet jusqu'à Buc-ee's, nous croisons une ribambelle de pancartes annonçant notre arrivée prochaine à… Buc-ee's. Emmy lit chaque panneau à haute voix et c'est probablement sa plus longue séance de lecture depuis le début de l'année.

« LA VIANDE : MIAM. LA VIANDE SECHÉE : MÉGA-MIAM ! » « MES INCISIVES SONT SEXY ! »

3. Chaîne de stations-service agrémentées d'immenses boutiques vendant de la nourriture et des gadgets en tout genre. Les établissements Buc-ee's sont notamment connus pour la propreté de leurs toilettes et pour leur mascotte, un castor avec une casquette rouge.

« LA MEILLEURE RAISON DE S'ARRÊTER CHEZ BUC-EE'S : FAIRE SES COMMISSIONS, LA GROSSE COMME LA PETITE. »

– Ça veut dire quoi, ça ? demande Emmy.

– Je crois que ça fait référence à la propreté de leurs toilettes. Tu sais, ce que font les gens dans des toilettes propres…

– Ah, c'est dégoûtant.

– Ce qui est sûr, ce qu'on ne verra jamais une pancarte qui dit « BUC-EE'S, LE PAYS DE LA CLASSE », soupire Oliver.

À en croire le parking bondé, la moitié du Texas s'est arrêtée faire ses commissions, petites ou grosses. Mais c'est vrai, les toilettes sont propres et l'air conditionné fonctionne à merveille. Et nous sommes accueillis avec des grands sourires de la part du personnel et une délicieuse odeur de sandwichs au porc effiloché.

Emmy court déjà entre les rayons, fascinée par tout ce qu'elle voit, des salières siglées aux bouées gonflables en forme de castor.

– Aaah ! Regardez cette boîte à déjeuner Buc-ee's. Je peux l'avoir ? Pour l'école ?

Comme si ajouter « pour l'école » allait justifier d'acheter n'importe quoi.

– Faisons d'abord un tour, Emmy. Il y a beaucoup de choses à voir.

Nous repartons avec trois sandwichs au porc effiloché, de la pâte à cookies surgelée prédécoupée en petits morceaux, des sodas XXL, des bonbons acidulés à l'ancienne, deux peluches Buc-ee's et un gaufrier.

– Je veux qu'on s'arrête au retour aussi ! crie Emmy en sirotant ses trois litres de Fanta.

Quarante minutes plus tard, je panique à l'idée qu'on ait loupé la sortie. Nous sommes au milieu du désert et j'ai de moins en moins l'impression qu'il puisse exister une oasis de surf au milieu d'un endroit comme… Waco ? Mais le GPS nous indique de sortir donc nous nous exécutons. Il n'y a même pas de feu, juste un panneau stop. Apparemment les surfeurs du monde entier viennent à Waco pour ce parc. Ce truc, là ? Au beau milieu de… nulle part ? Un panneau nous dit : SUIVEZ LA FLÈCHE et c'est ce que nous faisons, le long d'un chemin de terre bordé de fermes et de châteaux d'eau.

Quand nous arrivons enfin au parc, nous comprenons tout de suite. On sent déjà l'atmosphère cool des années 1970 mélangé à l'esprit Aloha. Tout le monde est là pour la même chose : surfer la vague parfaite. Il y a une immense rive de sable artificielle et un gigantesque « lac » qui charrie vague idéale après vague idéale. Il y a aussi des food-trucks qui vendent des pizzas et des glaces, une rangée de paillotes le long de la rive et, plus loin, des cabanes triangulaires qu'on peut louer pour la nuit.

– Quoi de neuf, petit scarabée ? demande un surfeur dégingandé en short rose fluo à Emmy.

– Je crois que c'est à toi qu'il s'adresse, précise Oliver.

– Je suis Pops, continue le jeune surfeur. Alors, qui se met à l'eau aujourd'hui ?

– Oh, non. Nous sommes juste là pour regarder. Nous allons peut-être louer des bouées pour descendre la rivière de la flemme.

– Je ne ferais pas ça si j'étais vous. On voit les gens entrer dans la rivière de la flemme mais on ne les voit jamais en sortir, si vous voyez ce que je veux dire ?

– Qu'est-ce que tu veux dire ? demande Emmy.

– Je crois qu'il veut dire que les gens ne se sont pas arrêtés chez Buc-ee's avant.

– Exactement, dit-il. Ce truc est rempli de pipi. Mais une place vient de se libérer si elle veut essayer la séance pour débutants ?

– Oui !

– Oh, elle n'a jamais surfé, dis-je, inquiète qu'elle puisse se faire mal.

– Pas de problème. Je serai avec elle si besoin.

Emmy tend la main à Pops, et ils marchent tous les deux en direction de l'énorme piscine à vagues.

– On devrait l'arrêter, n'est-ce pas ?

– Est-ce que Pops travaille vraiment ici ?

Mais Emmy a l'air si heureuse. Est-ce qu'elle aurait trouvé ses âmes sœurs ? Pops donne un cours de théorie de dix minutes à ses nouveaux élèves. Tout le monde s'allonge sur le ventre et se redresse en bondissant tant bien que mal. Emmy chope le truc immédiatement puis le groupe se met à l'eau. Elle se retourne vers nous, hésitante, et je dois faire tous les efforts du monde pour lever mes deux pouces en l'air sans trop trembler.

– Est-ce qu'on va vraiment la laisser faire ça ?

– Je crois.

Et voilà Emmy qui avance, tête la première, vers une immense machine à faire des vagues. Elle rame avec ses bras puis se range dans la queue pour la première vague. Elle est si minuscule que j'ai du mal à la voir. La machine commence à cracher des vagues étonnamment grosses et mon estomac se noue. Un homme presque chauve ouvre le bal et s'élance. Il tombe au bout de trois secondes, sa planche s'envole avant d'atterrir à quelques centimètres à peine de Pops. Le deuxième type n'arrive pas à se lever et, à ce stade, je rentre dans l'eau, prête à secourir Emmy le cas échéant.

– C'est de la folie. Elle n'est pas prête pour ce genre de truc.

L'une des élèves du groupe venue célébrer un enterrement de vie de jeune fille perd son haut de maillot dès la première vague et je suis officiellement en panique. Comment veulent-ils qu'Emmy se lève…

Mais c'est à son tour et elle réussit du premier coup. Elle se lève, les deux pieds sur la planche, les genoux pliés, et surfe la vague comme si elle avait fait ça toute sa vie. Je suis bouche bée tellement j'ai du mal à y croire. Oliver crie de joie. Nous sautons dans tous les sens, en nous serrant dans les bras comme si Emmy venait de remporter une médaille d'or.

Mais au lieu de nous rejoindre pour fêter ça, Emmy rame pour retrouver la queue de la vague suivante. Nous la regardons surfer pendant une heure entière. Mon téléphone a désormais trois mille photos floues de notre minuscule Emmy avec un immense sourire.

– Est-ce qu'on devrait déménager à Hawaï ? demande Oliver. Pour qu'elle s'entraîne ?

– De toute évidence.

Pops sort de l'eau avec Emmy. Ils semblent ravis tous les deux.

– Elle a tout déchiré ! s'exclame-t-il. C'est un massacre.

Il lui tape dans la main et je la prends dans mes bras.

– C'est quoi le niveau le plus élevé ? me demande-t-elle en s'essuyant le nez.

– Comment ça ?

– Le plus dur.

– Pro. Le niveau professionnel, je crois.

– Inscris-moi direct dans ce groupe-là la prochaine fois, dit-elle en bondissant de mes bras avant de se diriger d'un pas décidé vers le marchand de glaces.

Oliver et moi sourions et nous délectons de cette délicieuse sensation : notre enfant excelle dans un sport incroyablement difficile. Ses jambes musclées. Son équilibre spectaculaire. J'aimerais être aussi courageuse qu'elle.

Emmy ne veut pas repartir. Elle promet de ranger sa chambre, de se brosser les dents matin et soir sans qu'on le lui demande et de ne plus jamais mentir de sa vie si nous acceptons de rester *une seule nuit*. Pops nous trouve une cabane, la dernière de libre, face au lac, et nous nous installons dans nos nouveaux quartiers. Nos voisins nous proposent de partager leurs hot dogs et leurs marshmallows grillés. Ils sont venus en voiture depuis la Floride et sont ravis d'avoir un peu de compagnie. Jackson, leur fils de seize ans, s'entraîne à se lever sur sa planche posée sur le sable et donne quelques conseils à Emmy. Je regarde ma fille. Son expression oscille entre jubilation et concentration.

Après le dîner, nous observons depuis la rive la toute petite île qui se trouve au milieu du lac et que les locaux ont baptisée « Lemur Island » – il y a des années, un lémurien y aurait été abandonné avant de donner naissance à un autre et, ensemble, ils se seraient multipliés à l'infini.

– Ils répondent quand vous les appelez ! crie Jackson depuis son porche. Écoutez !

Il imite de façon exagérée le cri du lémurien et aussitôt, on entend des petits bruits en provenance de l'île.

Emmy explose :

– Je veux le faire moi aussi !

Elle nous fait sa meilleure imitation du lémurien de Jackson, mais n'a droit en guise de réponse qu'à la nuit et au silence.

– Plus guttural. Comme ça ! explique le père de Jackson.

Mais ses vocalisations sont objectivement impossibles à reproduire, un mélange de trilles, d'aigus et de claquements. Les lémuriens répondent avec enthousiasme. Oliver et moi essayons à notre tour, mais les animaux nous ignorent de façon magistrale. Emmy tente de nouveau sa chance. Silence.

– Peut-être qu'ils dorment, suggère Oliver.

– Mais ils étaient réveillés pour Jackson !

– Un peu plus fort, Emmy.

Nous crions tous les trois à l'unisson, debout sur la rive, comme une famille. Un mélange de grognements et d'aboiements de plus en plus désespérés. *S'il vous plaît, réveillez-vous, les lémuriens !* Je suis sur le point de lancer une vidéo de cris de lémuriens que j'ai trouvée sur Youtube, quand l'un d'eux nous répond enfin.

*Rrrrclicliclickerkerkerkouuuuu !*

– Ils nous ont entendus !

– Refais-le !

Emmy ajuste son cri et cette fois elle a droit en retour à un chœur d'animaux.

– Voilà !

Nous avons l'impression d'avoir remporté une victoire. Là, debout en rang, la peau toujours tiède de soleil, le ventre rempli de hot dogs, nous pouvons affirmer être de nouveau une famille. Et tous nos problèmes peuvent bien rester à Rockgate un soir de plus.

Il y a deux lits doubles dans la chambre. Emmy et moi en partageons un et Oliver prend l'autre. Nous nous brossons les dents avec nos doigts et un peu de dentifrice emprunté à nos voisins, puis décidons de faire une partie rapide de cadavre exquis à l'oral. Emmy s'endort en quelques secondes, avant même que ce ne soit à son tour. Dehors, les grillons chantent à tue-tête et j'entends des rires autour d'un feu de camp, deux cabanes plus bas. À côté de moi, Emmy agite les jambes pour repousser les draps avant de retrouver une respiration calme. Oliver ne fait aucun bruit. La clim tourne à fond, s'arrête et redémarre, comme si elle avait du mal à trouver son rythme. Il fait trop chaud pour dormir.

Je me réfugie dans la salle de bains en faisant attention de ne réveiller personne et m'allonge dans la baignoire vide. Elle est vieille, avec des petites fissures au fond, mais j'aime la sensation de la porcelaine froide contre ma peau. J'enlève mon T-shirt et mon short et reste là, en sous-vêtements, en appuyant le plus possible ma peau nue contre l'émail jusqu'à sentir la température de mon corps retomber.

– On peut aller dehors, si tu veux…

La voix d'Oliver me fait sursauter. Il est debout sur le seuil de la porte.

– Trop de moustiques. Je suis très bien dans cette vieille baignoire.

– Je peux ?

– Hors de question. Je ne veux pas de la chaleur de ton corps.

– Pousse-toi, dit-il en montant dans la baignoire.

Je songe à remettre mon T-shirt, l'espace d'une seconde. Mais il fait trop chaud, je suis fatiguée et ce n'est rien qu'il n'ait déjà vu de toute façon. Il s'installe face à moi.

– C'était une bonne journée.

– On l'a guérie, je souris.

– C'est une gamine joyeuse, Di. Quoi qu'il arrive.

– Oui, elle est joyeuse. Et en passe de devenir surfeuse professionnelle.

– Grave.

Nous rions tous les deux. Soudain, on entend la foudre dehors et en une seconde l'humidité qui envahissait l'atmosphère depuis cet après-midi se transforme en pluie. Une pluie forte et tonitruante, qui résonne sur le toit. Nous tendons tous les deux instinctivement l'oreille pour voir si Emmy se réveille mais cela ne semble pas être le cas. Je ferme les yeux et j'écoute la pluie.

– Alors, dit Oliver, il est comment le type avec qui tu sors ?

– Quoi ?

Je redresse la tête, suffisamment pour voir qu'il essaie de rester cool.

– Je sais que tu vois quelqu'un.

– Pas vraiment.

– Oh, pardon. Tu veux en parler ?

– *Non.* Nous avons bien avancé chez la psy mais pas au point de pouvoir parler de ça.

Il rit.

– Et comment va la baronne ? Elle a l'air super.

– Oui. Finalement, je ne suis pas doué pour jongler avec plusieurs femmes à la fois.

– Mais tout ce sexe… !

– Je dois reconnaître que j'ai un peu exagéré après notre séparation.

– Et aujourd'hui ?

– Plus simple. Une seule personne.

– Est-ce que tu l'attaches au lavabo de la salle de bains ?

– Arrête, sourit Oliver.

– Oui ou non ? j'insiste en haussant un sourcil.

– Non. Ça, c'était mon fantasme avec toi.

Une décharge électrique pulse entre nous et nous détournons tous les deux le regard l'espace d'un instant. Il pleut moins fort désormais.

– Eh bien, j'espère qu'elle profite de la nouvelle version améliorée d'Oliver.

– Le suis-je vraiment ? Amélioré ?

– Oui.

– Tu veux l'essayer ? Ce nouveau moi ?

– Quoi ?

– Je rigole.

Sauf qu'il n'a pas l'air de rigoler du tout. Il a même soudain l'air épuisé.

– C'est triste, finit-il par dire. Que nous divorcions.

Ses mots nous submergent tous les deux. Je ne dis rien. Il prend une grande inspiration.

– Certains jours, je me dis que je n'y survivrai pas.

– Oliver, dis-je en essayant de garder une voix légère tout en tapotant son torse avec mes orteils. Je suis de nouveau célibataire. Emmy dessine des accidents de voiture. J'ai besoin que tu me dises que ça va aller.

Il prend mon pied dans sa main et le masse doucement. Comme il l'a si souvent fait, surtout quand j'étais enceinte d'Emmy. J'aime la sensation de ses mains, à la fois fortes et familières.

Quand ses yeux se posent enfin sur moi, ils sont pleins de larmes. Et quand il sourit, elles se mettent à couler le long de ses joues. Je ne l'ai pas vu pleurer depuis des années, pas depuis qu'il a appelé ses parents pour dire qu'Emmy était arrivée et qu'elle était « parfaite ».

– Oliver ?

Il me fixe avec ses yeux bleu-vert et sourit.

– Ça va aller. On va s'en sortir.

Il s'allonge et pose sa tête contre le rebord de la baignoire, sans me lâcher le pied, puis regarde le ventilateur tourner lentement au plafond.

– À ton tour, dit-il la voix serrée d'émotion.

La pluie a cessé, les cigales chantent, l'humidité revient comme si elle n'était jamais partie.

– On va s'en sortir.

# Chapitre 20

Une limousine rose bonbon s'arrête à quelques mètres de moi et la tête de L'Wren surgit à travers le toit ouvrant. Elle a les cheveux gaufrés, attachés en queue-de-cheval sur le côté.

– Tu n'as pas osé.

– Oh si. Et une arrivée en fanfare devant tout le monde comme la boss que je suis.

Bras dessus, bras dessous, nous entrons dans le gymnase décoré à la perfection. On se croirait vraiment dans les années 1980.

– C'est tellement mieux qu'on soit venu ensemble toutes les deux. Regarde-moi tous ces couples pathétiques !

– Tu es une vraie amie, L'Wren. La meilleure.

– Toi aussi.

– Alors, qu'est-ce que tu vas faire ? T'inscrire sur les applis ? Tu veux que je demande à Arthur s'il a des copains ?

– Je crois que je vais faire une petite pause.

– Oh. Mon. Dieu. Oliver est là. Ne regarde pas. Il porte un smoking blanc.

– Hein ? Il m'avait dit qu'il passait la soirée avec Emmy.

– Il a dû prendre une baby-sitter.

– Waouh.

– Putain d'Oliver. J'aimerais pouvoir te dire qu'il a l'air ridicule dans son smoking mais ça lui va plutôt bien, soupire-t-elle avant d'écarquiller les yeux parce qu'elle me voit me diriger vers lui. Non, Diana. Ignore-le. Allons boire un punch. Avec un peu de chance, ils l'ont bien chargé.

– Nous sommes parents du même enfant, L'Wren. Je ne peux pas l'ignorer. Légalement, nous ne sommes même pas encore divorcés.

– Salut, dit Oliver avant de nous faire la bise à toutes les deux.

– Salut, répond L'Wren qui ne peut pas s'empêcher d'être polie. Tu es superbe.

– Je me suis dit que j'allais venir finalement. Aurais-je un jour une autre occasion de porter un smoking pareil ?

– Tu as fait un chèque ? Diana a beaucoup bossé sur cette soirée.

– Oui. Et j'ai même réussi à convaincre mon père d'en faire un.

– Oh. Très bien. Merde. Les enchères silencieuses.

Est-ce que l'un de vous deux peut parier sur le week-end dans une cabane à Telluride ? Je sais que cette connasse de Penny le veut à tout prix.

L'Wren s'éloigne, elle veut savoir à quelle heure les enchères commencent exactement.

– Tu es superbe, dit Oliver en admirant ma robe en taffetas turquoise.

– Toi aussi.

– Une photo ? demande un photographe en s'arrêtant à côté de nous.

– Hum. Oui, bien sûr.

Oliver passe son bras autour de moi et je souris à l'objectif. Le photographe s'en va et je ne suis pas sûre de savoir quoi dire.

– Tu n'étais pas obligé de venir.

– J'en avais envie.

– Oh, à propos. Je ne peux pas voir la psy mardi. Est-ce qu'on peut déplacer le rendez-vous à jeudi ?

– Oui. Qu'est-ce que tu as ?

Mais avant que je n'aie eu le temps de répondre, il ajoute :

– On dirait mes parents. Ce ne sont pas mes oignons.

Le DJ lance une nouvelle chanson. « Right Here Waiting », de Richard Marx.

– Tu veux danser ?

– Sérieusement ?

Un silence.

– Ouais.

– OK.

Nous dansons un slow. Je sens cette chaleur entre nous. J'ai l'impression que tous les vaisseaux sanguins de mon corps sont sur le point d'exploser.

– Tu te souviens de notre première danse à notre mariage ?

– Oui.

– Tu te souviens de ce gamin qui essayait de nous voler la vedette ?

– Jeffrey, ton cousin.

– Quel petit con.

– Et un piètre danseur.

– On était dix fois meilleurs que lui. Mais il était là, à squatter la piste de danse. On a fini par avoir le dessus. Mais quand même.

– C'était une belle soirée.

Je lève les yeux vers lui et il me serre un peu plus fort dans ses bras. J'ai envie de lui dire tellement de choses. J'ai envie de lui dire qu'il y a encore de l'espoir pour nous. Qu'après avoir traversé l'enfer peut-être, juste peut-être, qu'on en ressortira plus forts. Que notre étincelle n'est pas complètement éteinte.

– Oliver…

– Oui.

Et c'est là que je la vois. Katherine. Avec une mini-robe en taffetas turquoise elle aussi. Elle marche vers nous, un grand sourire aux lèvres. Je lâche aussitôt les épaules d'Oliver et range mes bras le long de mon corps. Je recule comme si Oliver était soudain devenu brûlant.

– Diana ! J'espérais te croiser ici ! Est-ce qu'il n'est pas sublime ? Il avait peur que ça soit too much mais je lui ai dit qu'il était parfait.

– Oui. Il est magnifique.

– Je cherche désespérément quelqu'un à qui donner ça. Je sais que c'est un gala de charité.

– Je peux le donner à L'Wren. C'est la présidente.

– Super. Merci ! Tu me permets de vous interrompre ? J'aimerais bien danser au moins une fois avant de me transformer en citrouille. Il faut qu'on rentre pour 21 heures, à cause de la baby-sitter.

– Bien sûr. Évidemment. Amusez-vous bien.

L'Wren surgit aussitôt à côté de moi.

– Ça va ?

– J'ai juste besoin de prendre l'air.

– Allons-y. Tu es sublime et personne n'a rien vu, dit L'Wren en poussant la lourde porte du gymnase. Est-ce qu'elle a un enfant scolarisé dans cette école ? Je veux dire, qui vient au gala de charité d'une école primaire où n'est pas inscrit son gamin ? On la déteste, n'est-ce pas ?

– Non, à vrai dire elle est très gentille. Et elle a même fait un don, dis-je en lui tendant le chèque.

Ses yeux s'illuminent.

– Bon sang. C'est vraiment impossible de la haïr, hein ?

– Tu n'as pas à la haïr.

– Et pour couronner le tout, elle est plutôt jolie. Enfin, d'une façon un peu générique, cela va sans dire. Comme une mannequin d'un vieux catalogue les 3 Suisses. Alors que toi, t'es une mannequin de grands couturiers.

– L'Wren, il faut que je te dise quelque chose.

– Que se passe-t-il ? C'est quoi cette tête ? T'es malade. Mon Dieu. Putain, t'es malade ?

– Non.

– Emmy. Pitié, ne me dis pas qu'Emmy…

– Non, non, ce n'est rien de grave. Enfin, je ne crois pas.

Cela fait des mois que je me demande si L'Wren va penser que c'est grave ou non. Jusqu'à son divorce, elle a tout fait pour nous protéger, pour nous garder à l'abri dans cette petite bulle des femmes parfaites de Rockgate. Nous déjeunions aux mêmes endroits que les autres mères, portions pour ainsi dire le même uniforme et assistions aux mêmes récitals. J'ai appris à amuser la galerie en confessant des « gaffes parentales » – des erreurs qui n'en étaient pas vraiment et qui n'avaient rien de grave. Je connais mon public, je sais quelles parties de moi je dois garder secrètes. Mais là, devant L'Wren, le secret que je garde depuis des mois me semble être une énorme erreur.

– Je bosse sur un projet dont je ne t'ai pas parlé. Je ne sais pas vraiment pourquoi. C'est important pour moi et je veux que tu sois au courant. C'est un site web appelé Dirty Diana.

– Dirty ?

– J'y publie des croquis et des peintures et j'interviewe des femmes sur leurs fantasmes et leurs désirs érotiques. Les images représentent ce que ressentent ces femmes, à quoi elles ressemblent quand elles s'autorisent à fantasmer. J'aurais dû t'en parler il y a longtemps. Liam a dit que ça ne te poserait aucun problème…

– Liam ?

– Il m'aide avec la mise en place du site. Il est génial. Vraiment. Il est très malin.

– Pardon. Attends. Quoi ? Tu emploies mon beau-fils depuis combien de temps ? Pour faire de…. l'érotisme ?

– En parlant de tout ça à voix haute, je réalise que c'était une erreur de te le cacher. Comme si c'était quelque chose qui méritait d'être dissimulé. J'allais t'en parler à Paris. À vrai dire, j'aurais dû t'en parler bien avant ça…

– Depuis combien de temps Liam travaille-t-il pour toi ?

– Je ne sais pas. Quelques mois. Alicia et moi bossons sur ce projet depuis plus longtemps encore.

– Alicia ?

– Je t'ai sous-estimée, c'est ça le pire.

– Sous-estimée ?

– Et mal jugée…

Ses yeux se remplissent de larmes.

– Celui que tu as mal jugé, c'est Liam. Pourquoi ne pas l'engager pour dessiner une fusée pour la NASA ? Je veux dire… un site érotique ? Diana. Liam se masturbait sur mes vieux magazines de femmes au foyer. Il ricane encore en entendant le mot « pénis » et il quitte la pièce quand on regarde *Basic Instinct*. Donc oui, tu t'es trompée sur toute la ligne.

– Il m'a beaucoup aidée, pour être honnête. Pas pour le contenu. Mais il m'a tellement soutenue...

– Je suis ton amie, Diana. J'aurais pu te soutenir moi aussi.

– Je sais. Je suis vraiment désolée, L'Wren.

– Je n'ai pas envie d'être fâchée contre toi, Diana. La vérité, c'est que j'ai vraiment besoin de toi.

– Moi aussi. Est-ce qu'on peut simplement repartir de zéro ? Prétendre que tout ça n'est jamais arrivé ?

– Mais c'est arrivé. Je veux dire, tu pensais qu'il se passerait quoi si tu m'en parlais ?

– Honnêtement ? Je pensais que tu essaierais de me dissuader d'aller plus loin.

– Tu pensais que j'allais essayer de dissuader une mère fraîchement séparée vivant dans une banlieue chic du Texas de monter un site érotique avec mon beau-fils ? C'est ça que tu pensais ?

– C'est fou, n'est-ce pas ? je demande, pleine d'espoir.

– Je n'ai pas un balai dans le cul, Diana. Je veux dire, je ne serai sans doute jamais quelqu'un qui parle ouvertement de ses orgasmes pendant un dîner mais ça ne veut pas dire que je sois une nonne non plus. Tu comprends ?

– Je comprends.

– Je n'arrive pas à croire que tu me forces à avoir cette dispute alors que j'ai les cheveux gaufrés, sourit-elle mais je vois bien à ses joues rouges qu'elle est blessée.

– Je ne veux pas me disputer.

– Et je suppose qu'Oliver n'est pas au courant.

Je secoue la tête.

– Tu veux un conseil, Diana ? De la part d'une amie qui, apparemment, ressemble à toutes ces femmes, dit-elle en agitant la main vers le gymnase. Peut-être que tu devrais mettre tout ça en pause. Au moins jusqu'à ce qu'Emmy finisse le lycée. Rockgate n'est pas prêt. Et Oliver non plus.

# Chapitre 21

J'appelle Alicia en FaceTime. Quand elle me voit au lit avec la couverture sur la tête, elle se contente de dire :

– Attends.

Elle appelle Nico et lui dit de faire attention à ce que le toast d'Elvis ne brûle pas. Puis elle court s'installer dans son lit et tire la couverture au-dessus de sa tête, elle aussi.

– OK. Je t'écoute.

Je lui raconte tout ce qu'elle ne sait pas : Waco avec Oliver, notre dernière séance chez la psy, le smoking blanc et le bal, et ma dispute avec L'Wren – quand j'évoque ce dernier point, je ne peux pas m'empêcher de pleurer. Je lui explique que le seul endroit où je suis bien ces derniers temps, c'est au studio, mais qu'à chaque fois que Petra propose de m'aider pour Dirty Diana, je la repousse.

– Hein ? Putain mais pourquoi ?

– Je ne sais pas. J'ai tout foiré. Je suis complètement paumée.

– D'accord. Prenons une grande inspiration. J'ai appris ça à ma retraite silencieuse. J'ai dépensé mille deux cents dollars pour qu'on me dise de respirer.

Nous inspirons et expirons ensemble, lentement, pendant une bonne minute.

– Très bien, reprend Alicia. Je vais te dire ce que j'entends, moi, parce que ce n'est pas exactement ce que tu me dis…

– On dirait Miriam.

– Merci. Miriam est de toute évidence une putain de rockstar qui a réussi à faire admette à Oliver qu'il était sincèrement désolé et qu'il avait envie de t'attacher au lavabo. Et elle a réussi à te faire admettre des trucs à toi aussi. Des trucs que tu aurais probablement dû admettre il y a longtemps.

– Ohé ? Je suis très fragile, tu te souviens ?

– OK. Voilà ce que j'entends : L'Wren et toi avez eu votre première dispute. Votre relation n'en sera que plus forte une fois que vous serez réconciliées. Et, soit dit en passant, on savait que ça devait arriver un jour, vu comment vous êtes cul et chemise toutes les deux.

– Toujours très fragile.

– Oliver a retrouvé son mojo et ça t'excite. Il va falloir que tu m'en dises un peu plus à ce sujet. En revanche, ce dont tu ne parles pas, c'est de Jasper. Tu te demandes si arrêter de le voir était la bonne décision. Mais tu sais, ça peut être la bonne décision et il peut quand même te manquer atrocement. Vous deux, ça n'a jamais été du long terme. Est-ce que j'ai tout bon ?

– Oui.

– Alors, qu'est-ce qui te fait aussi peur ?

– Et ce qu'a dit L'Wren ? De tout mettre en pause ?

– Diana. C'est Rockgate, pas la République de Gilead. Et elle n'y croit pas vraiment. Elle est vexée. Je peux comprendre. Parfois, les amies se blessent entre elles, mais les vraies s'en sortent.

– C'est juste… et si…

– Et si les gens découvrent que tu aimes le sexe ?

– Tu sais ce que je veux dire.

– Est-ce qu'on est censé ne pas parler de sexe ? Laisse-moi te dire une vérité absolue : tu mérites d'éprouver du plaisir. Tu le sais déjà. Tu as le droit d'aimer le sexe, mais aussi de le redouter ou de trouver ça ennuyant. Tout ça est normal et légitime. Dans un mariage heureux, le sexe n'est pas une obligation. Est-ce que tu prends des notes ?

La semaine suivante, je me fais porter pâle au travail et passe mes journées au studio, assise à mon bureau devant la fenêtre grande ouverte. Je déchire le croquis que j'avais fait de moi et décide de me peindre de mémoire. Je pense à Valérie en travaillant. À la façon dont elle offre la version d'elle la plus vulnérable au monde. Je veux faire pareil mais jusqu'ici, je n'ai qu'un contour d'épaule que j'ai recommencé trois fois. Petra passe de temps en temps, toujours en se cachant les yeux.

– Tu me montreras quand ça sera fini !

J'essaie d'appeler L'Wren tous les jours, tôt le matin, puis au déjeuner puis en rentrant chez moi. Elle ne décroche jamais et ne répond à aucun de mes textos. Mais le vendredi, exactement une semaine après le bal, Liam débarque au bureau et pose un plat emballé dans du papier d'aluminium sur ma table, juste à côté d'un pot rempli de pinceaux sales.

Je lève les yeux vers lui.

– Un banana bread, de la part de L'Wren, m'explique-t-il.

– Pour moi ?

J'ai du mal à cacher ma joie.

– Elle l'a fait elle-même.

– Pour moi ? j'insiste.

– Oui. Pour toi.

– Est-ce qu'il est empoisonné ?

– Je ne crois pas.

Je le déballe, il est encore chaud.

– C'est une bonne chose, m'assure Liam. Je l'ai déjà vue faire ça auparavant. C'est sa façon de dire qu'elle est en train de digérer ce qui s'est passé sans avoir à dire *Je suis en train de digérer ce qui s'est passé.*

Il se sert une énorme part et je lui tends un morceau d'essuie-tout pour éviter qu'il ne mette des miettes partout.

– Et puis elle ne m'a pas viré de la maison bien que l'homme-chat ait débarqué. Elle a admis qu'elle aimait bien ma présence et que j'avais le droit de passer mon temps où je voulais, dit-il la bouche pleine. D'ici deux jours, elle décrochera son téléphone quand tu appelleras.

Liam finit par partir et je reste travailler, seule. Je mange une bonne partie du banana bread en guise de dîner et peins jusqu'à ce que ma main me fasse mal. Quand je me lève enfin pour faire quelques pas, je m'arrête devant la grande fenêtre du studio et regarde dehors. Il est tard, tout est calme, les magasins sont fermés. Un homme grand et mince surgit du coin de la rue et marche en titubant en direction de mon immeuble avant de s'arrêter brusquement, sous la lueur du seul lampadaire, à côté d'un vieux break rouillé. Il fouille dans les poches de son pantalon, s'interrompt et s'appuie sur le toit de la voiture pour ne pas perdre l'équilibre. Le dos courbé, il plonge la main dans la poche de son manteau, cette fois. Il trouve ses clés. Je me dis que je devrais sans doute l'interpeler, lui dire qu'il n'est pas en état de conduire. Mais ses clés lui glissent des mains et tombent par terre. Il s'agenouille et tâtonne le bitume pendant un bon moment, avant de renoncer et de se relever, tant bien que mal. Une fois debout, il frissonne et je me dis qu'il va peut-être vomir. Mais au lieu de ça, il se remet en route, avance à grands pas puis disparaît à l'angle de la rue. J'expire et embue la vitre. Je n'avais pas réalisé que je retenais mon souffle jusque-là.

– C'était moins une.

Je sursaute en entendant la voix de Petra.

– Désolée, dit-elle. Je pensais que tu m'avais entendue entrer.

– J'étais distraite, dis-je en rougissant comme si on m'avait surprise en train de lire un livre interdit. Qu'est-ce que tu fais ici si tard ?

– Honnêtement ? dit-elle en faisant la moue. Je me suis dit que tu aurais fini.

Je suis son regard jusqu'à ma toile.

– Oh. Presque.

J'ai enfin terminé mon épaule. J'ai même un buste, des hanches et des jambes. Je suis assise sur le rebord d'une baignoire. Je suis plutôt contente de mon visage de profil, mais mes mains ne vont pas.

– Je veux ajouter des ombres, autour de mon poignet…

– C'est parfait, Diana, dit Petra en me serrant la main.

Je pose ma tête sur son épaule et ne bouge plus.

Je passe la nuit roulée en boule sur le petit canapé. J'ai bien songé à rentrer chez moi mais j'avais du mal à garder les yeux ouverts. Et puis j'avais un besoin étrange de rester près de ma toile le temps qu'elle soit suffisamment sèche pour que je puisse la déplacer, ou du moins que le bureau ne soit plus aussi sombre et silencieux. Je me suis donc dit que j'allais faire une micro-sieste – et puis j'ai dormi jusqu'à ce que le soleil de la fin de matinée perce à travers les fenêtres.

Sur le chemin du retour, je me sens plus légère. Je me dis que c'est ce qu'Oliver a dû ressentir quand il a donné sa démission à son père. Je l'imagine rentrer chez lui juste après, les épaules enfin détendues, le souffle plus calme et plus régulier à chaque kilomètre qui l'éloignait du bureau.

Je ne suis plus très loin de chez moi. Je me prépare au silence de la maison et aux heures à occuper jusqu'à ce qu'Emmy rentre de sa journée chez ses grands-parents. Mais quand je me gare dans l'allée, je réalise que je ne suis pas seule. Oliver est là, à planter des fleurs sous un soleil d'automne anormalement chaud.

Ses écouteurs dans ses oreilles, il est si concentré à pousser une brouette pleine de terre qu'il ne remarque même pas ma voiture. Je reste assise derrière mon volant. Je le regarde poser du terreau, accroupi à côté des parterres de fleurs. Son T-shirt est trempé de sueur et je devine les contours de son dos musclé. Toutes les quelques secondes, il dégage ses cheveux de ses yeux avec le revers de son gant. L'espace d'un court instant, je m'autorise à penser qu'il est toujours mon mari et que je rentre le retrouver, chez nous. Dans mon imagination, il n'y a aucune tension, aucune gueule de bois de nos centaines de disputes – il est heureux de me voir, un point c'est tout. Je descends et referme la portière. Il ne me voit toujours pas. Mon rythme cardiaque s'accélère tandis que je range mon fantasme dans un tout petit coin de mon cœur, un endroit si minuscule qu'il ne risque pas de briser quoi que ce soit.

– Oliver ? (Je ne prononce pas son nom fort mais il lève enfin les yeux.) Qu'est-ce que tu fais ?

Il éteint la musique et se redresse.

– Je plante des zinnias. Le long de l'allée, comme tu as toujours voulu. (Il est légèrement essoufflé.) J'avais aussi l'intention de planter des roses mais je me suis souvenu du fiasco de notre soirée à l'hôtel… et je me suis dit qu'il ne valait mieux pas.

– Il fait 35 degrés.

– J'ai presque fini.

Il sort son mouchoir bleu ciel et éponge la sueur de son front.

– Pourquoi ? (Je n'ai pas levé le petit doigt mais je suis soudain essoufflée moi aussi, au milieu de toutes ces fleurs colorées.) Pourquoi tu fais ça ?

Il me regarde, le visage à la fois sérieux et lumineux.

– N'est-ce pas évident ?

Il se rapproche de moi.

– Non, dis-je d'une voix tremblante.

Il prend mes deux mains dans les siennes.

– Dis-moi, j'insiste.

Il se penche pour murmurer à mon oreille, et la sensation de son souffle dans mon cou déclenche une décharge électrique à travers tout mon corps.

– Parce que je veux te menotter au lavabo.

# Remerciements

Un merci colossal :

À Whitney Frick, notre éditrice de rêve. Whit, tu te souviens de notre pitch sur une histoire de mère criminelle et de… meurtre ? (Nous, oui !) Merci de toujours nous guider – nous et Diana –,de nous éloigner du précipice, avec sagesse, grâce et confiance.

À Anna Worral et Alia Hanna Habib. Ce livre n'existerait pas sans votre plaidoyer. Merci de nous protéger et de réussir à jongler avec environ soixante-trois plannings différents. Merci à toute la Gernert Company, et surtout à Sophie Pugh-Sellers, Ellen Goodson Coughtrey et Rebecca Gardner.

À l'incroyable équipe de chez Dial / Penguin Random House. Nous sommes vraiment reconnaissantes de vivre cette aventure avec vous. Un merci tout particulier à Talia Cieslinski, Debbie Aroff, Avideah Bashirrad, Vanessa DeJesus, Corina Diez, Laurie McGee, Michelle Jasmine, Cassie Gonzales et Donna Cheng pour votre attention envers nous et nos livres.

À Rocio Montoya. Merci d'avoir donné vie à Diana d'une façon aussi éblouissante.

À Amanda Hymson, la meilleure agente cinéma dont une fille puisse rêver, et à Sean Marks, l'avocat le plus loyal du milieu.

À Kate Meltzer. Merci pour ce voyage instructif et onirique à travers Paris.

À Lynette Howell, Beau St. Clair, Jenno Topping, Pam Abdy, Stephanie Savage, Tracy Falco, Effie Brown, Alex Saks et Bea Sequeira, défenseuses authentiques et sans relâche des femmes.

À Marie Lu et Melissa de la Cruz, pionnières et amies, toujours.

Et à nos grandes et belles familles. Merci d'avoir supporté nos doutes, nos deadlines et nos douches plus aussi fréquentes. On vous aime.

Composition
PRESS·PROD

Imprimé en France par
CPI Brodard & Taupin
en janvier 2025

Dépôt légal : février 2025
N° d'impression : 3060188
ISBN : 978-2-7499-4735-8
LAF : 3109B